블루덴 대륙

드래곤의 섬

류블라드

그린젬 대륙

대인

미도스

칼라할 사막

노스 산맥

니아 섬

아들

이스

엠파이어 산

훈트 반도

슈켄

에이

자이르 강

이브

엠파이어
산맥

다바드

모

에덴

베론

무

사카

제논

훈트
연합국

니아

로컬트

오브 강

케이
Kei

케이 12

신가 판타지 장편 소설

초판 1쇄 찍은 날 § 2005년 7월 12일
초판 1쇄 펴낸 날 § 2005년 7월 22일

지은이 § 신가
펴낸이 § 서경석

편집장 § 문혜영
편집책임 § 김민정

펴낸곳 § 도서출판 청어람
등록번호 § 제1081-1-89호
등록일자 § 1999. 5. 31
어람번호 § 제1-0615호

주소 § 경기도 부천시 원미구 심곡1동 350-1 남성B/D 3F (우) 420-011
전화 § 032-656-4452 팩스 § 032-656-4453
http://www.chungeoram.com
E-mail § eoram99@chollian.net

ISBN 89-5831-627-6 04810
ISBN 89-5831-000-6 (SET)

신가 판타지 장편 소설

The Page of Power

케이
:kei

2부 12

정리를 위한 발걸음

도서출판

청어
람

차례

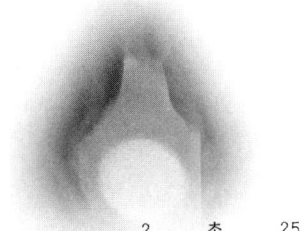

2 초 25 식

예정된 길을 벗어나…

예정된 길을 벗어나…

"갑자기 불러내다니, 무슨 일이죠, 케이 오빠?"

케이가 여관을 빠져나갔었다는 사실조차 몰랐던 시아는 케이가 아데닌을 안아 들고 여관 문을 들어섰을 때 무척이나 놀랐다. 그리고 아데닌을 침대에 누이고 1층으로 내려온 케이가 자신을 살짝 불렀을 때는 호기심에 눈을 반짝였다.

두 사람 사이에 자신이 모르는 어떤 일이 있었는지 무척이나 궁금했기 때문이다.

"대륙에서 마갑기를 제조할 수 있는 곳은 모두 몇 곳이나 있지?"

자신이 기대한 것과는 다른 질문에 금세 시아의 얼굴은 실망으로 가득 찼다. 하지만 무언가를 깨달은 듯 금방 표정을 회복하고는 주위를 두리번거렸다.

방금 케이가 한 말은 여관에서, 그것도 여러 사람이 모이는 1층 주점에서 할 만한 것이 아니었기 때문이다.

　"걱정 마. 우리 둘의 대화를 들을 수 있는 사람은 없으니까."

　시아가 무엇을 걱정하는지 알아차린 케이는 가볍게 웃으며 말했다. 이미 마나를 이용해 두 사람의 주변을 차단하였기에 둘의 대화가 다른 이에게 들릴 일은 없었다. 실제로 카운터에 앉아 있던 여관 점원은 두 사람이 입만 벙긋거릴 뿐 아무런 소리가 들리지 않아 어찌 된 일인가 고개를 갸웃거리며 고민하고 있었다.

　케이의 의도를 알 수 없었지만 그 얼굴만큼은 무척이나 진지했기에 시아는 순순히 대답했다.

　"대륙의 각 나라마다 하나씩 있어요."

　"그렇다면 모두 열두 곳인가?"

　케이의 물음에 시아는 고개를 저었다.

　"모두 열세 곳이에요."

　"각국에 하나씩 있다고 하지 않았어?"

　"물론 각국에 하나씩 있어요. 그리고 거기에 추가로 히스티딘 가의 마갑기 제조 공장이 하나 있어요."

　"그렇다면 후디스의 것이 아니야?"

　케이의 의문에 시아가 차근차근 설명을 시작했다.

　"물론 후디스의 것이죠. 하지만 후디스의 마갑기 제조 공장과는 조금 달라요. 후디스의 수도 멜버에 있는 마갑기 제조 공장이 양산형 마갑기를 생산하는 곳이라면 히스티딘 가의 그곳은 신형 마갑기를 연구, 개발하는 곳이니까요."

시아의 대답에 케이의 얼굴이 심각해졌다.

"그렇다면 계속해서 히스티딘 가의 공장에서 마갑기가 개량되고 있다는 이야기로군."

"그래요. 그리고 위치는 아무도 몰라요. 히스티딘 공작의 최측근과 후디스 제국의 황제, 그리고 황태자 정도만 알고 있죠."

시아의 이야기가 끝나자 케이는 잠시 생각에 잠겼다. 하지만 이내 고개를 들어 시아를 바라보았다. 이미 얘기를 시작하기 전에 그의 생각은 정해져 있었기에.

"시아."

"예."

"예정을 변경하자."

"그게 무슨 말이죠?"

"우리는 멜버로 가지 않는다."

"예에?"

케이의 갑작스러운 선언과도 같은 말에 시아는 무척이나 놀랐다.

"지금 멜버로 가는 건 좀 시기상조 같아."

"그러면?"

"일단 디아스의 수도인 토요로 간다."

케이의 말에 시아는 알 수 없다는 듯 고개를 갸웃거렸다.

"대체 그곳에는 왜 가는 거죠?"

"뻔하지. 우리 여행의 목적을 달성하기 위해서야."

"여행의 목적이란 건 설마 그 말도 안 되는 것을 말하는 건가요?"

"그래."

케이의 태연한 대답에 시아는 기가 막혔다.

자신이 예전에 들은 케이의 여행 목적. 그것은 바로 대륙의 모든 마갑기의 파괴였다. 한 인간으로서 할 수 있는 일이 아니기에 시아는 지금까지 그렇게 심각하게 생각하지 않고 있었다.

한데 저런 말이라니.

"토요로 간다는 것은 토요에 있는 마갑기 생산 공장을 파괴하겠다는 건가요?"

"그래. 대륙에 퍼져 있는 마갑기를 파괴하는 것도 중요하지만 일단 더 이상 마갑기의 수가 늘지 않도록 해야 하니까. 아무리 부수어도 부순 만큼 다시 만들어진다면 별 의미가 없는 일이니까."

시아는 어처구니가 없었다.

"오빠는 설마 그게 가능하다고 생각해요?"

"불가능한 일이라면 시작하지도 않았어."

"대체 그 어처구니없는 자신감은 어디에서 나오는 거죠?"

"나니까."

케이의 당당한 대답에 시아는 고개를 절레절레 흔들었다. 도무지 말이 통하지 않는 인간이었다.

이 인간이 엄청나게 대단하다는 것은 잘 알고 있다. 그렇지 않았다면 자신이 이렇게 따라다니지도 않으리라. 게다가 마갑기를 손쉽게 처리하는 그 실력을 이미 자신의 두 눈으로 똑똑히 확인을 마친 상태다.

그럼에도 불구하고 케이의 저 근거없는 광오함에는 기가 막힐 뿐이었다. 어찌 한 인간이 국가의 특급 시설인 마갑기 생산 공장을 파괴한단 말인가.

하지만 그는 하겠다고 했고, 그의 얼굴은 자신으로 가득했다.

"난 몰라요. 어차피 일행의 리더는 케이 오빠니까 오빠가 알아서 해요. 엘리아 언니나 아데닌 오빠라면 케이 오빠가 아무리 미친 소리를 해도 따를 테니까요."

그 말을 남긴 시아는 자리에서 일어나 2층으로 올라갔다. 더 이상 케이와 있다가는 자신마저도 미칠지 모르겠다는 생각에 머리를 식히기 위해 일어난 것이다. 시아가 일어난 테이블에는 쓴웃음을 머금은 케이가 가만히 앉아 있었다.

"네가 나를 모르기에 그렇게 말하는 것이겠지. 그리고 만일 나에게 불가능한 일이라 하더라도 나는 해야 한다. 이것은 내가 뿌린 씨앗. 내가 짊어진 원죄다. 내가 해결을 해야지."

케이의 나직한 독백은 누구도 듣지 못했다. 케이가 마나로 친 장막은 여전히 건재했기에.

"예에?"

다음날 아침, 식사를 위해 식당에 내려온 엘리아와 아데닌의 입에서는 놀람에 찬 소리가 터져 나왔다. 놀랍다기보다는 어이가 없다고 해야 할까?

멜버로 가기 위해 힘들게 헤이트까지 왔건만 갑자기 목적지를 변경하겠다니. 아무리 케이가 하는 일이고 아무리 케이라면 무조건 따르는 두 사람이라지만 이번만큼은 어이가 없었다.

"도대체 왜 갑자기 목적지를 바꾸는 거예요?"

엘리아가 매섭게 쏘아붙였다.

엘리아의 매서운 기세에도 케이는 담담한 얼굴로 자신의 앞에 놓인 차를 마셨다.

"너희가 부족하니까."

찻잔을 내려놓으며 케이는 조용히 대답했다.

"부족하다구요? 뭐가요?"

"이 여행의 목적을 이루는 데 아직 부족해."

"여행의 목적이 뭐죠?"

아데닌이 가만히 물었다. 전날의 일이 있었기에 차마 케이를 똑바로 바라보지는 못하고 있었다. 전날 자신이 잠든 후 대체 어떻게 여관에 왔는지 알 수 없었기에, 자신의 상처가 어찌 이리 말끔히 치료되었는지 알 수 없었기에 아데닌의 행동은 여간 조심스러운 것이 아니었다.

"마갑기의 멸절."

케이의 단호한 대답에 아데닌과 엘리아는 딱딱하게 굳었다. 다만 전날 미리 들었던 시아만은 담담한 신색을 유지하고 있었다.

"정말요? 그냥 해본 소리였던 것 아니에요?"

다시 한 번 확인하는 아데닌에게 케이는 태연히 대답했다.

"언제 내가 이런 일로 농담을 한 적이 있었어?"

케이의 말이 끝남과 동시에 아데닌의 고개는 떨구어졌다.

"좋아요. 케이 오빠가 여행하는 목적이 마갑기의 멸절이라고 해요. 하지만 그것과 멜버에서 토요로 목적지를 변경한 것과는 무슨 연관이 있죠?"

"너희가 약해. 내가 멜버로 가려고 했던 것은 히스티딘 공작가를 정리하기 위해서였어."

"뭐요?"

케이가 채 말을 마치기도 전에 세 사람의 비명과도 같은 소리가 케이의 말을 잘랐다.

세 사람의 얼굴에는 황당함, 어이없음이 복잡하게 어우러져 있었다.

"그게 말이 된다고 생각해요?"

"응. 얼마 전까지는 그랬어."

"그럼 지금은요?"

"아직은 부족해."

엘리아는 자신의 물음에 태연히 대답하는 케이를 다시 한 번 어이없다는 눈으로 바라보았다.

"그런데 갑자기 왜 부족하다고 생각한 거죠? 어제까지만 해도 그냥 멜버로 향할 계획이었잖아요."

그 와중에 시아만이 침착하게 케이에게 물었다.

"대련을 했었어. 어젯밤에. 아데닌과. 아데닌이 대견했어. 그사이 이만큼이나 발전했다는 사실이. 하지만 히스티딘 가를 상대하기에는 역부족이라는 사실도 알았지."

"그래서 돌아가는 건가요? 히스티딘 가를 상대할 수 있을 정도로 실력을 키우고 경험을 쌓기 위해?"

"그래."

엘리아의 물음에 케이는 고개를 끄덕이며 수긍했다.

"그렇다면 토요로 가는 이유는 토요의 마갑기를 멸절하기 위해서겠군요?"

엘리아는 지혜로운 눈빛으로 케이를 보며 물었다.

"그렇다고도 할 수 있지만 정확히 말하자면 토요의 마갑기 생산 공장을 박살 내러 가는 거야. 일단 마갑기의 수가 늘어나는 것부터 막아야 하니까."

케이의 대답에 엘리아와 아데닌은 다시 한 번 딱딱하게 굳었다.

이미 전날 한 번 놀랐던 시아만이 태연했다. 미리 한 번 겪어보았다는 것은 분명 엄청난 이득이었다.

"그러니까 한 국가의 마갑기 생산 공장을 파괴하겠다고요? 그게 가능할 거 같아요?"

"가능해."

너무나 간단히 나온 대답에 질문을 한 아데닌은 얼떨떨한 얼굴로 가만히 케이의 얼굴을 바라보고 있었다.

"아무튼 그렇게 결정되었으니까 다들 떠날 준비해."

그 한마디를 남긴 케이는 이미 비어버린 찻잔을 테이블에 올려놓고는 몸을 일으켰다. 2층으로 올라가는 케이의 뒷모습을 바라보는 세 사람의 눈에는 아직도 당혹감이 가득했다.

당황하고 황당한 이야기이긴 하지만 세 사람은 따라야만 하는 현실에 한숨을 내쉬고는 서서히 움직이기 시작했다. 리더는 케이고 케이가 그렇게 결정했으니 별수없었다.

여관에 셈을 치르고 나온 네 사람은 헤이트의 중앙을 가로질러 걷고 있었다.

"그럼 이제 어디로 가는 거죠?"

아데닌이 궁금한 듯 물었다. 그의 얼굴에 은근한 기대가 걱정과 함께 떠올라 있는 걸로 봐서는 이번만은 조금 여정이 편했으면 하는 기색을 읽을 수 있었다.

아데닌의 물음에 케이는 시아를 바라보았다.

"으음. 이곳에서 토요로 가는 가장 빠른 방법은 배를 이용하는 거예요. 일라나 강에서 배를 타고 티비아 항까지 간 다음 그곳에서 다시 배를 타고 셀레베스 만을 건너서 브라마 강 하구의 항구 도시인 듀(Dew)로 가야 해요. 그리고 그곳에서 다시 배를 갈아타고 강을 거슬러 올라가서 디아스의 수도인 토요로 가야 하죠."

"이번 여정은 온통 배 위에서만 있겠군."

시아의 대답에 케이는 나직이 중얼거렸다.

이미 예감을 한 것이다, 다시 한 번 무척이나 지루한 여행이 될 것이라는 사실을.

반면 아데닌의 얼굴에는 화색이 돌았다. 더 이상 힘든 여정이 없다는 것을 알았기에.

일라나 강은 헤이트론의 영토를 지나간다. 즉, 배를 타기까지 이동할 거리가 얼마 되지 않는다는 것이다. 그만큼 힘든 여정도 없고, 그저 가만히 배에 몸을 실어놓고만 있으면 된다니 이렇게 좋은 일이 다시없었다.

'쯧쯧, 녀석. 배를 타고 가는 일이 쉬운 일만은 아니야.'

아데닌의 희희낙락한 모습을 보며 케이는 그저 속으로만 혀를 찼다.

그러고 있다가 배를 탄 후 아데닌의 모습을 충분히 예상할 수 있었기 때문이다.

"그러고 보니 어제의 그 이상한 귀족은 오늘 안 보였네요. 라오시카

자작이라 했던가요?"

분명 아침에 엘리아를 향해 수작을 걸 거라 생각했던 시아는 여관을 떠나오도록 그가 보이지 않자 이상한 듯 고개를 갸웃거리며 말했다.

"뭐, 급한 일이 있어 먼저 떠났거나 피곤한 일이 있어 우리가 떠날 때까지 방에 있었겠지."

시아의 의문에 엘리아는 별거 아니라는 듯 담담하게 말했다.

"이그, 눈치 하고는. 엘리아 언니는 그 자작이 일부러 언니에게 수작을 걸면서 접근한 걸 모르는 거예요?"

엘리아의 대답에 답답함을 느꼈는지 살짝 케이 곁에 다가간 시아는 귓속말로 중얼거렸다. 혼자 속으로 삭이기에는 너무나 답답한 일인지라 그것을 공유할 누군가가 필요한 탓이었다.

"글쎄? 아마 다른 곳으로 눈을 돌릴 일이 없어서 그런 것 아닐까?"

역시나 귓속말로 대답하는 케이의 시선은 은근히 아데닌을 향해 있었다. 그 시선을 따라가던 시아도 나직이 고개를 끄덕이며 한숨을 쉬었다.

다만 엘리아는 왜 두 사람이 자신을 바라보며 귓속말을 주고받는지 영문을 알 수 없어 어리둥절한 얼굴로 걸음을 옮길 뿐이었다.

"음. 그리고 시아가 궁금해하는 그 자작이라는 사람은 오늘 아침 일찍 떠나던걸? 급한 일이 생겼다면서 말이야."

이번 말은 모두가 들을 수 있도록 했다. 그 와중에 케이는 아데닌과 짧은 시선을 교환하는 것 역시 잊지 않았다.

잠시 잊고 있었던 사실이 떠오르자 무안한 듯 아데닌은 얼굴을 붉혔다. 여전히 전날 밤의 일이 기억나지 않았다. 죽기 직전까지 처참하게 당하고 있을 때 케이가 나타난 것까지는 기억을 했다.

그러나 케이가 나타나자마자 정신을 잃었던 것 같았다. 그 이후로는 아무런 기억도 나지 않으니. 안도했기에 그랬던 것일까? 갑자기 잠들다니?

그로서는 케이가 그의 수혈을 짚었다는 것을 알 수 없었다. 지풍이 워낙 부드러웠던 탓도 있었지만 케이는 아데닌과 엘리아에게 심법만 가르쳐 주었지 혈도는 전해주지 않기에.

게다가 아데닌이 깨어났을 때는 그 심하던 상처들이 말끔히 나아 있었다.

'케이 형이 마법을 할 줄 안다고 했었으니까 마법으로 치료해 준 걸까?

이레이져라는 마갑기를 받았을 때 케이가 한 말을 떠올린 아데닌은 그런 생각을 잠시 해보았다. 하지만 자신 정도의 중상을 이토록 말끔히 치료하려면 어지간한 마법으로는 가능한 일이 아닐 것이다. 그렇다면 케이가 엄청난 고위급의 마법사라는 이야기인데 아데닌은 설마라는 생각에 그 가능성은 배제해 놓고 있었다.

그것이 사실임에도 불구하고.

아데닌의 모습에 케이는 그저 웃을 뿐이었다.

"으음. 역시나 급한 일이 있는 거였군요."

그 와중에 엘리아만이 순진하게 고개를 끄덕이며 중얼거렸고, 그런 그녀의 모습에 나머지 세 사람은 웃음을 숨길 수 없었다.

갑자기 일행이 웃자 엘리아는 얼굴이 새빨갛게 물들었다. 영문을 알 수는 없었지만 왠지 그 원인이 자신일 거라는 느낌은 있었기에.

그렇게 아침 식사 시간의 심각함은 어느 정도 잦아들고 유쾌한 웃음에 싸인 가운데 일행은 일라나 강의 항구로 향했다. 티비아로 향하는 배를 타기 위해서.

밝은 햇살이 내리쬐며 그들의 길을 따뜻이 비추고 있었다.

헤이트를 떠나 4일 정도를 동쪽을 향해 이동하자 멀리서 일라나 강의 푸른 물결이 보이기 시작했다. 대륙에서 가장 긴 강 일라나의 모습은 멀리서 봐도 일대 장관이었다. 그 끝을 알 수 없을 정도로 굽이치는 모습에 모두 감탄의 눈길을 보내고 있었다.

'역시 세월이 흘러도 변한 것이 없구나. 이런 것이 자연이라는 거겠지.'

예전 바볼랏들과 여행을 하며 일라나 강을 바라본 때가 떠올라 케이는 잠시 감상에 젖었다. 그때 본 일라나 강과 지금 본 일라나 강의 위치는 달랐지만 같은 일라나 강이었고, 그 장관은 그대로였다.

세월의 흐름에 사람은 변해가도 자연은 그 모습을 담담히 지키고 있었다.

그리움에 젖은 케이의 눈빛에 시아는 고개를 갸웃거렸지만 별다른 말은 하지 않았다.

"이제 조금만 더 가면 일라나 강을 타고 티비아로 향하는 배를 탈 수 있을 거예요. 일라나 강을 타고 헤이트론의 국경을 넘을 때 잠시 정박을 하겠지만 말이에요."

어렴풋이 보이는 항구의 모습을 손으로 가리키며 시아가 말했다.

그녀의 말에 아데닌과 엘리아의 얼굴에는 기대가 떠올랐다. 여태껏 배를 타본 적이 없었기 때문이다.

두 사람의 기대 어린 얼굴을 본 케이는 작게 고개를 저었지만 말이다.

순조롭게 항구에 도착한 네 사람은 어렵지 않게 배표를 구할 수가 있었다. 일라나는 대륙에서 가장 길고 큰 강답게 배를 이용한 운송업과 여객업이 무척이나 발달해 있는 강이었다.

덕분에 일라나 강을 따라 있는 항구들은 항상 북적였다.

수많은 짐들이 항구에 모여들어 배에 실리고 또 배에서 내려진 수많은 짐들은 여러 곳으로 흩어졌다.

각지에서 모여든 사람이 배에 오르내리는 모습 역시 그다지 특별할 것이 없는 광경이었다.

그 모습에 엘리아와 아데닌은 주변을 구경하느라 정신이 없었다. 이제 성년이 넘은 나이였지만 하는 행동은 그렇지가 않았다. 작은 시골 마을에서 살았고 또 3년이란 시간을 엘프의 숲에서 보냈으니 그럴 만도 했다.

아무리 성인이라도 처음 접하는 문물은 신기하기 마련인 것이다.

게다가 활기가 가득한 항구의 모습은 충분히 두 사람을 자극할 만한 신기한 것이었다.

"자자, 그만 두리번거리고 어서 가자구. 너무 늦으면 배가 출항하고 말 거야."

케이의 재촉에도 두 사람의 걸음은 느리기만 했다. 빨리 걸으면 보고 싶은 것들을 보지 못하기에 무의식 중에 나온 행동이리라.

"자꾸 이러면 놔두고 나랑 시아만 간다."

엘리아와 아데닌에게 하는 말이 아니라 마치 시장에서 이것저것 사달라고 엄마를 조르는 아이를 달래는 듯한 말이었다. 그 대상이 이제 어른인 엘리아와 아데닌이라는 사실이 우스울 뿐이었다.

케이의 연이은 재촉과 닦달에 아쉬운 듯한 얼굴로 아데닌과 엘리아가 걸음을 옮겼다. 케이의 말이 제법 효과가 있었는지 걸음은 제법 빨라져 있었다.

하지만 그 걸음도 곧 멈췄다. 자신들이 탈 배 앞에서.

배라고 해봐야 그림책에 나오는 그림이나 개울에서 놀면서 만든 나뭇잎 배가 전부인 엘리아와 아데닌이었다.

그런데 눈앞에서 이토록 큰 여객선을 보았으니 놀라지 않으면 되려 그것이 이상한 일이긴 했다. 그래도 케이는 쓴웃음을 지으며 머리를 가로젓고 있었다.

"호호호. 언니랑 오빠, 오늘 너무 놀라기만 하는 것 아니에요?"

정보 길드의 중책을 맡고 있는 자신의 위치답게 시아는 담담했다. 실제로 타보지는 못했다 하더라도 정보 길드를 운영하며 겪은 것들이 있었기에 그녀는 별다른 동요가 없었다. 그래서 경험이란 것은 중요했다.

시아의 놀림에도 엘리아와 아데닌은 얼떨떨하기만 했다.

"정말 이게 움직인단 말이야?"

여객선보다도 더 대단한 마갑기를 실제로 운용하는 아데닌의 어이없는 말에 시아는 그만 웃음을 터뜨리고 말았다.

"킥. 그건 직접 타보면 될 거 아니에요? 자, 어서 타자구요."

아데닌의 등을 떠밀며 시아가 배로 오르자 케이가 그 뒤를 엘리아를 데리고 따라갔다.

　일행이 모두 배에 오른 후 마지막으로 갑판에 오른 케이는 자신이 가지고 있던 특실표 네 장을 갑판에서 대기하고 있는 선원에게 내밀었다. 아무래도 배를 처음 타는 아이들이었기에 혹시나 하는 마음에 특실표를 준비했다.

　돈이라면 충분히 있었으니 말이다.

　표를 받아 들고 확인한 선원은 한쪽에 가만히 서 있는 꼬마를 손짓으로 불렀다. 선원이 건네준 표를 받아 든 꼬마는 케이 일행에게 인사를 꾸벅했다.

　"특실 손님들이시군요. 저를 따라오세요. 안내해 드리겠습니다."

　일등실과 이등실 승객들은 대강 선원이 건네주는 종이에 그려진 약도를 들고 방을 찾는 수고를 해야 하는 것에 비한다면 특실 승객에 대한 대우는 확실히 달랐다.

　'역시 어디를 가나 돈은 있고 봐야 하는 것이군.'

　다른 사정으로 특실로 선실을 정했지만 그래도 이런 대우에 기분이 좋아지는 케이였다.

　"오빠, 왜 특실로 했어요? 일등실만 해도 충분하지 않아요?"

　시아가 케이에게 다가와 물었다. 케이에게 돈이 충분하다는 사실은 잘 알고 있었지만 케이는 그럼에도 불구하고 돈을 아끼는 편이었다. 굳이 돈이 많다고 호화로운 것을 좋아하는 성격이 아니었다. 한데 이번에는 특실이라 하니 이상하게 생각된 것이다.

　"배가 출항하게 되면 알 거야. 나한테 감사할걸?"

"예?"

"배는 지금도 조금씩 흔들리고 있어. 닻을 올리고 출항한 다음에는 어떨지 몰라. 다들 배를 타는 건 처음이잖아."

"설마 멀미 때문에요?"

케이의 말에 무언가를 짐작한 시아가 물었다.

"그래. 일등실이라 해도 4인 1실 정도가 고작이더라, 이 배는. 해서 2인 1실짜리 특실로 했어. 물론 1인 1실짜리 방도 있었지만 어차피 두 사람씩 방을 같이 쓰는 것이 나을 것 같았으니까."

케이의 대답에 시아는 걱정스럽게 입을 닫고 있었다. 자신도 미처 생각하지 못했던 것이다. 배멀미라는 존재를. 자신 역시 듣기만 했을 뿐 겪어본 적이 없었기에. 시아도 배를 타는 건 처음이었다.

다만 배멀미를 겪었던 길드원의 이야기를 들어본 바에 의하면 그것은 끔찍한 일이었다. 시아는 정말 오랜만에 간절한 마음으로 기도했다. 자신은 배멀미를 경험하지 않기를.

"자, 이 두 곳이 손님들께서 머무실 방입니다. 그럼 쾌적하고 즐거운 여행 되십시오."

자신이 건네받은 표의 방과 눈앞의 방의 호수를 꼼꼼히 대조한 꼬마는 문을 열어주며 한 옆으로 비켜섰다.

그런 꼬마의 손에는 어느새 케이가 쥐어준 동전이 있었다. 손에서 느껴지는 동전의 묵직한 크기에 기분이 좋아진 꼬마는 허리를 한껏 숙여 인사를 하고는 총총히 사라졌다.

"이야! 여기가 우리가 머물 방이에요? 엄청나네!"

아데닌의 탄성이 들렸다.

비록 2인실이었지만 특실답게 방은 호화롭게 꾸며져 있었다. 엘리아 역시 방의 호화로움에 놀란 듯했다.

'마음껏 즐거워해라. 이 좋은 방을 앞으로는 제대로 쓰지도 못할 테니.'

티비아까지의 항해 시간은 8일 정도라 했다. 국경을 넘는 수속을 밟기 위해 헤이트론과 후디스의 국경에서 하루 정박하기에 그런 시간이 소요된다 했다.

과연 그 기간 중 얼마를 멀쩡한 모습으로 있을 수 있을까? 케이는 은근히 그 사실이 궁금했다.

                    *   *   *

"우웩! 우웩!"

아데닌의 입에서 들려오는 구역질 소리와 함께 선실 안에 시큼한 냄새가 감돌았다.

과히 기분이 좋은 냄새는 아니었지만 이제는 익숙해졌는지 케이의 얼굴은 무덤덤했다.

'다행이야. 후각이 인간의 오감 중 가장 쉽게 피로해지는 감각이라서.'

배가 출항하고 벌써 3일이 지난 상태다. 그간 아데닌의 배멀미는 멈출 줄을 몰랐다. 국경 통과를 위해 하루 정도 정박했을 때조차 배멀미를 했을 정도니 그 상태가 얼마나 심각한지 알 수 있었다.

그때부터였다, 케이가 귀찮아진 것은.

아무리 특실이라지만 멀미로 인한 토사물로 선실을 더럽힐 수 없었기에 적당한 양동이를 준비해 두었다. 아데닌으로 인해 그것이 가득 차는 대로 밖에다 내다 버리는 일은 과히 기분 좋은 일은 아니었다.

하지만 현재 멀쩡한 사람이 케이뿐이라 어쩔 수 없었다.

3일간 쉬지 않고 멀미를 하며 토사물을 게워냈으니 그 냄새가 이미 방 구석구석 배어든 상태였다. 케이 역시 완전히 그 냄새에 적응한 상태였다. 본디 후각은 쉽게 적응을 하기에. 다만 고역인 것은 가득 찬 양동이를 비우기 위해 선실을 나섰을 때였다.

신선한 공기로 케이의 후각이 말끔히 청소된 후 다시 방으로 들어오면 5분 정도의 시간이 흐를 때까지는 고역이었다.

"으으. 케이 형, 앞으로 얼마나 더 가야 하죠?"

"4일."

"으윽."

"그리고 항구에서 이제는 바다를 건너는 배로 갈아타야 해."

"으윽. 우웩, 우웩."

바다를 건너는 배를 갈아타야 한다는 말에 아데닌은 다시금 구역질을 시작했다. 이젠 입에서 나오는 것이 아무것도 없는 헛구역질이었다. 단지 배라는 소리에 그런 반응을 보일 정도로 지난 3일간 아데닌의 고생은 이루 말할 수 없을 정도였다.

"쯧쯧쯧. 그냥 편히 누워 있어. 쓸데없는 생각 하지 말고. 멀미라는 녀석은 몸이 익숙해질 때까지는 낫지를 않으니까. 수련이란 걸 쌓은 전사라는 녀석이 겨우 이 정도 배 여행에 멀미로 이렇게 고생을 하다니 너도 멀었다, 멀었어."

안쓰러운 얼굴로 잠시 아데닌을 바라본 케이는 문을 열고 선실을 나갔다. 3일간 아무것도 먹지 못하고 연신 게워내기만 한 덕에 이제 구역질만 할 뿐 어떤 토사물도 없었다. 케이가 양동이를 비우는 수고를 할 필요가 없어진 셈이다.

다만 냄새는 여전했기에 잠시 숨을 돌리러 배의 갑판으로 나온 것이다. 냄새에 익숙해졌다고는 해도 작은 선실에 계속해서 그렇게 있는 것은 분명 답답한 일이었기에.

일리나 강 위를 미끄러지듯 달리는 배의 갑판에는 상쾌한 강바람이 불어왔다. 폐부를 가득 채우는 신선한 공기에 케이는 한껏 심호흡을 했다. 절로 기분이 좋아졌다.

갑판에서 주위 경관을 구경하며 신선한 공기의 상쾌함에 한껏 젖어 들던 케이의 시선이 한 선실의 문을 향했다. 선실을 바라보는 케이의 눈은 아데닌을 바라볼 때보다 더욱 안쓰럽게 변해 있었다.

엘리아와 시아가 머무는 방이었다.

엘리아와 시아의 상태 역시 아데닌과 별반 다를 것이 없었다. 역시 그 둘의 수발도 케이가 하고 있었다.

여자인지라 처음에는 남자인 케이가 방에 들어오는 것을 극구 거절했었다. 자신들의 추한 모습을 보여주고 싶지 않았기 때문이다. 하지만 그것도 정도가 있었다. 멀미가 도를 더해 심해지자 결국 그들은 멀미에 항복하고 케이에게 문을 열어주었다.

그때 들어가서 본 그 선실의 모습을 케이는 똑똑히 기억하고 있었다.

'세상에 여자 둘이 있는 방이 그렇게 변하다니… 아마도 평생 동안

잊지 못할 거야.'

다시 한 번 그때의 모습을 떠올린 케이의 얼굴은 기괴하게 변했다. 우스운 장면이었지만 웃을 수만은 없는 상황이 케이의 얼굴을 그렇게 만들었다.

그래도 엘리아와 시아는 현재 어느 정도 진정을 하고 침대에 누워 있는 상태였다. 물론 방 안은 케이가 깨끗이 치워둔 상태다. 아공간에 보관 중이던 고급 향수 한 병을 몽땅 방 안에 쏟아 붓다시피 해서 방의 시큼한 냄새도 없었다. 지금 들어가면 향수의 감미로운 향기만이 느껴질 뿐이었다.

"휴우. 그나마 저 둘이라도 진정을 해서 다행이로군. 셋 모두 지독하게 멀미를 할 줄이야. 쩝. 이제 아데닌 저 녀석만 좀 진정을 하면 좋으련만. 아직도 헛구역질이라니."

두 개의 선실을 바라보던 케이의 입에서는 탄식과 다를 바 없는 말이 새어 나왔다.

이제 엘리아와 시아는 멀미에서 서서히 벗어나고 있으니 내일쯤이면 갑판에 나오는 것 정도는 가능할 것이다. 그러면 간단히 수프라도 먹으며 어느 정도 기운을 차리리라.

문제는 아데닌이었다.

남자인, 게다가 가장 강한 전사인 그가 멀미에 이리도 약한 모습을 보이니 케이는 그저 웃을 수밖에 없었다. 입에서 새어 나오는 헛웃음을 막을 방도가 없었다.

"앞으로 며칠이면 아데닌이 진정할까? 아직 4일이나 남았는데. 게다가 그때는 강에는 비할 바 없이 거친 바다를 건너는 배를 타야 하는데."

　지금 아데닌의 모습을 보니 셀레베스 만을 건너는 것이 그렇게 걱정
될 수 없는 케이의 얼굴에는 진한 주름이 잡혔다.

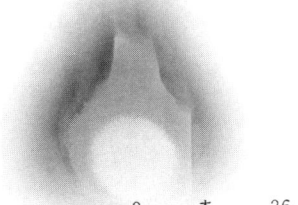

2　초　26　식

셀레베스 만을 건너며…

셀레베스 만을 건너며…

드디어 8일간의 긴 항해를 마치고 케이 일행이 탄 배가 티비아의 항구에 닿았다.

티비아는 일라나 강이 바다, 즉 셀레베스 만으로 빠져나가는 하구에 위치한 항구로 모두 두 부분으로 이루어져 있었다.

바다의 항구와 강의 항구.

물론 케이들이 배에서 내린 곳은 강의 항구였다.

바다의 거침은 강에 비할 바가 아니었다. 때문에 바다를 건너는 배는 강을 따라 움직이는 배와는 전혀 달랐기에 일단 이곳에서 내린 후 바다의 항구로 가서 다시 배를 타야 했다.

"아… 얼마 만에 밟아보는 땅인지……."

핼쑥해진 얼굴로 항구에 내려온 아데닌의 눈언저리에는 가는 물방

울이 맺혀 있었다. 이곳에 오기까지의 과정이 아데닌에게는 그야말로 고역이요, 고생이었던 탓이다.

"겨우 이 정도 가지고 뭘. 엘리아랑 시아 보기에 부끄럽지도 않아?"

엘리아와 시아는 화색이 도는 얼굴로 이제는 제법 여유있는 웃음도 짓고 있었다. 언제 그렇게 심하게 멀미를 했었나 하는 의구심이 들 정도였다.

엘리아와 시아는 배가 출항한 지 4일째 되는 날부터 멀미에서 벗어나 기운을 차리기 시작했고, 어제부터는 평소와 다름이 없었다. 반면에 아데닌은 도착하기 전날에야 겨우 간단한 수프를 먹을 수 있을 정도였다.

"뭐, 그래도 일단은 조금 쉬어야겠지, 모처럼 땅을 밟았으니. 배를 타는 건 내일로 미루고 오늘은 푹 쉬도록 하자."

케이의 말에 가장 반긴 것은 물론 아데닌이었다. 지금 아데닌은 걸음을 옮기는 것만으로도 힘겨운 상태였기에.

케이는 항구에 내려서 가장 가까운 여관으로 걸음을 옮겼다. 그리고 모처럼 여관에서 특실의 방을 잡았다. 아무래도 아데닌의 상태가 좋지 않았기에 하루라도 푹 쉬도록 해주려는 배려였다. 아데닌 덕에 엘리아와 시아는 모처럼 호화로운 방에서 마음껏 여유를 누리며 쉴 수 있었다.

다음날, 그래도 하룻밤을 단단한 땅에서 보낸 덕일까? 아데닌의 얼굴은 많이 좋아져 있었다. 아침 식사를 하는 자리에서도 수프 이외에 간단한 빵과 차를 먹을 정도로 회복을 한 상태였다.

"저기, 케이 형. 한 2, 3일만 더 쉬어 가면 안 될까요? 토요로 가는 것이 시일이 촉박한 것도 아니잖아요."

다시 배를 탄다는 사실이 끔찍했기 때문일까? 아침 식사를 하는 중 아데닌은 케이에게 조심스레 말했다. 하지만 케이는 아데닌의 간절한 눈빛을 외면하며 고개를 가로저었다.

"바다를 너무 우습게 보지 말라구. 강에 비할 게 아니야. 바다의 물결은 강보다 훨씬 거칠어. 강을 따라 배를 타는 동안 멀미를 안 한다 할지라도 또 바다에서는 모르는 법이거든."

케이의 말이 거기에 이르렀을 때 엘리아와 시아의 얼굴이 핼쑥하게 변했다.

케이의 말의 의미는 자신들 또한 멀미를 다시 할 수도 있다는 것이었기에. 그 끔찍한 경험을 다시는 하고 싶지 않았던 두 사람의 얼굴은 새하얗게 질리기까지 했다.

"그러니까 이왕 네 몸이 멀미에 적응해 가는 지금 배를 타는 게 나을 거야. 다시 편안한 땅에 몸이 적응해 버리면 멀미를 더 심하게 할지도 모르니까 말이야."

그렇게 말하는 케이의 얼굴에는 살짝 미소가 어렸다.

'사… 사악해…….'

그 미소를 본 세 사람의 공통된 생각이라면 그들의 눈이 잘못된 것일까? 하지만 아데닌과 엘리아, 시아는 분명 그의 웃음에서 사악한 기운을 느낄 수 있었다.

"자, 그렇게 알고 어서 나가자. 어제 잠시 알아보니까 듀로 가는 배는 오전 중에 모두 출발한다니까 말이야."

단호한 케이의 말에 세 사람은 도살장에 끌려가는 소마냥 그렇게 케이의 뒤를 따라 항구로 향했다.

티비아의 항구는 그 규모가 어마어마했다. 일리나 강의 항구를 둘러보며 그 활기와 크기에 놀랐던 아데닌과 엘리아였지만 티비아에서는 그런 놀람을 표현조차 하지 못했다. 나름대로 세상 경험이 있다고 하는 시아조차도 두 눈이 동그래져서 놀라고 있는 상황이니 그 둘은 말할 것도 없었다.

강렬한 태양에 구릿빛으로 물든 팔을 힘차게 움직이는 선원들, 복잡한 항구의 건물 사이를 무어가 재미있는지 까르르 웃으며 뛰노는 꼬마들, 억척스레 장사를 하고 있는 상인들, 무엇이 그리도 바쁜지 걸음을 쉬지 않고 놀리는 행인들.

모두의 얼굴에는 웃음과 활기가 가득했다. 사람이 살아 있다는 생동감이 이러한 것일까?

그 모습에 네 사람은 절로 기분이 좋아지고 흥겨워지는 것을 느꼈다. 이 티비아 항의 기운이 그들도 감싸 안은 것이다. 배를 타는 것을 두려워한 적이 있었냐는 듯 엘리아와 아데닌, 그리고 시아의 발걸음은 가볍기만 했다.

그들도 어느새 이곳의 사람들과 하나가 되어버린 것이다. 그 모습에 케이는 웃음을 지으며 배표를 사왔다. 역시나 이번에도 특실이었다.

지금은 저리도 즐거워하지만 곧 멀미라는 강대한 적과 싸워야 한다는 것을 알았기에.

"자, 곧 출항 시간이야. 어서 배에 오르자."

케이는 일행을 이끌고 자신들이 탈 배로 향했다. 배에 오르기 직전 아데닌과 엘리아는 배의 크기에 다시 한 번 놀라야 했다. 이건 도무지 자신들이 일라나 강을 따라오면서 탔던 배와는 비교가 되지 않는 크기였다.

이번에는 시아 역시 조금 놀란 듯했다.

경험이라고는 해도 확실히 간접 경험과 직접 경험의 차이는 컸기에 어쩔 수 없는 일이었다.

배의 규모에 케이 역시 조금 놀라고 있었다.

자신이 잠들기 전에도 이 티비아 항에는 와본 적이 있었다. 그때와 비교하면 확실히 세상의 기술은 발전해 있었다. 세상은 끊임없이 진화해 가고 있었다. 그 진화의 방향이 옳은지 그른지는 모르겠지만 적어도 이 배의 발전은 환영할 만한 일이었다.

위험한 바다를 훨씬 더 안전하게 건널 수 있는 가능성이 늘어났기에.

"응? 그런데 저건 뭐죠?"

배의 갑판에 오르면서 아데닌은 강에서는 보지 못했던 물건들에 흥미를 보이며 물었다. 케이의 눈이 아데닌의 손가락을 따라갔다.

"아, 저거? 별거 아냐."

아데닌이 가리킨 것은 대포와 거대한 작살이었다.

바다는 강과는 다르게 종종 수중 몬스터들이 튀어나오기에 여객선이라 하더라도 그런 몬스터와 싸울 수 있는 준비를 해둔 것이다. 물론 군선에 비할 바는 아니었지만 없는 것보다는 나았기에 이런 준비는 필수였다.

게다가 바다는 몬스터뿐만 아니라 해적으로부터의 위협도 적지 않은 곳이었다.

"저건 몬스터 때문에 준비해 둔 무기예요. 화약을 사용하는 대포와 또 대포를 이용해서 멀리 날릴 수 있는 작살이에요."

아데닌의 궁금증에 시아가 웃으며 대답해 주었다. 이런 일에는 아무래도 그녀가 설명하기에 가장 적합했다.

'그나저나 분명 잠들기 전에는 화약을 거의 사용하지 않았던 것 같은데… 이제는 여객선에까지 화약을 사용할 정도가 된 것인가?'

케이는 새삼 다시 한 번 시간의 힘을 느꼈다. 자신이 세린들과 여행을 할 때는 여객선의 안전을 위해서 용병을 고용하는 것이 고작이었다. 자신들이 탄 배에 마법사라도 있다면 그렇게 든든할 수가 없었다.

바다에 사람이 직접 뛰어들어 싸울 수 없는 한 원거리 공격이 가능한 마법사는 큰 힘이었으므로. 그런데 지금은 화약을 이용한 무기들로 원거리 공격이 가능해졌고, 그것이 여객선에 실려 있었다.

화약이란 국가 간의 전쟁에나 쓰일 물건인데.

"대단한걸. 화약을 일개 여객선에서 사용할 수 있다니."

케이의 나직한 중얼거림에 시아가 방긋 웃었다.

"물론 예전에는 꿈도 못 꿀 일이었어요. 마갑기가 등장하기 전에는요. 화약이란 엄청난 힘이었으니까요. 하지만 대포도 마갑기에는 별 소용이 없었기에 마갑기가 탄생한 이후에는 규제가 많이 풀렸어요."

"그래도 이런 해상에서는 대포가 많이 유용할 텐데."

어느새 갑판에 올라 선실을 안내받으며 케이는 시아의 말에 답했다. 그사이 앞에서 안내하는 꼬마가 걸음을 멈췄다. 선실에 도착한 것이다.

케이는 역시 적당한 동전을 꼬마의 손에 쥐어주었다. 꼬마는 금세 얼굴이 밝아져서 뛰어갔다. 선실에 짐을 정리하고 얼마 지나지 않아 배가 서서히 움직이기 시작했다.

닻을 올리고 돛을 활짝 펼친 배는 바람의 힘을 빌려 서서히 바다 위를 미끄러지듯이 움직이고 있었다. 푸르른 물결을 두 쪽으로 가르고 나가는 배의 모습에 아데닌은 그저 탄성을 질렀다.

배에 갈린 곳이 아픈 듯 흰 포말을 일으키는 바닷물의 모습을 갑판에서 묵묵히 바라보고 있던 케이를 향해 시아가 입을 열었다.

"물론 아직 화약과 대포의 효용은 무궁무진해요. 특히나 이렇게 원거리 공격이 무척이나 유용한 배에서는요. 그래서 화약은 여전히 해군에 있어서는 최고의 무기예요."

"그렇겠지."

"그렇기 때문에 여객선에도 어느 정도의 사용을 허가해 준 거죠. 수많은 여객선들이 출항할 때마다 일일이 군함들이 호위해 줄 수는 없는 노릇이니까요. 몬스터와 해적의 위협에서 스스로를 지켜라, 이런 거죠 뭐."

"책임 회피인가?"

"그런 면이 없지 않아 있죠. 이 정도의 무장으로는 몬스터와 해적을 막는 것에 한계는 분명하니까요."

시아의 설명에 케이는 고개를 끄덕였다.

'그래도 500년 전에 비하면 분명히 많이 나아졌어.'

"그런데 해적이라니?"

"응? 모르고 있었어요?"

시아가 되묻자 케이는 고개를 끄덕였다.

"버려진 땅이 다시 버려진 이후에 생겼어요. 이름도 없는 곳에 사람들이 기지를 건설하고는 해적질을 하는 거죠. 물론 주 활동 무대는 이곳 셀레베스 만이고요. 가장 많이 노리는 항로가 바로 티비아와 듀를 잇는 우리가 몸을 싣고 있는 항로예요. 이 항로의 물류량이 셀레베스 만에서 움직이는 전체 물류의 8할을 차지하니까요."

시아의 설명에 케이는 고개를 갸웃거렸다.

"그렇다면 이 정도 무장은 좀 부족한 거 아닌가?"

"물론 그렇죠."

너무나 태연한 대답에 케이는 알 수 없다는 눈빛을 시아에게 보냈다.

"바다의 몬스터는 여객선과 해적을 구분할 줄 몰라요. 해적 역시 몬스터의 위협을 받는다는 말이죠. 게다가 디아스의 국경 남쪽의 바다에 특하나 몬스터들이 자주 출몰하죠."

"버려진 땅의 해적들이 이 항로로 올라오는 것도 힘들다는 이야기인가?"

"그렇죠."

"대신 일단 올라온 해적이라면 무척이나 강하겠군."

"그래요. 그래서 버려진 땅의 해적이 이곳까지 나타났다 하면 보통은 항복해 버려요. 그러니 이 무장은 해적보다는 몬스터들을 대비한 것이죠."

엘리아의 설명에 케이는 어느 정도 수긍할 수 있었다. 배의 갑판에 보이는 무기들의 대부분은 백병전에는 부적합한 것이었다. 거의 모든 무기가 원거리 공격용 무기였으니.

아무래도 해적은 고려하지 않은 무장인 것이다.

그사이 배는 제법 많이 움직여 이제는 사방으로 바다만 보였다. 어디를 바도 푸른 물결만이 넘실거리는 망망대해. 그 가운데에 배가 들어와 있었다.

잠시 먼 바다를 가만히 바라보던 케이가 주변을 둘러보았다.

"그런데 너희 괜찮아?"

슬슬 신호가 올 때가 되었다는 판단에 던진 질문이었다.

확실히 바다의 물결은 강에 비할 바가 아닐 정도로 강했고, 배의 흔들림 역시 컸다.

그리고 세 사람의 얼굴색이 조금씩 노래지기 시작했다.

"쯧쯧. 이번에는 양동이 쓸 일이 없기를 바랐건만. 그건 틀린 것 같군. 어서 선실로 들어가서 누워 있어. 일단 익숙해져야 하니까. 그래도 강에서 겪은 것이 있으니까 이번에는 조금 나을 거야."

케이의 말에 엘리아와 아데닌, 시아는 무거운 걸음을 옮겨 선실로 향했다. 그런 그들의 뒷모습을 바라보던 케이는 가만히 고개를 저었다.

저들이 멀미를 고역으로 여긴다면 케이 역시 저들을 돌보는 것이 고역이었기 때문이다.

결코 자신의 일행이 배멀미로 고생하는 걸 보고 즐길 상황이 아니었다.

"에휴. 고생길이 훤하군."

그렇게 셀레베스 만을 건너는 항로도 일라나 강에서와 마찬가지로 일행의 멀미와 함께 시작하고 있었다.

　배가 출항한 지도 어느새 3일이 흘렀다.

　그래도 강에서의 경험이 도움이 되었던 듯 세 사람의 배멀미는 짧게 끝났다. 겨우 이틀 만에 원기를 회복했으면 분명 짧다고 해야 할 것이다. 강에서의 그 긴 기간에 비한다면 말이다.

　하지만 아데닌에게 있어서는 차라리 멀미로 고생하며 누워 있는 편이 나았을지도 몰랐다. 정신을 차리자마자 수련이라는 명목으로 케이에게 끌려갔으니까.

　케이가 아데닌을 데리고 간 곳은 사람들이 별로 없는 선미의 갑판이었다.

　"여기서 무슨 수련을 한다는 거예요?"

　"별거없어."

　케이가 생긋 웃으며 대답을 해주었지만 아데닌은 불안하기만 했다. 지금까지 케이가 저런 웃음을 보인 이후의 일을 똑똑히 기억하고 있었기 때문이다.

　"쩝. 안 믿어도 별수없지만. 이제 알게 될 거잖아. 내가 무슨 수련을 시킬지."

　케이의 말에 아데닌은 그저 가만히 고개를 끄덕였다. 그런 아데닌의 얼굴은 어둡기만 했다.

　"허어. 정말 별거없다니까. 그냥 이곳에서 파르티잔을 꺼내 들고 월영창법의 기본 초식 수련만 하면 돼. 어때, 쉽지?"

　케이의 말이 끝나기 무섭게 아데닌의 얼굴에는 화색이 돌았다. 분명 그 정도라면 무척이나 쉬운 일이었다. 그간 얼마나 수련을 해온 창법이던가. 물론 후 삼초식은 깨달음이 부족하여 제대로 펼칠 수 없었지만 그래도 팔초식인 월영파령까지는 어느 정도 시전이 가능했다.

그런 그에게 단순히 초식의 형을 연습하라니 그야말로 식은 죽 먹기였다.

'으음. 케이 형이 그동안 뭔가 이상해졌나? 웬일이지? 이렇게 쉬운 걸 수련이라고 시키고?'

지금까지 케이가 해온 행동이 있었기에 아데닌은 기분이 좋은 한편 찜찜했다. 그랬기에 파르티잔을 꺼내 들며 고개를 갸웃거리는 것이리라.

'크크. 이놈아, 좋아하는 것도 지금뿐이다. 어디 한번 해봐라. 그게 그렇게 쉬운 것인지.'

자신의 의문을 풀려 했기 때문인지 아데닌은 케이의 입에 슬며시 드리우는 웃음을 보지 못했다.

"이번 수련은 네가 이곳에서 육초까지의 월영창법을 완벽히 펼쳐야 끝나는 거야."

"예."

케이의 말에 아데닌은 힘차게 대답하며 일초의 기수식을 취했다.

월영창법의 일초인 삭월영은 극쾌의 찌르기였다. 빠르기가 생명인 반면 변화는 지극히 단순한 어찌 보면 그저 찌르기라고만 해도 될 초식이었다.

빠르기가 생명인 초식이었기에 하반신이 중요했다. 단단하게 고정된 하반신이 있어야 비로소 그 빠름이 나오는 것이었다.

기수식을 취한 아데닌은 서서히 삭월영을 펼쳤다. 그리고 펼치는 중간에 무언가 잘못된 것을 느꼈다.

'어라… 이건……'

우당탕.

잘못된 것을 느끼자마자 아데닌은 그대로 바닥에 넘어졌다.

"쯧쯧쯧. 고작 그거냐? 그럼 난 가볼 테니까 열심히 수련하고 있어라."

그 마지막 말을 남기고 몸을 돌리는 케이의 모습에 아데닌은 눈물을 삼킬 수밖에 없었다.

"크윽. 그러면 그렇지. 절대 쉬운 걸 시킬 사람이 아니야, 케이 형은."

일상생활을 하는 데 크게 불편함이 없을 정도의 흔들림이 배에 있었다. 출렁이는 바다 위를 움직이니 물결의 움직임에 따라 배가 흔들리는 것은 당연한 일이다. 그리고 그 움직임이 멀미라는 엄청난 녀석의 원인이 되기는 하지만 익숙해진다면 생활에 크게 지장을 줄 정도는 아니었다.

그랬기에 우습게 본 것이 문제였다.

삭월영을 펼치려는 그 순간 살짝 흔들린 배의 움직임에 무게의 중심이 미묘하게 빗나갔고 그 대가는 컸다. 그냥 곤두박질치듯 넘어져 버린 것이다.

"끄응. 이거 제법, 아니, 엄청 어렵겠는걸? 삭월영을 펼치는 정도에 이런 꼴이라면 나머지 초식은 언제 다 연마하나……."

갑판에서 일어서며 입은 투덜거리고 있었지만 아데닌의 눈은 반짝이고 있었다. 반드시 배가 듀에 도착하기 전에 해내고 말겠다는 의지가 그 눈에 서려 있었다.

그동안 아데닌도 한 명의 어엿한 전사가 되어 있었기에 이 수련으로 얻을 수 있는 것을 알았다. 케이가 쉬운 것을 시키지는 않았지만 아무 쓸모 없는 것 역시 시키지 않았다. 케이가 시키는 것을 하면 분명 이득이 있었다. 그것 역시 그간의 경험으로 터득한 사실이다.

아데닌은 모처럼 다시 기본적인 동작부터 시작해 창법을 익히기 시작했다. 온몸이 땀으로 흠뻑 젖는 것에도 아랑곳 않고 그저 열심히 파르티잔을 움직였다. 그사이 몇 번이나 넘어졌는지 모르지만 그때마다 오뚝이처럼 벌떡 일어난 아데닌은 여전히 창을 움직였다.

"훗. 이제 어느 정도 자세가 잡혔어, 녀석."

돛대 가운데 올라 그 모습을 지켜보던 케이는 부드럽게 갑판으로 뛰어내렸다. 혹시나 하는 생각에 지켜보기는 했지만 열심히 수련하는 아데닌의 모습에 적이 안심을 했다.

티비아에서 듀까지는 배로 2주 정도의 시간이 걸린다고 했다. 하지만 그것도 바람을 잘 타고 순조롭게 항해할 경우의 이야기였기에 정확히 얼마나 걸릴지는 경험 많은 선원들이라 해도 장담하기 힘들었다.

배가 출항한 지 8일이 지난 지금, 여전히 보이는 것은 푸른 바다의 모습뿐이었다.

아데닌은 여전히 선미의 갑판에서 수련에 열중하느라 정신이 없었지만 하릴없는 시아와 엘리아는 지루하기 짝이 없었다.

배를 타고 바다를 건너는 것이 신기한 것도 하루 이틀이다. 멀미에서 회복된 후 매일 보는 풍경이니 이제는 갑판의 난간에 기대어 바다를 바라보는 것도 지루해졌다. 그저 심심함에 몸부림치며 선실에서 뒹굴거리는 것이 두 여자의 일상이 되어버렸다.

"쯧쯧. 언제까지 그러고 있을 거야?"

어느새 선실에 들어온 케이가 그런 둘의 모습에 혀를 찼다.

"하지만 심심하고 할 일도 없는걸요. 갑판에 나가봤자 보이는 건 온통 파란색이고."

케이의 말에 시아가 칭얼거리며 대답했다. 그 곁에 있는 엘리아의 모습 역시 시아와 다르지 않았다.

"그러면 아데닌처럼 수련이라도 하던가."

"칫. 어디 마법사가 그렇게 몸을 움직이면서 수련하나요?"

"당연히 아니지. 명상으로 수련을 하지. 그러니까 명상이라도 하라는 말이야, 내 말은."

케이의 말에 다시 한 번 입을 삐죽인 시아는 침대에서 몸을 돌려 누웠다. 수련할 의사가 없다는 표현을 그야말로 명백히 나타낸 것이다.

"엘리아, 너는?"

"하아. 글쎄요."

케이의 물음에 엘리아의 입에서는 힘 빠진 대답이 새어 나왔다.

"이곳만큼 물의 정령력이 충만한 곳은 없어. 마침 이렇게 된 김에 정령 마법이라도 수련해 두는 게 어때? 그게 덜 심심할 거 같은데."

케이의 말에 엘리아는 고개를 번쩍 들었다.

"맞아! 정령! 내가 왜 그 생각을 못했지? 정령을 불러다가 데리고 놀면 될걸!"

엘리아의 반응에 어느 정도 대견하다는 얼굴을 하던 케이는 정령을 데리고 놀겠다는 그녀의 말에 고개를 살며시 저었다.

'뭐, 그래도 아무것도 안 하는 것보다는 낫겠지. 일단 정령을 소환한 상태를 유지하는 것만으로도 상당한 수련은 될 테니까.'

그렇게 다시 갑판으로 나온 케이는 가볍게 몸을 날려 돛대 중간쯤에 올라갔다. 처음에는 선원들이 말렸지만 이제는 일상이 된 듯 그런 케이의 모습을 보고 뭐라 하는 선원은 없었다.

배의 크기만큼이나 돛의 크기도 컸고, 돛대도 굵었다. 케이 한 명이 충분히 정좌를 하고 앉을 수 있을 정도로.

푸른 하늘과 더욱 푸른 바다. 시원한 바닷바람. 케이는 이곳을 좋아했다. 이곳에 가만히 앉아 명상에 잠기는 것이 요즘 케이의 일상이었다.

가만히 이렇게 앉아 있는 것만으로도 무언가 가슴속에서 느껴지는 것이 있었다. 의식하지 않고 그저 흐름에 몸을 맡기고 있을 때 슬며시 다가오는 깨달음. 그 비슷한 것을 느꼈기에 케이는 한가로이 이렇게 돛대를 찾는 것이었다.

"응? 결국 소환했나 보군."

익숙한 정령의 기운에 케이는 슬쩍 아래를 내려다보았다.

그곳에는 물의 최상급 정령인 엘레스트라가 엘리아에 의해 소환되어 있었다. 엘레스트라는 물의 정령답지 않게 와이번의 모습을 하고 있었다. 물론 크기는 상당히 작아 와이번의 새끼 정도였다.

"물의 정령이 하늘을 나는 와이번이라… 볼 때마다 느끼던 거지만 다시 보니 역시나 어색하군. 익숙해지지가 않아."

그래서일지도 몰랐다, 케이가 정령을 소환할 때 엘라스트라를 잘 소환하지 않는 것은.

케이가 그런 시선을 보내고 있는지도 모른 채 엘리아는 처음 소환해 본 엘라스트라와 노느라 여념이 없었다. 배에 탄 다른 승객들이 놀란 눈으로 바라보고 있는 것에도 아랑곳 않은 채 엘라스트라의 등에 타 갑판 위 이곳저곳을 낮게 날아다니고 있었다.

"쯧쯧. 하는 행동은 아직도 어린애야."

엘리아는 이미 성년이 지났고, 무척이나 지혜로웠다. 하지만 어릴 때의 기분이 아직은 남아 있는 것인지 가끔은 저런 행동을 할 때가 있었다.

그때마다 케이는 입으로는 혀를 차면서도 두 눈은 더없이 따스하게 변해 그런 엘리아를 지켜보았다.

"응? 이건?"

잠시 아래를 내려다보며 엘리아를 바라보던 케이의 표정이 변했다. 그간의 명상으로 배 주변의 기운을 마치 자신의 몸 안의 기운처럼 느낄 수 있게 된 케이의 감각에 무언가 이질적인 것이 끼어들었던 것이다.

"뭐지?"

케이는 다시 정좌를 하고 앉아 가만히 눈을 감았다. 그리고 몸 안의 마나를 개방해 주변으로 넓게 퍼뜨렸다. 이질적인 기운에 대한 확인 작업에 들어간 것이다.

"흐음. 재수가 없다고 해야 하나? 운이 좋았다 해야 하나? 좀처럼 볼 수 없는 녀석인데……."

탐색을 마친 케이는 눈을 뜨며 몸을 일으켰다. 그리고는 여유롭게 걸음을 옮겨 아데닌에게로 향했다. 높다란 돛대에서 선미의 갑판까지 케이는 그저 여유롭게 걸음을 옮겼을 뿐이다. 아무것도 없는 허공에서.

사람들이 보면 죽으려고 환장한 자의 미친 짓일 뿐이었지만 케이가 그렇게 하자 마치 허공에 계단이라도 생긴 듯 자연스러운 걸음걸이가 나왔다.

허공답보. 보통 때라면 사람들의 시선을 의식해 사용하지 않았겠지만 지금은 사람들의 시선이 온통 엘리아에게로 가 있었기에 케이는 모처럼 기분을 내본 것이다.

"아데닌."

케이가 선미에 도착했을 때 아데닌은 여전히 땀을 뻘뻘 흘리며 열심히 창을 움직이고 있었다.

"예?"

케이의 부름에 아데닌은 창을 멈추고 그를 바라보았다.

"오늘 수련은 거기까지다."

"왜요?"

수련을 그만 하라는 케이의 말에 무언가 불만인 듯 아데닌이 되물었다. 그 모습에 케이는 절로 흐뭇해졌다. 열심히 하려 하는 제자의 모습만큼 스승을 기쁘게 하는 것은 없었다.

"문제가 생겼어."

"예?"

"몬스터다."

"예에?"

지금 아데닌이 서 있는 곳은 선미의 갑판이다. 그런 만큼 주변의 바다가 잘 보였다. 바다는 고요했다. 어디에도 몬스터가 나타날 전조는 보이지 않았다.

하지만 케이가 하는 말이다. 그렇다면 무조건 믿어야 했다. 지금까지의 경험이 그렇게 하라고 말해 주고 있었다.

"제법 대단한 녀석이야. 보통 사람은 평생에 한 번도 볼 수 없는. 나도 본 적이 없으니까."

"그래요?"

"그래. 나도 그런 녀석이랑 싸우게 된 건 처음이다. 아무래도 이 배의 장비로는 불안하니까 준비해 둬라. 곧 나타날 거야."

"예."

케이의 말에 아데닌은 파르티잔을 쥔 손에 힘을 주었다.

"저, 그런데 어떻게 싸우죠? 분명 수중 몬스터일 테죠?"

"내가 너에게 준 것 있지?"

"아, 예."

케이가 말하는 것이 이레이져라는 사실을 깨달은 아데닌은 고개를 끄덕였다.

"아마도 그 녀석 하늘도 날 수 있을 거다."

"예에?"

케이의 말에 아데닌은 놀라 두 눈을 크게 떴다. 그런 아데닌을 남겨 두고 케이는 걸음을 옮겨 엘리아에게로 향했다. 몬스터가 곧 나타날 마당에 정령을 데리고 놀도록 놔둘 수는 없었다.

"엘리……."

쾅!!

케이가 엘리아가 한창 놀고 있는 갑판에 도착해 막 엘리아를 부르려
는 찰나, 요란한 소리와 함께 배가 크게 흔들렸다.

"까악~!"

"우악~!"

"뭐… 뭐야?!"

갑작스러운 흔들림에도 케이는 여유있게 자세를 잡을 수 있었지만
다른 승객들은 그렇지 않았다. 비명과 함께 우왕좌왕하는 승객들의 모
습에 갑판 위는 곧 아수라장이 되었다.

"뭐야? 어떻게 된 건가?"

갑작스러운 충격에 선장이 선원들을 향해 소리를 치며 상황 파악에
나섰다.

"아직은 모르겠습니다. 배 아래에서 거대한 충격이 있었습니다."

"암초인가? 하지만 이 항로에는 암초 따윈 없는데……."

"모… 몬스터다~!"

그때 돛대 높은 곳 망루에서 주변을 감시하는 선원의 입에서 비명과
도 같은 외침이 터져 나왔다.

몬스터라는 소리에 갑판은 더욱 바빠졌다.

혼비백산한 승객들이 각자 자신들의 선실로 들어가려 앞 다퉈 몰려
들었고, 선원들은 그런 승객들을 통제할 여유가 없었다. 무언지 모르
지만 배에 엄청난 충격을 준 몬스터였다. 그렇다면 예사 몬스터는 아
닐 터, 몬스터와 싸울 준비를 하기 위해 정신없이 움직였다.

어느새 갑판 위에는 케이와 아데닌, 엘리아, 그리고 시아와 선원들만이 남았다. 다른 승객들은 모조리 선실로 들어가 버린 상황이었다. 몬스터와 싸우기 위해서는 이런 것이 오히려 훨씬 좋았다.

"몬스터의 종류는?"

선원들이 전투 태세를 갖추느라 정신이 없을 때 선장이 망루를 올려다보며 크게 외쳤다.

"모르겠습니다. 물속에 있어서 그런지 보이지 않습니다."

"크라켄일 거요."

어느새 선장 옆에 다가선 케이가 나직이 몬스터의 정체를 말해 주었다.

"크라켄? 그런······."

크라켄은 쉽게 말하면 거대한 오징어 모습의 몬스터였다. 오징어라 하면 별거 아니었지만 그 크기가 문제였다. 정말 말 그대로 거대했다. 육상에서는 불가능한, 바다이기에 가능한 크기였다.

때에 따라 다르지만 기록된 크라켄들의 평균적인 크기는 현재 선장이 있는 배의 크기와 엇비슷했다. 정말 크라켄이라면 조금 전의 충격에 배가 뒤집히지 않은 것이 천운이었다.

"한데 당신은?"

망루의 선원도 보지 못한 몬스터의 정체를 너무도 간단히 쉽게 말하는 케이의 모습에 선장은 의구심에 찬 눈빛을 던졌다. 하지만 케이에게 그런 선장의 의구심을 풀어줄 의무는 없었다.

"아데닌! 가자!"

선장의 말을 무시한 채 케이는 가볍게 몸을 날려 갑판의 난간을 넘어 너무도 가벼이 바다로 떨어졌다. 아니, 떨어지는 듯했다. 떨어지다가 어느 시점에서 케이의 몸은 멈췄다. 플라이 마법을 사용한 것이다.

"카라벨라."

케이의 부름과 함께 케이의 등 뒤의 공간이 일그러졌다. 그리고 마갑기가 서서히 모습을 드러냈다.

"마… 마갑기라니……."

케이의 뒤에서 등장한 카라벨라의 모습에 바삐 움직이던 선원들은 그 자리에 굳어서 멍하니 마갑기의 모습만을 바라보고 있었다.

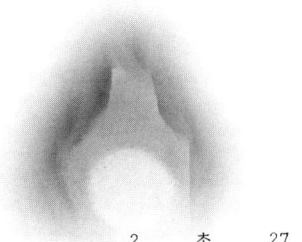

2   초   27   식

바다 위에 펼쳐진 위용은…

공간의 일그러짐과 함께 등장한 카라벨라의 흉갑이 열렸고, 케이는 곧 그 속으로 사라졌다. 이윽고 흉갑이 닫히는 순간 허공에 나타났던 카라벨라는 서서히 하강하기 시작했다.

풍덩!

그리곤 곧 물속으로 사라졌다.

선원들은 그 모습을 긴장한 채 바라보고 있었다. 아직 물속에 숨어 모습을 드러내지 않고 있는 크라켄―어디까지나 마갑기를 불러낸 자의 말에 의한 몬스터의 정체다―과 그 몬스터와 싸우기 위해 마갑기를 타고 물속으로 들어간 자.

긴장되지 않을 수 없었다.

케이가 물속으로 사라지자 갑판에 있던 아데닌은 안절부절 어찌할 줄을 모르고 있었다. 자신도 이레이져를 불러내서 케이의 뒤를 따라야 할지 말아야 할지 판단을 내리지 못하고 있었다.

케이는 이레이져가 하늘을 날 수 있다는 말만 해줬지 물속으로 들어갈 수 있다는 말은 해주지 않았다. 그랬기에 출렁이는 바다를 고민 가득한 눈으로 바라보고 있었다.

"크윽. 너 플라이 마법을 사용할 수 없나?"

─내가 사용할 수 있는 마법은 없다. 다만 장갑에 대마법 방어진이 있을 뿐.

"쳇. 알았어. 그나마 다행이군. 물이 새어 들어오지 않다니."

케이는 이레이져를 제작하면서 몇 가지 마법을 사용할 수 있도록 했다. 때문에 당연히 카라벨라도 마법을 사용할 수 있다고 생각했던 것이다.

'젠장. 분명 마나 스캔할 때 아무것도 없어서 개량한다는 생각으로 이레이져에게 몇 가지 마법을 추가했으면서… 그걸 잊고 있었다니…….'

아무리 천재라 할지라도 건망증이란 것은 가지고 있었다. 카라벨라의 모든 것을 마나 스캔으로 속속들이 조사한 케이가 그런 실수를 하였으니.

사실 케이는 카라벨라에 탑승한 후 플라이 마법으로 공중에 떠 있을 생각이었다. 하나 카라벨라가 마법을 사용할 수 없었기에 그대로 바다에 빠진 것이다.

결코 물속에 숨어 있는 크라켄을 찾으러 물속에 뛰어든 것이 아니었다.

"뭐, 이왕 이렇게 된 것 우릴 찾아온 손님이나 찾아볼까?"

의도가 어찌 되었든 일단 물속에 들어왔으니 크라켄의 모습을 확인하기 위해 케이는 주변을 둘러보았다.

"저기 있군."

정말로 거대한 오징어가 배 주위를 유유히 헤엄치고 있었다. 케이도 책에서 지식으로만 접했던 바다의 초대형 몬스터 크라켄.

"휘유. 실제로 보니 정말 대단한데. 크기만 큰 오징어라더니… 정말이야. 다만 부담스러울 정도로 큰 크기가 문제지만."

눈앞에 보이는 크라켄의 크기로 보아서 조금 전 배의 흔들림은 크라켄과 충돌한 것은 아닌 것 같았다. 저 크기의 몬스터와 충돌했다면 단번에 배는 뒤집어져 침몰했을 것이다. 다만 열 개나 되는 다리 중 하나와 부딪힌 정도일 거라 케이는 추측했다.

"어쨌든 이곳에서 멀어져야겠군. 바로 위에 배가 있으니 이곳에서 싸우다가 배가 침몰하면 곤란하니까."

크라켄을 지켜본 케이는 바로 머리 위에 있는 배를 쳐다보고는 그렇게 결정을 내렸다. 하지만 결정을 내렸다 해도 문제는 남아 있었다.

어찌 이동을 해야 할지 알 수가 없었던 것이다. 일단 물속에 있을 수 있기는 하지만 단순히 말하자면 마갑기는 어마어마한 무게의 쇳덩이일 뿐이다. 케이가 헤엄을 치려 해도 과연 이 쇳덩이가 물속을 유영할 수 있을지가 문제였다.

"그래도 일단은 해봐야겠지?"

의자의 양쪽에 있는 수정구를 잡고 의식을 마갑기와 일치한 케이는 몸을 조금씩 움직이기 시작했다. 헤엄치기 시작한 것이다.

하지만 결과는 역시나였다. 팔과 다리는 움직이고 있었지만 몸은 그저 계속 가라앉고 있었다.

"젠장. 이러다가 익사해서 죽겠군. 어떻게 하지?"

단순히 수영 동작으로는 아무것도 안 된다는 것을 확인한 케이는 곧 모든 동작을 멈추고는 생각에 잠겼다. 그리곤 곧 해결책을 떠올렸다.

"쳇. 마나 소비가 크겠지만 이곳에서는 어쩔 수 없지. 일단 저 녀석을 배에서 멀리 떨어뜨리는 것이 먼저니까."

결정을 내린 케이는 곧 몸에서 마나를 방출하기 시작했다. 마나가 카라벨라의 몸 전체를 감싸 안을 무렵 케이는 한쪽 손을 크라켄을 향해 뻗었다.

"일단 한 대 맞고 시작하자."

그 말과 동시에 마갑기의 오른손에서 마나가 응집한 마나구가 쏘아져 나갔다. 마나구는 정확히 크라켄의 머리를 때렸다.

배 주위를 유유히 유영하던 크라켄의 커다란 눈동자가 케이를 향했다. 방금의 일격에 제법 통증을 느낀 듯했다. 크라켄과 눈이 마주치자마자 케이는 마갑기의 주위를 둘러싼 마나를 한쪽 방향으로만 뿜어내기 시작했다. 그러자 그 반작용으로 뿜어낸 마나와 반대 방향으로 마갑기가 빠른 속도로 움직이기 시작했다.

케이가 움직이자 크라켄은 곧 뒤따라왔다. 자신에게 아픔을 준 존재를 그냥 둘 수 없다는 듯 케이의 뒤를 쫓는 기세가 자못 흉포했다.

"흥, 맞고는 못 산다는 건가? 보기보다 근성있는 녀석이로군."

크라켄의 크기를 고려하여 어느 정도 거리가 벌어졌다고 생각한 케이는 진행 방향을 바꾸어 수면 위로 향했다. 빠르게 상승한 케이는 물보라를 일으키며 수면을 벗어나자마자 재빨리 시동어를 외쳤다.

"플라이."

순수하게 자신의 마법으로 마갑기까지 함께 띄워야 하는 상황이었지만 케이에게 어려운 일은 아니었다.

"그래도 조금 부담이 되긴 하는군. 이런 쇳덩어리를 플라이 마법으로 띄워야 하다니. 쩝."

어느 정도 공중에 떠서 시간을 보내자 거대한 파도와 함께 크라켄이 수면 위로 모습을 드러냈다. 열 개의 다리 중 여섯 개가 수면 밖으로 나와 케이를 향해 날아오고 있었다.

"훗. 녀석, 열을 받긴 했나?"

상상을 초월할 정도로 긴 크라켄의 다리가 자신을 향해 뻗어오고 있음에도 케이는 태연자약했다. 이리저리 얽히고설키며 날아오는 크라켄의 다리를 피하는 케이의 모습은 여유롭기 그지없었다.

배와 상당한 거리가 있기는 했지만 크라켄의 엄청난 크기가 있었기에 배의 갑판 위에서도 그 모습이 똑똑히 보였다.

"세상에나… 정말 크라켄이었어…….."

"이럴 수가. 내 생애에 크라켄을 보게 되는 날이 올 줄은…….."

선원들은 수면 위로 크라켄이 모습을 드러내자 저마다 한마디씩을 내뱉었다. 두 눈을 감고 신에게 기도하는 선원도 몇몇 있었다.

"아데닌, 어쩔 거야? 케이 오빠가 오라고 했잖아."

가만히 크라켄을 지켜보던 엘리아가 아데닌의 옆구리를 찌르며 말했다.

"으, 응. 하지만 난 케이 형처럼 마갑기에 탈 수 없는걸."

"뭐? 그거 때문에 이러고 있었던 거야?"

"하지만 배 위에서 이레이져를 불러냈다가 갑판이 부서지기라도 하면 어쩌려고."

아데닌의 말에 갑판을 물끄러미 내려다보던 엘리아는 고개를 끄덕였다.

"하긴 그렇긴 하다. 어쩔 수 없네. 내가 도와줄게."

"어떻게?"

태연한 엘리아의 말에 아데닌이 의구심 가득한 눈으로 그녀를 쳐다보았다. 그런 아데닌의 시선에 엘리아는 가볍게 웃으며 입술을 움직였다.

"엘레스트라."

엘리아의 부름과 함께 와이번의 모습을 한 물의 최상급 정령이 소환되어 나타났다.

"엘라스트라, 얘를 태우고 배 밖으로 나가주겠어? 그리고 최대한 몸의 크기를 키워줘. 제법 무거운 게 또 네 등에 떨어질 테니까."

『알았다.』

엘리아의 부탁에 짧게 대답한 엘라스트라는 부드럽게 움직여 아데닌을 등에 태우고는 바다 위로 날아갔다. 그리곤 그곳에서 자신의 몸을 크게 부풀렸다. 와이번에 비해 훨씬 작안던 엘라스트라의 몸이 와이번 덩치의 4, 5배 정도의 크기로 늘어났다.

"우와~!"

그 광경에 엘라스트라의 등에서 아데닌은 그저 감탄만 하고 있었다.

"뭐 해? 어서 이레이져를 불러내서 케이 오빠에게 가야지."

엘라스트라의 등에서 아데닌이 그저 멍하게 있자 엘리아의 날카로운 목소리가 울렸다.

"아, 알았어. 이레이져!"

아데닌의 부름에 아데닌 뒤의 공간이 일그러지기 시작하더니 곧 이레이져가 모습을 드러냈다. 모습을 드러낸 이레이져는 가볍게 엘라스트라의 등에 두 발을 디뎠다.

『으음. 제법 많이 무겁군.』

엘리아에게만 들리는 엘라스트라의 목소리.

『미… 미안해…….』

엘리아 역시 엘라스트라만이 들을 수 있게 의사를 전달했다. 정말로 미안했기에. 저 엄청난 마갑기를 잠시지만 지탱하게 했으니 말이다. 물론 이레이져를 지탱하는 힘은 엘리아에게서 가져가는 마나에서 나온다.

하지만 저런 무식하게 크고 무거운 쇳덩이를 짊어지게 하는 건 역시나 미안한 일이었다.

"아데닌, 엘라스트라가 힘들어하니까 어서 타고 날아가!"

엘리아의 말에 아데닌은 재빨리 이레이져의 흉갑 안으로 들어가 두 수정구를 움켜잡았다.

─오랜만이다, 아데닌.

"그래. 오랜만이야, 이레이져. 그런데 너 날 수 있어?"

엘리아에게 들은 말이 있었기에 아데닌은 타자마자 비행 가능 여부를 확인했다.

―물론이다. 날기를 원하는가?

"그래."

―그렇다면 시동어를 외쳐라. 날기 위한 시동어는 '플라이'.

"플라이!"

아데닌의 시동어와 함께 이레이져의 몸이 엘라스트라의 등 위에서 두둥실 떠올랐다.

"수고했어, 엘라스트라. 그만 돌아가 봐."

이레이져의 몸이 떠오르는 것을 확인한 엘리아는 엘라스트라의 소환을 해제했다.

"우우. 또 마갑기야. 어떻게 이런 일이……."

갑자기 등장한 정령과 마갑기에 아무런 말도 못하고 그저 지켜만 보고 있던 선원들은 그제야 정신을 차렸다. 하지만 엘리아와 시아는 주변의 그런 소란에는 아랑곳하지 않았다. 눈앞에 당면한 현실이 더 중요했기에.

"아데닌, 이제 어서 가봐야지!"

엘리아의 재촉에도 아데닌은 어쩔 줄을 몰라 했다. 마법사가 아닌 전사인 아데닌으로서는 플라이 상태에서 어떻게 해야 의지대로 날아다닐 수 있는지 알 리가 없었다. 지금 이레이져의 몸을 떠우는 힘은 어디까지나 플라이 마법이었기에 아데닌은 그저 가만히 떠 있는 것이 고작이었다.

"그게… 어떻게 가야 할지 모르겠어. 플라이라고 외치니까 마갑기가 떠 있긴 한데 말이야."

마갑기에서 들리는 아데닌의 목소리에 시아는 경악했다. 마갑기가 마법을 사용한다니 들어본 적도 없는 이야기였다.

'과연 케트로이드 지니어스 후작이라는 건가……'

"아데닌 오빠, 제 말 들려요?"

"물론 똑똑히 잘 들려. 그러니까 그렇게 애써 큰 소리를 낼 필요 없어."

감각과 의식에서 이레이져와 완전한 동화를 이루었기에 현재 아데닌은 이레이져의 모든 부분이 자신의 몸과 다름없는 상태였다.

"지금 이레이져는 아마도 플라이 마법을 사용한 것 같아요. 오빠는 마법사가 아니니까 그런 상태는 생소하겠지만 간단하게 생각해요. 마법이란 것도 결국 의지로 행하는 거예요. 비록 오빠가 사용한 것이 아니라 이레이져가 사용한 거라 해도 움직이는 건 오빠의 의지예요. 앞으로 날아가겠다는 의지를 가져요! 처음에는 힘들겠지만 곧 익숙해질 거예요."

시아의 조언에 아데닌은 정신을 집중했다. 그러자 변화가 분명 있었다. 이레이져가 조금씩 움직이기 시작한 것이다.

"으음. 이런 요령이란 말이지."

대강 움직이는 법을 알게 되자 적응하는 것은 금방이었다. 곧 이레이져는 빠른 속도로 케이를 향해 날아가기 시작했다.

한참 크라켄에게 연이어 마나탄을 쏘아대며 약을 올리던 케이는 아데닌이 다가오는 것을 느꼈다.

"녀석, 늦군."

거대한 크라켄의 다리가 날아오는 가운데 케이는 시종일관 여유로웠다.

"이봐, 카라벨라."

―라이네다.

케이의 부름에 기분 나쁜 듯한 카라벨라의 대답이 들려왔다.

'녀석, 이름에 민감하군.'

카라벨라의 대답에 속으로 작게 투덜거린 케이가 다시 입을 열었다.

"알았어. 라이네, 네가 가지고 있는 장비는?"

―롱 소드와 라운드 쉴드, 투 핸드 소드, 배틀 액스, 스피어다.

"음, 뭐 그리 빈약하지는 않군. 좋아. 롱 소드를."

케이의 지시에 카라벨라의 오른손 부분의 공간이 일그러지며 마갑기용 롱 소드가 모습을 드러냈다. 아공간에서 롱 소드가 나타나자마자 케이는 부드럽게 검병을 잡았다.

"후후. 그럼 어디 자리를 준비해 볼까?"

아데닌이 탄 이레이져의 모습이 점점 가까워지자 케이의 얼굴에는 진한 웃음이 감돌았다. 그리고 카라벨라의 움직임이 점점 빨라지기 시작했다. 그저 크라켄의 다리만을 피하던 수동적인 움직임이 아니었다.

능동적으로 크라켄을 향해 파고들기 시작했고, 그 움직임은 쾌속무비하기 그지없었다.

일단 케이가 마음먹고 움직이기 시작하자 카라벨라의 몸체는 어느새 크라켄의 몸체가 있는 수면 근처에 도달해 있었다.

"한 방만 맞아라."

어느새 오러 쓰레드가 입혀진 롱 소드가 크라켄의 머리를 찔렀다.

거대한 마갑기의 롱 소드가 머리를 찔렀음에도 불구하고 엄청난 크기의 차이로 인해 마치 오징어의 머리에 꽂힌 이쑤시개만도 못한 상태였다.

콰앙~!

하지만 통증은 제법 엄청났던지 크라켄의 움직임이 더욱 격렬하게 변했고, 그에 따라 수면의 움직임이 더욱 거칠어졌다. 크라켄의 주위에서 일어나는 파도의 높이는 더욱 높아졌다.

"좋아. 그럼 한 번만 더."

크라켄의 반응이 마음에 들었던지 케이는 재빠르게 움직여 반대쪽에 한 번 더 검을 찔렀다.

다시 한 번 느껴진 통증에 크라켄의 움직임은 더욱 격렬해졌다. 크라켄의 다리 대부분이 수면 밖으로 나와 카라벨라 주위로 얽혀 들어왔다. 크라켄의 눈동자에는 극렬한 분노가 맺혀 있었다.

태어난 이래 이런 종류의 아픔이란 것은 느껴보지 못한 크라켄이었기에 지금 분노는 더할 수 없이 컸다.

하지만 케이는 여유로웠다. 여전히 재빠르고 신출귀몰한 움직임으로 크라켄의 다리가 닿지 않는 공중으로 몸을 피했다. 그리고 그때 아데닌이 도착했다.

"늦었다."

"미안해요, 형. 형처럼 이레이져를 불러내기도 힘들었고 또 날아오는 데 적응하기 힘들어서요."

"어쨌든 됐어. 이제 뒤는 네가 맡아라."

"네?"

갑작스러운 케이의 말에 아데닌은 놀라 되물었다.

"네는 무슨 네야? 지금까지 내가 이 녀석 여기까지 유인하고 시간

끌어줬잖아. 게다가 네 녀석 상대하라고 적당히 화도 돋워났으니까 잘 해보라고."

케이는 그렇게 무책임한 말만을 남기고 더욱 높이 올라갔다.

아데닌은 그저 어쩔 줄 몰라 하며 유유히 올라가는 케이를 허망하게 바라보고 있었다.

—아데닌, 위험하다.

그저 높은 하늘만을 바라보는 아데닌에게 이레이져의 경고가 들렸다.

"뭐?"

이레이져의 경고에 놀라 주위로 시선을 돌렸으나 이미 때는 늦었다.

콰앙!

요란한 소리와 함께 이레이져는 뒤쪽으로 빠른 속도로 날아갔다.

아니, 정확히는 날렸다고 해야 하리라.

아데닌이 한눈을 판 사이 잔뜩 화가 난 크라켄이 휘두른 다리에 맞은 것이다.

"쯧쯧쯧. 이제는 좀 성장했나 했더니 저런 꼴이라니."

그런 아데닌의 모습에 케이는 아쉬운 듯 혀를 찼다. 배 위에서 보여준 듬직한 모습은 사라지고 저리도 어눌한 모습이라니.

케이가 그런 시선으로 지켜보고 있는지 알 수 없는 아데닌은 연이어 날아오는 크라켄의 다리를 열심히 피하고 있었다. 정신을 다른 곳에 두고 있다가는 크라켄의 공격을 당한다. 그 경험은 한 번이면 충분했다.

하지만 플라이 마법에 익숙하지 않은 아데닌으로서 여기저기에서 종횡무진으로 날아오는 크라켄의 다리를 마음대로 피하기란 결코 쉬운 일이 아니었다. 실제로 피하는 횟수보다 막아내는 횟수가 월등히 많았다.

아무리 마갑기라 하지만 저런 정도로 크라켄의 다리를 막아낸다면 장갑이 버텨낼 도리가 없었다. 하지만 이레이져였기에 크라켄의 무지막지한 다리에도 버티고 있을 수 있었다.

"녀석, 저렇게 막기만 해서 공격은 언제 하겠다는 건지."

아데닌이 보여주는 모습이 아무래도 마음에 들지 않는지 케이의 입에서는 좋은 소리가 나오지 않았다.

"이레이져, 파르티잔을."

케이의 그런 시선을 느낀 것인지 아니면 계속해서 막기만 하다가는 아무것도 안 된다는 것을 깨달은 것인지는 알 수 없지만 아데닌은 이레이져에게 무기를 요구했다. 그 순간 이레이져의 오른손 주변의 공간이 일그러지며 파르티잔이 나타났다.

오른손에 느껴지는 차가운 감촉은 아데닌을 웃음 짓게 했다. 비록 일방적으로 당하기만 하고 있는 상황이지만 손에 느껴지는 감촉이 아데닌의 투지를 일깨워 주었다.

그때 다시 한 번 크라켄의 다리가 날아왔다. 하지만 이번에는 파르티잔으로 그 다리를 흘려내며 살짝 몸을 틀어 아무런 충격 없이 피할 수 있었다.

"호오. 일단 파르티잔을 쥐니까 조금 달라지긴 한 건가?"

조금은 나아진 아데닌의 모습에 케이의 표정이 살짝 변했다.

"좋아. 간다!"

방금의 회피로 어느 정도 자신감을 얻었는지 아데닌은 기합 소리와 함께 크라켄을 향해 날아갔다. 아직은 날아가는 모습이 많이 위태했지만 기세만은 강렬했다.

어느새 이레이져의 손에 들린 파르티잔에는 오러 쓰레드가 맺혀 있었다.

푸욱!

어느새 다가가서 찌른 것일까?

파르티잔이 크라켄의 다리 중 한 곳에 깊숙이 박혔다. 파르티잔을 잡고 있는 이레이져의 손이 크라텐의 다리에 닿을 정도로.

순식간에 일어난 일이라 크라켄은 아픔을 느끼지 못한 듯했다. 그저 가만히 있는 모습이 그 사실을 증명해 주었다.

일단 일격이 성공하자 아데닌은 재빠르게 파르티잔을 뽑아 뒤로 후퇴했다. 공격은 성공시키는 것보다 그 이후의 대처가 더욱 중요함을 뼈에 사무치게 배운 터였다.

같은 실수를 두 번 하지는 않는다. 그것이 아데닌이었다.

아데닌이 적당한 거리를 두고 물러날 때쯤에야 크라켄은 다리에서 느껴지는 통증을 느낀 듯 더욱 광포하게 움직였다. 그에 따라 주변의 물결이 더욱 거세게 몰아쳤다.

크라켄에게서 시작한 거센 파도는 멀리멀리 이어져 엘리아와 시아가 타고 있는 배에도 도달했다. 통상보다 훨씬 커진 파도에 배는 크게 흔들리기 시작했다.

"꺄악."

갑작스러운 흔들림에 엘리아의 입에서 작은 비명이 터져 나왔다. 하지만 그녀의 손은 더욱 강하게 난간을 쥐었고, 눈은 멀리 크라켄을 향하고 있었다.

오행심법 수련 덕에 시력도 무척이나 좋아진 그녀였기에 아데닌과 크라켄의 전투를 볼 수 있었다. 갑작스러운 흔들림에 놀라긴 하였으나 엘리아는 아데닌의 싸움에서 눈을 떼지 않았다.

케이가 아데닌을 불렀을 때 엘리아는 어렴풋이 이렇게 될 것을 예상하고 있었다. 벌써 한두 번 겪는 일이 아니지 않은가. 엘리아뿐만 아니라 시아 역시 어느 정도 짐작했으리라. 오직 아데닌만이 아무것도 모르고 순진하게 서둘러 갔을 터였다.

'그러고 보면 아데닌은 의외로 멍청해. 매일 당하면서도 매일 모르고 가는 걸 보면 말야.'

높은 파도에 배가 크게 흔들리고 넘어지지 않기 위해 난간을 꼭 진 와중에 머리에 떠오른 생각에 엘리아는 그만 풋 소리를 내며 웃고 말았다.

같은 실수는 두 번 하지 않는다. 하지만 케이에게는 매번 번번이 당한다. 그것이 아데닌이었다.

'아데닌, 힘내.'

갑자기 떠오른 엉뚱한 생각에 잠시 웃었던 엘리아는 금세 표정을 바꾸고 간절한 눈빛으로 아데닌이 있는 곳을 바라보았다.

"타핫!"

엘리아의 눈빛을 느낀 것인지 아데닌의 움직임은 점점 좋아지고 있었다. 플라이 마법이 펼쳐진 몸 상태에도 많이 익숙해진 상태였다.

크라켄의 다리가 이레이져의 몸체를 맞추는 횟수가 점점 줄어갔다.

반면 아데닌이 크라켄의 다리에 입힌 상처의 수는 점점 늘어만 갔다.

그에 따라 크라켄은 더욱 사나워졌고, 인근 바다의 물결은 태풍이라도 만난 것처럼 거칠어졌다. 배의 흔들림도 점점 격심해져 선원들은 배의 자세를 잡기 위해 분주하게 움직이고 있었다.

배 위의 상황이 어떻게 돌아가든 그것은 크라켄을 마주하고 있는 아데닌에게는 별개의 문제였다. 일단 아데닌은 점점 더 눈앞의 괴물을 쓰러뜨리는 것에 집중해 가고 있었다.

"받아랏! 삭월영!"

한 번 구부러진 상태로 자신을 향해 똑바로 날아오는 크라켄의 다리를 향해 빛살보다도 빠른 삭월영이 펼쳐졌다. 아데닌의 월영창법도 어느새 완숙의 경지에 이르렀는지 창끝에서 강기가 쏟아져 나갔다. 삭월영의 수법으로 쏟아진 강기는 크라켄 다리의 구부러진 부분까지 꿰뚫은 후 하늘로 날아갔다.

이레이져의 파르티잔에 맺혔던 오러 쓰레드는 어느새 오러 블레이드로 바뀌어 있었다.

쿠오오오.

다리를 꿰뚫는 갑작스러운 통증에 분노한 듯 크라켄은 커다란 소리를 내고 있었다.

"응? 크라켄이 소리를 낼 수 있어? 전혀 알려지지 않았던 사실인데. 아데닌 덕에 새로운 사실을 알게 되는군. 그나저나 오러 블레이드라니. 아데닌 녀석, 성장 속도가 지나치게 빠른 건 아닌지 모르겠어."

얼굴에 점점 웃음이 진해지는 케이는 기분 좋은 목소리로 중얼거렸다. 물론 아데닌이 들을 수 있을 리 없었지만. 아니, 바로 옆에서 케이가 그렇게 말했다 해도 아데닌은 듣지 못했을 것이다. 아데닌은 크라켄과의 싸움에 완전히 몰입해 있었기에.

"으음."

한편 삭월영으로 크라켄의 다리를 뚫어버린 후 흉험한 기세로 날아오는 크라켄의 다리를 피하던 아데닌은 조금 전 느낀 감각에 고개를 갸웃거렸다. 어딘가 비슷했던 것이다. 자신이 배의 갑판에서 초식 연습하던 그때와.

"그랬군. 그래서 케이 형이 그런 걸 나에게 시킨 것이었어."

쉬지 않고 흔들려 무게의 중심을 잡기가 힘든 배의 갑판 위. 그리고 마법으로 공중에 떠 있어 마땅히 무게의 중심을 지지할 수 없는 현재의 상태.

비슷했다. 아니, 똑같았다.

초식을 펼쳐 낼 때의 요령은 완전히 일치했다.

갑판 위에서 초식을 펼칠 때는 단단한 바닥에서 안정적으로 초식을 펼칠 때와는 다른 요령이 필요했다. 그리고 그 요령은 현재의 상태에서도 똑같았다.

만약 갑판 위에서의 수련이 없었다면 이토록 깔끔하게 크라켄의 다리를 뚫어버리지는 못했을 것이다.

물론 마법으로 공중에 떠 있는 상태이기에 배에서 처음 초식을 펼칠 때처럼 꼴사납게 넘어지지는 않을 것이다. 그러나 그렇다고 해서 제대로 된 초식을 펼칠 수 있는 것은 아니다. 삭월영을 펼쳤을 때 파르티잔 끝에서 나아간 초식은 삭월영이 아니게 되어버릴 터다.

새삼 케이에 대한 고마움이 가슴속에서 싹텄다.

"고마워요, 케이 형."

작게 중얼거린 아데닌의 공격은 점점 더 매서워졌다. 삭월영의 성공으로 자신이 더욱 붙은 것일까? 월영창법의 초식들이 차례차례 이레이져의 파르티잔에서 쏟아져 나왔다.

그에 따라 크라켄의 상처는 더욱 늘어갔다.

"만월영!"

이윽고 펼쳐진 만월영!

밝은 보름달이 크라켄을 향해 떨어졌고, 그 만월은 크라켄의 다리 둘을 몸통에서 잘라냈다.

하늘이 뒤집어지고 바다가 뒤집어졌다.

다리를 잃은 크라켄의 고통은 하늘을 갈랐고 그 분노는 바다를 뒤엎었다.

"거기 꽉 잡아! 이번에는 더 큰 놈이야!"

크라켄의 분노에 따른 물결은 이제 파도의 수준을 넘어서 해일이라 해도 될 만한 규모로 커져 있었다. 그에 따라 배의 선원들은 더욱 바빠졌다. 그들이 바삐 움직이지 않으면 배는 침몰할지도 몰랐다.

그것은 막아야만 했다.

"저… 저… 저……."

심하게 흔들리는 배의 돛대 끝, 망루. 배에서 가장 높은 곳이기에 흔들림도 가장 심한 곳이었다. 그곳에서 언제 떨어질지 위태위태한 상황에서도 자신의 의무를 꿋꿋이 수행하던 선원이 채 말을 제대로 하지 못하고 입만 뻐끔거리고 있었다. 다만 손가락으로 한 곳을 가리킬 뿐. 하지만 자기 할 일에 바쁜 선원들 누구도 그의 손짓을 보지 못했다. 아니, 설사 그를 봤다고 하더라도 그 높은 곳에 있는 그의 손이 제대로 보일 리가 없었다.

하지만 엘리아는 우연히 봤다. 그리고 그가 가리키는 것이 무엇인지 알 수 있었다. 아니, 그가 가리키지 않아도 이미 알고 있었다. 엘리아는 선원들이 무엇을 하든 신경 쓰지 않고 계속해서 아데닌과 크라켄의 싸움을 지켜보고 있었기에. 하지만 그녀는 선원이 저토록 놀라는 까닭을 알 수가 없었다. 지금 눈앞에는 조금 전보다 조금 크다 싶은 파도가 몰려오고 있을 뿐이었다.

"저… 저건… 해일이야! 파도가 아냐!"

이윽고 트인 말문에 망루의 선원은 목이 터져라 외쳤다. 지금까지 몰려온 파도가 해일이라 해도 될 만큼 큰 크기였다면 이번에 오는 녀석은 정말로 해일이었다. 크라켄이 다리가 잘린 아픔과 분노에 수면 위로 튀어 올라 몸을 뒤집으면서 생긴 녀석이었다.

선원의 외침에 그제야 조금 전 그의 모습이 이해가 간 엘리아는 고개를 끄덕였다. 그의 외침에 선원들이 허둥지둥하는 모습이 보였다. 급박한 상황인 듯했다. 하얗게 질린 선장의 얼굴을 보니 이번에 오는 파도, 아니, 해일은 배를 침몰시킬 수도 있을 법한 규모인 듯했다.

"엘라스트라!"

엘리아의 부름에 와이번의 형상을 한 물의 정령이 모습을 드러냈다.

『이번에는 또 무슨 일이지?』

유려한 동작으로 모습을 드러낸 엘라스트라는 지긋한 눈으로 엘리아를 바라보며 물었다.

"저기 저 해일, 이 배를 피해가게 해줄 수 있어?"

엘리아의 손끝을 따라 해일을 잠시 쳐다본 엘라스트라는 고개를 끄덕였다.

『그 정도는 어렵지 않지.』

"그럼, 부탁해."

엘리아의 말이 끝남과 동시에 엘라스트라는 해일을 향해 날아갔다. 수면에 닿을 듯 말 듯 그렇게 날아간 엘라스트라는 해일과 마주치는 지점에 이르자 직각으로 꺾어 하늘 높이 솟아올랐다.

엘라스트라가 솟아오른 그 위치에서 해일은 둘로 갈리어 진행 방향을 바꾸어 계속해서 지나갔다.

두 쪽으로 갈라진 해일은 엘리아의 배를 가운데에 두고 크게 벌어져 지나갔다. 엘리아의 배는 그저 잔잔한 바다 위에 떠 있을 뿐이었다.

"우오오!"

자신들의 눈앞에서 펼쳐진 광경이 믿기지 않는 듯 선원들의 입에서는 함성인지 탄성인지 모를 소리가 새어 나왔다.

해일을 둘로 갈라 버린 엘라스트라는 유유하게 다시 배로 날아왔다. 과연 물의 최상급 정령다운 솜씨였다.

"엘라스트라, 미안한데, 저쪽에서 이쪽으로 몰려오는 물결을 전부 잔잔하게 만들어줄 수 있어?"

정말로 무척이나 미안한 표정으로 엘리아가 부탁을 하자 고개를 끄덕인 엘라스트라는 크라켄과 배의 중간 위치가 되는 곳으로 날아갔다. 그리고 그곳에서 크라켄으로 인해 일어난 거친 파도를 모두 잠재웠다. 덕분에 배의 위치를 바로잡기 위해 바쁘던 선원들이 갑자기 할 일이 없어졌다. 배는 지금 어느 때보다 잔잔한 바다 위에 떠 있었기에.

'진작 이럴걸. 이런 것도 생각 못하고 그동안 심하게 흔들리는 배에서 있었다니……'

엘라스트라 덕에 해일이 빗겨갔을 때 배는 어느 때보다도 평안했기에 엘리아는 즉석에서 떠올린 생각을 실행한 것이다. 사실 심하게 흔들리는 배에서 난간을 꽉 잡고 아데닌의 싸움을 지켜보는 것은 무척이나 힘든 일이었다.

그녀의 곁에서는 시아가 선망 어린 눈으로 그녀를 바라보고 있었다. 그리고 엘리아의 뒤에서는 선장 이하 선원들이 그녀에게 경외의 시선을 보내고 있었다. 하나 엘리아는 그런 모든 시선에는 전혀 신경을 쓰지 않았다. 지금 그녀의 정신은 모두 아데닌의 싸움에 가 있었다.

쿠오오오!

다시 한 번 요란한 울음소리와 같은 것을 낸 크라켄의 몸이 갑자기 솟아올랐다. 조금 전 몸을 뒤집을 때와 같은 듯했으나 달랐다.

조금 전에는 분노와 아픔에 몸부림친 것과 같았다면 지금은 마치 뛰어오른 듯했다.

아니, 뛰어오른 것이다.

크라켄의 몸 전체가 완전히 수면 밖으로 솟아올랐으니 말이다. 그렇게 뛰어오른 크라켄의 몸이 이레이져를 덮쳤다.

"크윽. 뭐야! 저 녀석!"

상상을 초월한 크라켄의 공격에 아데닌은 재빨리 뒤로 몸을 날렸지만 거대한 크라켄의 몸에서 완전히 벗어나지는 못했다.

쿠앙!

둔중한 충격과 요란한 소리.

크라켄과의 충돌로 인해 잠시 정신을 놓은 사이 크라켄의 다리가 이레이져의 몸을 감아왔다. 크라켄의 다리 굵기에 비하면 이레이져의 크기는 그야말로 아이들 장난감 수준이었다.

그 다리에 휘감긴 상태에서 크라켄이 힘을 준다면 아무리 이레이져라 해도 짜부라들고 말 것이다.

자신의 다리를 잘라낸 괘씸하기 짝이 없는 장남감을 포획하는 데 성공한 크라켄은 유유히 잠수해 들어갔다. 그동안의 경험에서 익힌 행동이었다. 물 밖에서 자신을 공격하던 어떠한 존재도 일단 잡아서 바다 깊이 들어가면 힘을 못 썼다. 그 경험에 따라 크라켄은 서서히 깊이깊이 바다 속으로 내려갔다.

"이런!"

의외의 상황에 낭패한 얼굴의 케이는 재빨리 몸을 날려 바다 속으로 향했다.

"젠장, 오늘 수중전은 예정에 없었다구. 일단 공중전만 치를 예정이었는데 멍청한 아데닌 녀석 같으니."

입으로는 욕을 하고 있었지만 사실 물 밖으로 뛰어오른 크라켄의 공격에는 케이도 무척이나 놀란 터였다. 그랬기에 크라켄이 아데닌을 데리고 물속으로 사라지자 지체없이 몸을 날린 것이다.

물속으로 들어가는 카라벨라의 손에 들린 롱 소드에는 어느새 오러 소드가 맺혀 파르스름한 빛을 섬뜩하게 뿌리고 있었다.

"아데닌!"

갑작스러운 모습에 놀란 엘리아의 입에서 비명이 터져 나왔다. 그 광경을 지켜보던 선원들의 얼굴도 하나같이 딱딱하게 굳었다.

바다에서 생활하려면 눈이 좋아야 했다. 그랬기에 뱃사람들은 모두 시력이 좋았다. 그 좋은 시력 덕에 선원들은 엘리아만큼은 아니지만 어렴풋이 크라켄과의 싸움을 볼 수 있었다.

그랬기에 그들의 얼굴도 딱딱하게 굳은 것이니.

깊이가 깊어질수록 크라켄의 속도는 더욱 빨라졌고, 이레이져를 휘감은 다리의 힘도 더욱 강해졌다. 크라켄의 다리 힘이 강해질수록 이레이져의 몸체에서 은은히 나는 빛이 점점 더 밝아졌다.

―아데닌. 어떻게든 이 상황에서 빠져나가야 한다.

"알고 있어."

갑작스러운 상황에 정신이 없던 아데닌은 이레이져의 말에 퉁명스레 대답했다.

―지금은 나의 몸이 어떻게든 버티는 상황이지만 이 상태가 지속되면 나도 장담할 수 없다. 크라켄의 다리 힘뿐만 아니라 수압도 점점 강해지고 있다.

아데닌도 알고 있었다. 일단 자신의 감각이 마갑기와 연결되어 있지 않은가. 통증은 느끼지 않도록 되어 있다 하더라도 몸에 느껴지는 압박감이 무엇을 뜻하는지 정도는 알 수 있었다.

하지만 방법이 없었다. 양팔을 전혀 못 쓰도록 묶여 있으니.

"젠장!"

아데닌이 욕지기를 내뱉는 동안에도 상황은 악화일로에 있었다. 지금은 이레이져의 몸체를 구성하는 합금의 강도와 탄성, 그리고 핵에 내장되어 있는 신성력의 복원력으로 어찌어찌 버티는 상황이었지만 크라켄이 더욱 강한 힘을 가하고 있었다. 평소라면 흔적도 없이 짜부라들었을 정도의 힘에도 원형을 유지하는 장난감의 모습에 화가 난 듯 가해지는 압력의 정도가 점점 더 배가되었다.

'젠장. 정말 끝인가······.'

크라켄과의 전투에 몰두해 있었던 아데닌은 주변의 모든 상황까지 잊었다. 그 정도로 집중해서 전투를 벌인 것이다. 그랬기에 아데닌은 너무나 터무니없는 생각을 하고 있었다. 이제는 끝이라는.

그 생각을 한 순간 아데닌의 눈에 밝은 빛이 들어왔다. 그 빛의 정체는 검이었다. 언젠가 본 적이 있는. 분명 엘프의 숲에서 마갑기들을 베어 넘기던 퓨어의 검과 같았다.

그 검이 눈에 보인다 싶은 순간 온몸에 느껴지던 압력이 확 줄었다. 몸을 일그러뜨릴 듯한 압력이 사라지고 그저 가슴이 조금 답답한 정도의 압력만이 남아 있었다.

―위로 올라가라.

갑작스레 시원해진 몸의 상태에 잠시 젖어 있던 아데닌의 머리에 케이의 음성이 울렸다.

'아, 맞다! 케이 형.'

그제야 케이의 존재를 떠올린 아데닌은 쓴웃음을 짓고는 위로 천천히 올라갔다. 마갑기로 헤엄을 칠 줄도 몰랐고 칠 수도 없는 상황이었지만 아직 플라이 마법은 발현 상태인지라 수압에 저항하며 이레이져의 몸은 서서히 떠오르고 있었다.

한편 크라켄의 다리를 잘라 버린 이기어검강의 수법으로 날려진 롱소드는 방향을 급선회해 크라켄의 머리로 향했다. 아니, 향했다 싶은 순간 뚫고 들어갔다. 그리고 크라켄의 머리 속을 헤집었다. 아무리 크라켄이라 해도, 아무리 롱 소드의 크기가 이쑤시개보다 작다 해도 머리 속을 온통 헤집는 통에야 수가 없었다.

그렇게 크라켄과의 전투는 일견 싱겁게 막을 내리고 있었다.

생명의 기운을 잃은 크라켄의 몸체는 서서히 부력을 받아 떠오르기 시작했다. 그와 함께 카라벨라의 몸도 천천히 상승했다. 조금 올라가다 보니 아직도 플라이에 의존해 상승 중인 이레이져가 눈에 들어왔다.

이레이져의 손을 잡은 케이는 마나를 뒤로 뿜으며 빠르게 상승해 금세 물 밖으로 나왔다.

"우와와와와~!"

두 대의 마갑기가 물 밖으로 모습을 드러내자 배에서 함성이 터져 나왔다.

엘리아의 눈에는 살짝 눈물이 맺혀 있었다. 그 모습에 시아는 입술을 삐죽이며 가볍게 웃었다. 엘리아가 어떤 마음인지를 눈치챘기에 그냥 그렇게 웃을 뿐이었다.

두 대의 마갑기가 물 밖으로 솟아오르고 얼마 지나지 않아 곧 거대한 동체가 물 위로 떠올랐다.

크라켄의 시체였다.

"우오오오오오!"

이번에는 배에서 놀람의 함성이 터져 나왔다. 크라켄으로부터의 생환에 함성을 질렀지만 설마 크라켄을 죽였을 줄은 몰랐던 것이다.

선원들의 환호를 받으며 두 대의 마갑기는 천천히 배를 향해 다가갔고, 난간 곁에 이르자 움직임을 멈췄다.

그렇게 공중에 뜬 상태로 마갑기의 흉갑이 열렸고, 케이와 아데닌

두 사람이 모습을 드러냈다. 그러자 다시 한 번 배에서 환호성과 박수 소리가 요란하게 울려 퍼졌다.

케이와 아데닌이 갑판에 내려서고 두 마갑기가 아공간으로 사라지고 나자 배의 선장이 두 사람에게 다가왔다.

"두 용사님, 정말 감사합니다. 두 분께서 저희 배를 구하셨습니다."

선장은 케이와 아데닌에게 깊숙이 허리를 숙이며 감사의 인사를 했다. 그 후 그의 시선은 엘리아를 향했다.

"저희 배를 해일과 파도로부터 지켜주신 레이디께도 정말 감사드립니다."

엘리아를 향한 선장의 인사는 더욱 정중했다. 크라켄이 뛰어올랐다가 물속으로 들어갔을 때 해일이 한차례 더 배를 덮쳤다. 처음의 해일보다 더욱 큰 규모의 해일이었다. 하지만 역시 엘라스트라를 넘어서지 못하고 배를 빗겨갔다. 그리곤 엘라스트라는 정령계로 돌아갔다. 크라켄이 모습을 드러내지 않자 엘리아가 돌려보낸 것이다.

그때의 상황을 똑똑히 기억하기에 선장의 인사는 더욱 정중했다. 그때 선실에 들어가 있던 승객들이 하나둘 갑판으로 나오며 케이 일행을 바라보았다.

배가 요란하게 흔들릴 때는 겁에 질려 선실에 숨어 있었지만 선원들의 함성에 상황이 끝이 난 것을 알고 얼굴을 내밀기 시작한 것이다.

그리고 그들이 가장 먼저 본 것은 선원들이 케이 일행에게 경외의 시선을 보내는 것이었다. 영문을 알 수 없는 상황에 호기심이 동한 승객들의 시선이 케이 일행을 향하는 것은 자연스러운 전개였다.

"하아… 아무튼… 쩝."

점차 사람들의 시선이 자신들을 향하자 한 손으로 얼굴을 부여잡은 케이는 고개를 숙였다. 손 아래에 있는 그의 얼굴은 일그러질 대로 일그러진 상황이었다.

"모두 이리 모여봐."

케이의 말에 세 사람은 케이 곁으로 다가갔다.

"이렇게 귀찮은 일이 생길 줄은 알았지만 말야. 역시나 이런 일은 싫어. 그러니까 먼저 가자."

"예?"

영문을 알 수 없는 케이의 말에 아데닌이 되물었지만 케이의 대답은 없었다. 그저 작은 중얼거림이 아데닌의 귀에 들렸을 뿐이다.

"텔레포트."

그 말과 함께 네 사람은 배 위에서 사라졌다.

배에 남아 있는 것은 갑작스런 상황에 얼빠진 얼굴을 하고 있는 선원들과 승객들뿐.

케이의 작은 중얼거림에 갑자기 주위가 밝아온 후 드러난 풍경은 작은 언덕이었다. 분명 조금 전까지만 해도 망망대해에 떠 있는 배의 갑판이었건만 지금 눈앞에 펼쳐진 풍경은 초록 풀들이 뒤덮인 언덕이라니, 아데닌은 정신을 차릴 수가 없었다.

"응? 뭐야, 이건? 내가 꿈이라도 꾼 것인가?"

"텔레포트네요."

아데닌은 정신을 차리지 못하고 있었지만 시아는 담담이 말했다. 이미 그녀는 케이가 굉장한 실력의 마법사이기도 하다는 것을 알고 있었기에 별로 당황하지 않았다.

아니, 사실 지금 당황해 있는 사람은 아데닌 혼자였다.

"그래."

케이는 가볍게 긍정했다.

"아, 텔레포트구나."

그제야 어떻게 된 상황인지 알겠다는 듯 아데닌은 고개를 끄덕이며 웃음 지었다. 그러나 그것도 잠시. 그는 곧 놀란 토끼눈을 하고는 케이를 바라보았다.

"형! 지금 텔레포트라고 했어요?"

"그래."

"형, 네 사람을 동시에 텔레포트시킬 수 있을 정도로 뛰어난 마법사이기도 한 거였어요?"

"그래."

케이는 담담히 대답했다.

엘리아는 이미 그 사실을 짐작한 듯 아무런 변화가 없었다. 사실 케이가 정령왕을 소환한 적이 있다는 이야기를 들었다고 케이에게 말했을 때 이런 사실을 짐작했다.

그때 케이는 지니어스 후작의 진전 대부분을 이은 듯 이야기했으니까. 단지 검이 아닌 창을 배운 것만이 다른 듯 이야기했었다. 그렇다면 당연히 마법도 할 수 있다는 이야기. 엘리아는 그 사실을 어렵지 않게 짐작할 수 있었지만 잠자코 있었던 것뿐이다.

"그러면 대체 왜! 지금까지 걸어서 이동한 거죠? 그 지독한 배는 왜 탄 거죠? 텔레포트로 바다를 건널 수도 있었으면서! 대체 왜! 왜! 그런 거예요?"

아데닌은 몹시 흥분해 있었다.

다만 그 흥분의 대상이 케이가 어떻게 마법을 할 줄 아느냐가 아니었다. 왜 텔레포트를 할 수 있음에도 지금까지 고생하며 이동을 해야 했는가에 아데닌의 흥분이 집중되어 있었다. 아니, 그 기세는 흥분이라기보다는 분노에 가까웠다.

케이는 그런 아데닌을 담담이 바라보았다.

그의 이런 행동은 케이의 추억을 자극했지만 케이는 별다른 변화를 보이지 않았다.

'아데닌 녀석, 이런 행동은 완전 바볼랏이야.'

신관 같지 않은 신관 바볼랏. 그도 편한 길을 놔두고 몸을 고생시키면 몹시나 억울해했었다. 바볼랏의 모습과 행동을 떠올린 케이는 결국 살짝 미소를 지을 수밖에 없었다.

바볼랏, 그는 떠올릴 때면 항상 사람을 유쾌하게 만들었다.

"아데닌."

케이는 아데닌을 조용히 불렀다. 하지만 아데닌은 여전히 흥분한 상태였다.

"텔레포트를 할 수 있다고 텔레포트로만 이동을 한다면 그게 여행일까? 그렇다면 네가 지금까지 쌓은 경험을 쌓을 수 있었을까? 만일 우리가 텔레포트로만 이동했다면 지금 어디에 있을지 모를 정도로 빠르게 움직였겠지. 하지만 지금까지 우리가 얻은 것은 하나도 얻지 못했을 거야. 아니, 사실은 우리라기보다는 너지."

케이의 말에 아데닌은 흥분을 조금씩 가라앉히고 있었다.

"실상 우리의 이동 방식에 따라 가장 많은 경험을 쌓고 가장 많은 성장을 한 건 너다. 그런데 지금 힘들게 이동했다고 투덜거리는 거냐? 얻는 게 있으면 잃는 게 있는 법이고 값진 것을 얻기 위해서는 그만큼의 희생이 있어야 한다. 그것은 극히 간단한 진리야. 지금까지의 고생을 떠올리기 전에 네가 얻은 것들을 먼저 떠올려라."

아데닌은 아무런 말이 없었다.

케이의 말에 수긍을 한 것이다. 가장 많은 것을 얻은 것은 자신이었다. 하지만 가장 많이 고생한 것도 자신이었다. 그것이 억울했지만 케이는 그것을 표현할 여지조차 남겨주지 않았다.

"그런데 케이 오빠, 갑자기 왜 텔레포트를 사용한 거예요?"

그런 아데닌이 불쌍해서였을까? 엘리아가 슬쩍 화제를 돌렸다.

"응? 그거? 그건 귀찮아서. 사람들의 그런 시선은 부담스러워. 배가 항구에 도착하면 분명 우리보다 우리에 관한 소문이 먼저 배에서 내릴걸? 그래서 도망친 거지, 뭐."

케이의 대답에 엘리아는 방긋 웃었다.

"그럼 귀찮아서 도망친 거네요?"

"도망이라는 말은 좀 그렇지만 굳이 따지자면 그런 거지."

"그러면 여기가 듀에요?"

"그래. 대륙의 주요 도시 좌표 정도는 외우고 있으니까."

"그런데 사실 지금까지 텔레포트를 사용하지 않은 것도 텔레포트가 귀찮아서 그런 것 아니에요?"

눈을 가늘게 하고 케이를 바라보며 묻는 엘리아.

갑작스러운 물음에 케이는 그저 헛기침을 하며 시선을 돌릴 뿐이었다.

사실 케이로서는 이동 수단이 어떻든 상관은 없었지만 텔레포트를 사용한다는 것이 귀찮기도 했다. 그리고 가능한 이번 유희에서는 자신을 드러내지 않으려 했던 것도 작용을 했었다.

이미 드러낼 것은 거의 드러낸 마당이지만 말이다.

"그나저나, 아데닌."

"네."

케이의 기색이 엘리아의 물음을 긍정하는 듯하자 대답을 하는 아데닌의 얼굴도 결코 곱지만은 않았다.

"아까 물에 끌려들어 갔던 것 말인데."

크라켄과의 싸움에 대한 이야기가 나오자 금세 아데닌의 얼굴이 바뀌었다.

"예."

"이레이져는 몇 가지 마법을 사용할 수 있어. 대신 네가 시동어를 외쳐야 마법이 발동하지. 그중에 블링크도 있어. 앞으로 그런 일이 있을 때는 블링크를 사용하도록 해."

"네? 정말요?"

"그래. 분명 내가 그렇게 만들……."

"네?"

무심코 나온 말에 아데닌이 되묻자 케이는 실수를 깨닫고는 황급히 말을 삼켰다.

"아, 분명 내가 그렇게 만들어졌다는 이야기를 들었거든."

"아, 그렇군요. 그런데 이레이져는 왜 그 상황에서 저에게 아무런 말이 없었을까요?"

"네가 묻지 않아서 아닐까? 내 생각에는 다음에 시간을 내서 이레이 져랑 제대로 이야기를 나눠보는 것이 좋을 듯한데. 이레이져는 대륙에서 가장 뛰어난 마갑기야. 지니어스 후작의 유산인데 그건 당연한 일이지. 하지만 네가 이레이져를 제대로 몰라서 충분히 활용을 못하고 있어. 오늘만 봐도 그렇지? 그러니까 이레이져와 대화를 해서 충분한 능력을 알아둬."

케이의 이야기에 귀를 기울이던 아데닌은 과연 그렇다는 듯 고개를 끄덕였다.

"좋아. 그럼 목적지에 도착했으니까 내려가 보도록 할까?"

케이는 활기차게 외치며 앞장서 걸음을 옮겼다. 아데닌과 시아가 그 뒤를 따랐고, 엘리아가 마지막으로 걸음을 옮겼다.

그래서일까? 케이는 미처 느끼지 못했다, 찰나지간 미묘하게 바뀌었다 돌아온 엘리아의 눈빛을.

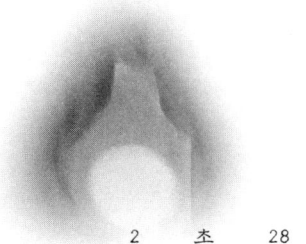

2   초   28   식

어딘가에서…

어딘가에서…

오랜만의 세상 나들이다. 아니, 태어나서 처음으로 세상에 나온 듯
했다. 바스테르 산맥의 줄기 정중앙에 위치한 메이든 산속에서만 여태
껏 살아왔을 뿐이다.

적발에 적안이 빛나는 이 미남자는 바쁘게 길을 걷는 사람들을 보며
묘한 감회에 젖어들었다.

그때만 해도 자신에게 이런 순간이 오리라는 것은 상상도 못했기에.
아니, 모든 것을 이루는 순간 눈앞에서 모든 것을 마감해야 한다 생각
했기에 억울하기 그지없었다.

그런데 자신에게 이렇게 다시 기회가 주어진 것이다.

비록 자신이 생각하던 그곳은 아니었지만 말이다.

"이곳이 사람이 사는 세상이란 말인가……."

블루덴력 1998년.

이곳의 역법으로 올해다. 그리고 그 남자가 태어난 지 꼭 500년이 되는 해였다.

자신이 이곳에 태어난 것은 불루덴력 1498년의 어느 날이었다.

어떤 빌어먹을 녀석 때문에 어떤 빌어먹을 녀석에 의해서 이곳에 태어났다.

처음에는 어이가 없고 황당했지만 지금은 그 빌어먹을 두 녀석에게 엎드려 절이라도 하고 싶은 심정이었다.

물론 실제로 만난다면 당장에 갈아 마셔 버리겠지만 말이다. 그저 그 빌어먹을 두 녀석 때문에 생각 외로 일이 풀렸다는 것을 그리 표현한 것이지 자신은 그 둘을 증오한다. 절대로 그들 앞에 엎드릴 일은 없을 것이다.

"그래도 이런 일이 가능하다니. 아직도 믿을 수 없군 그래."

사내는 가만히 자신의 두 손을 펼쳐 바라보았다.

이미 500년이란 세월이 흘렀건만 아직도 믿을 수가 없었다. 아니, 자신이 실제로 행하면서도 믿을 수가 없다니 그 사실이 어색하기까지 했다.

"후우. 그때는 정말 끝인 줄 알았는데……."

하늘을 바라보는 그의 눈은 서서히 그 너머로 가 그 일이 있던 날의 그곳으로 가 있었다.

*   *   *

"천마혈세(天魔血世)!"

천마멸겁검법(天魔滅劫劍法)의 마지막 초식이 자신의 손에서 펼쳐졌다. 그리고 반드시 죽여야 할 자의 심장을 자신의 검이 꿰뚫었다.

그 순간 그는 환희에 젖어들었다.

비록 이날까지 자신을 위해 충성을 바치던 형제와도 같은 수하 여덟이 차가운 주검이 되어 황량한 이곳의 바닥에 뒹굴고 있었지만 그래도 좋았다.

자신은 그들의 복수를 한 셈이고 또한 자신의 염원을 막는 최강의 적의 가슴에 심장을 박았으니.

그걸로 된 것이다.

남자는 자신의 적을 향해 한번 웃어주었다. 지금 이 순간 그렇게 해야만 될 것 같았다.

이제 곧 죽을 적이 어떤 얼굴을 할지 궁금했다. 그랬기에 웃으면서 그를 지켜보았다.

의외였다.

그의 얼굴에는 아무런 표정이 없었다. 아니, 그의 시선조차 자신을 바라보고 있지 않았다. 자신의 뒤편 어딘가를 바라보고 있을 뿐이었다.

그러더니 그의 눈빛이 변했다. 감동에 찬 눈빛, 환희에 찬 눈빛이었다.

자신은 저런 눈빛을 꼭 한 번 본 적이 있었다.

자신이 천마멸겁검법의 오의를 깨달아 극성으로 펼쳐 낸 후의 눈빛이었다.

그렇다.

바로 깨달음을 얻은 자의 눈빛이었다.

그걸 깨닫는 순간 차가운 감촉이 목에서 느껴졌다.

그리고 보았다.

붉은 피를 하늘로 세차게 뿜아내고 있는 자신의 몸을.

그렇다며 목과 머리는?

그 생각을 하는 순간 눈앞이 깜깜해지며 의식이 흐려졌다.

그렇게 자신은 한 번 죽었다.

정신을 차렸을 때 자신의 눈에 자신의 몸과 머리가 보였다. 허망하게 쓰러진 몸. 비참하게 떨어져 있는 목.

"그렇군. 죽은 것인가? 결국 천마의 천하는 이루지 못한 것인가……."

회한이 깃든 음성으로 아래를 내려다보는 자신의 몸은 자신의 의지와는 상관없이 어딘가로 움직였다. 하지만 삶의 목표를 이루지 못하고 죽은 그에게 그런 것은 하등 상관없었다.

그의 눈동자는 이미 죽어 있었다.

그의 몸이 사뿐히 멈춰 선 곳에는 정말로 반가운 얼굴들이 있었다.

자신보다 조금 빨리 세상을 떠났던 자들.

그들이 모여 있었다.

"교주……."

자신을 본 여덟의 인물이 동시에 회한에 깃든 음성으로 말했다.

"이렇게 빨리 다시들 보게 될 줄은 몰랐소."

남자의 음성에도 회한이 가득했다.

"후우. 결국 천마의 천하는 이루지 못하고 이렇게 가는가 보군요."

그들은 모두 알고 있었다. 자신들이 죽었다는 것을. 그리고 현재는 영혼의 상태라는 것을.

처음으로 겪는, 아니, 모든 인간들이 일생 동안 단 한 번 겪고 반드시 겪어야만 하는 사후의 세계임에도 그들에게는 별 감흥이 없었다.

알지 못하는 세계에 대한 호기심도, 앞으로의 일에 대한 두려움도 어떠한 것도 없었다.

다만 이루지 못한 목표에 대한 회한뿐.

"그는?"

여덟의 인물 중 한 명이 생각난 듯 물었다.

"내 검으로 심장을 뚫었소."

남자의 대답에 그나마 여덟의 안색은 조금 밝아졌다.

"천하제일인과 함께하는 죽음이라… 그리 외롭지만은 않겠군요……."

그의 말이 다른 일곱의 심정과 같아서일까? 여덟의 얼굴에는 가는 미소가 어렸다.

그러던 중 무언가 생각난 듯 여덟 중 한 명이 다시 입을 열었다.

"그는?"

"그리고 보니… 죽었다면 분명 이리로 와야 할 터인데……."

영혼이 되었다면 분명 이리로 와야 한다.

그 자리에서 죽은 이들은 모두 이곳에 있었다. 죽은 후의 일 따위 알리 없지만 그래야 할 것만 같았다. 그런데 그가 없었다.

하지만 자신들의 주인 되는 자는 분명히 죽었다고 했다.

자신들의 주인은 결코 허언을 하는 사람이 아니다.

한데 그는 없다.

"그런 것이 무슨 소용이겠소. 이미 육신은 차갑게 식어 있는 것을."

씁쓸한 그의 말에 여덟은 고개를 끄덕였다.

그 순간 하늘에서 누군가가 내려왔다. 그는 손에 들린 작은 책을 보더니 고개를 끄덕였다.

"으음. 아홉 맞군."

그의 손이 움직였다. 그 순간 아홉의 영혼은 작은 구슬로 화해 그의 작은 주머니 속으로 들어갔다.

그에게 다시 어둠이 찾아왔다.

어둠이 찾아왔으나 정신을 잃지는 않았다. 주변의 모든 것을 느낄 수 있는 감각은 살아 있었다.

이 정도 어둠은 그에게 아무것도 아니었다. 폐관 수련을 할 때를 생각하면 이 정도는 낙원이었다.

'하지만 갑자기 몸이 구슬로 변하다니… 분명히 난 죽은 것이 맞군.'

그 와중에 이런 생각이 떠오른 것은 이제는 현실을 받아들였기 때문일까?

자신이 담긴 주머니가 움직이는 듯했지만 정확히는 알 수 없었다. 바깥에서 들려오는 소리는 전혀 없었다.

그저 움직임만이 전해질 뿐.

그러나 그는 여유로웠다. 이미 죽은 것이다. 이렇게 죽은 이상 안달

복달해 봐야 소용없다.

죽은 경험은 이번이 처음이지만 결국은 그런 것이다.

이미 죽은 것이다. 죽은 이상 모든 것이 끝이다. 그렇게 믿을 뿐.

어느 순간일까? 세상이 환해진 것은?

자신은 어느 거대한 손에 들려 어딘가로 나왔고, 무참히 굴려졌다. 그리고 암흑의 구멍 속으로 빠져들었다.

'저… 저놈은?!'

그 찰나의 와중에 그는 볼 수 있었다. 오감은 살아 있었기에.

자신의 손으로 심장에 검을 박아 넣은 그의 모습을……

'그렇군. 후후. 결국은 저놈도 죽었어. 한데 어째서 저놈은 저런 모습으로……'

더 이상의 의문은 이어지지 않았다. 머리가 멍해지며 모든 것을 잊어갔다.

그렇게 구슬은 어둠 속으로 사라졌다.

다시 정신을 차렸을 때 남자의 앞에는 가히 신선이라 할 풍모의 노인이 있었다.

[허허허. 이제 정신이 좀 드는가?]

노인의 말에 그는 서둘러 자신을 살폈다. 기묘한 감각이 느껴졌기에.

사지육신이 멀쩡했다. 사지육신이 멀쩡하다는 것에 기묘한 감각을 느끼다니 절로 쓴웃음이 나왔다.

"당신은 누구지요? 그리고 이곳은 어디고요?"

[나는 조야선이라 하네. 신이지. 자네들 세계의 지식으로 보자면 염

라대왕이라는 직책을 맡고 있지. 그리고 이곳은 내가 집무를 보는 염라전이고.]

노인의 대답은 충분히 그에게 혼란을 줄 만했다.

어지러웠다. 그러나 희미한 기억이 났다. 구슬이 된 자신을 굴렸던 손.

그 와중에 스치듯 본 얼굴. 분명 저 노인의 얼굴이었다.

"부… 분명… 난……."

[그래, 분명 자네는 이미 심판을 받았네. 18층 지옥으로 떨어지도록. 그동안 자네가 행한 악행은 자네가 잘 알 테지.]

"내… 내가… 지옥으로 떨어진다고! 무슨 말도 안 되는! 난 평생을 천마만을 섬기며 천마의 뜻에 따라 모든 일을 행했다! 그런 나에게 기다리는 것은 낙원일 텐데!"

지옥이라는 염라대왕의 말에 그는 있을 수 없는 일이라며 절규하듯 외쳤다. 그가 믿는 것과 행한 것과는 달랐기에.

[응? 아, 그렇군. 자네는 현세에서 마교의 교주였지.]

"천마신교다."

[그래. 그 조로아스터 교의 분파 말일세. 흐음. 뭐 세상에 있는 종교 대부분이 그렇듯 대부분은 거짓일세. 인간의 공포와 욕망이 만들어낸 허구의 세상이지. 죽은 뒤의 일을 알 수 없으니 미지에 대한 두려움과 죽은 뒤에도 이렇게 되고 싶다는 욕망이 결합되어 만들어낸 믿음이지.]

"그런……."

염라대왕의 말에 사내의 목소리가 떨렸다.

[하지만 말일세… 조로아스터 교는 분명 제대로 된 신을 섬기는 제대로 된 종교가 맞아. 물론 그렇다면 거기에서 갈라져 나온 천마신교역시 제대로 된 종교일 수도 있지.]

"역시."

[하지만 말일세. 악행에 대한 대가는 지옥뿐일세. 자네가 용서받지 못할 무수한 악행을 저지른 것은 분명한 사실 아닌가?]

"하지만 그건 천마의 뜻……."

[갈! 그게 어찌 신의 뜻이란 말인가? 신이 자네에게 직접 말했나? 그렇게 하라고? 자네가 신의 목소리를 들었나? 아무것도 모르지 않는가? 한데 어찌 그것이 신의 뜻이라 하는가!]

염라대왕의 노성에 그는 아무런 대꾸도 하지 못했다. 이성적으로 따져 사실이 그랬기에.

자신이 천마의 의지라며 행한 모든 일이 사실은 자신의 의지였기에.

[그런데 지옥으로 떨어졌던 자네가 다시 내 앞에 있네. 이게 어찌 된 일인지 알겠는가?]

그는 고개를 저었다.

[그렇겠지. 당연히 모르겠지. 아닌 밤중에 홍두깨 같은 일이었으니 말일세. 나는 자네에게 다시 기회를 주려 하네.]

"뭐요?"

[자네가 살던 곳과는 전혀 다른 세상, 신이 인간들에게 자신의 목소리를 들려주는 세상이 있네. 그곳에 가서 자네가 그렇게도 숭앙하는 천마를 찾아보게나.]

염라대왕의 말에 그의 얼굴이 변했다. 자신에게 다시 기회가 주어지다니.

"정말입니까?"

[내가 자네에게 하릴없이 농담해서 무엇 하겠는가? 나는 신일세.]

"어찌하여 저에게 다시 기회를 주시는 겁니까?"

[신의 변덕이라 해두지.]

"알겠습니다."

[그럼 내세에서는 잘해보게나.]

그 말과 함께 염라대왕이 손을 휘젓자 그는 다시 구슬이 되어 어느 구멍으로 사라졌다.

[끌끌끌. 이걸로 된 건가? 예상치 못한 일이 있었지만 저 녀석을 보냈으니 뭐, 재미는 계속되겠지. 그나저나 상당히 아슬아슬했어. 쓸데없는 말을 너무 많이 지껄이는 통에. 역시 그냥 보내 버릴 것을 괜히 날 볼 기회를 줬군. 하마터면 리야드 몰래 만들어놓은 영혼의 길이 사라질 뻔했으니.]

순식간에 표정이 변한 조야선은 사악하게 웃고는 몸을 뒤로 돌렸다. 그곳에는 거대한 화면이 있었고, 화면에는 은빛 털을 가진 작은 개 한 마리가 비춰지고 있었다.

'이럴 수가…….'

온몸을 꽉 옭아매는 답답한 구속으로부터 벗어나 처음으로 세상을 보았을 때 그가 제일 먼저 떠올린 생각이었다.

눈앞에 있는 거대한 날개 달린 붉은 도마뱀.

그 존재가 자신의 어머니라니.

자신이 도마뱀으로 태어나다니.

상상할 수도 없는 현실이 눈앞에 나타나다니.

'빌어먹을 염라대왕!!'

그렇게 염라대왕은 그에게 있어 또 다른 빌어먹을 녀석이 되어버렸다.

처음에는 도마뱀이라는 사실에 당황했지만 시간이 지나면서 점차 진정해 갔다. 그리고 새로운 사실도 빠르게 알아갔다.

새로운 세계의 새로운 지식을 흡수해 가며 그는 적이 안심할 수 있었다.

자신은 결코 도마뱀 따위가 아니었던 것이다.

이 세계에서는 인간보다도 월등히 뛰어난 존재 드래곤이었다. 그것도 드래곤 종족 중 가장 강하다는 레드 일족의 드래곤.

그는 레드 드래곤으로 환생한 것이다.

그는 지식을 습득하면서 자신에 대해 점점 놀랐다.

'우선 수명이 일만 년이라는 것부터 말이지.'

그때의 상황을 떠올린 그는 헛웃음을 지었다.

기껏해야 백 년이라는 삶을 사는 인간, 그중에서 특별하다 하는 존재들도 결코 이백 년을 살지 못했던 것이 인간의 삶이다. 그런 삶을 산 자신이 만 년의 수명을 가진 존재로 태어나다니.

황당했다.

'게다가 500살은 넘어야 어른으로 인정해 준다니……'

해츨링과 성룡의 차이를 들었을 때의 그 어이없음.

지금은 너무나 친숙한 사실이고 익숙한 일이었지만 그때 그에게는 꿈이 아닌가 싶은 일이었으니.

그가 놀란 또 다른 한 가지는 드래곤 하트였다.

태어날 때부터 가지고 있는 어마어마한 내력이 모여 있는 단전이라니. 그로서는 경이였다. 이곳에서는 자신이 내력이라 하는 것을 마나라고 부르는 듯했다.

그냥 시간만 보내면 저절로 쌓이는 마나들. 무공을 익혔던 그에게는 꿈에도 바라 마지않은 신체를 얻은 것이다.

'다만 커다란 도마뱀의 몸체라는 게 마음에 안 들었지만. 후훗.'

당시 폴리모프란 마법의 존재를 몰랐을 때 그는 환희와 절망을 동시에 맛봤었다. 어쨌든 그의 정신은 인간이었기에.

하지만 나이를 먹어가며 부모와 부대껴 살아가며 그는 드래곤이란 존재를 점점 더 명확히 인식하기 시작했고, 그때 그에게 남은 것은 환희뿐이었다.

세상에 이토록 편리하고도 대단한 존재가 있을까.

마법이라는 술법도 처음에는 신기하기만 했지 별 관심이 없었다. 하지만 실제로 사용해 보니 대단했다.

자신이 최고라 믿고 숭상하는 검보다도 훨씬 더.

그는 100살이 되었을 때야 비로소 모든 것을 확실히 받아들였다.

한 인간의 삶이 시작해서 끝나는 시간이 적응하는 데 걸린 것이다. 그가 인간 세상에서 환생했다면 이토록 오랜 시간이 걸리지 않았을 것이다.

단지 그가 드래곤의 아이로 태어났기에 인간으로만 살아왔던 그가 드래곤이란 존재와 새로운 세상에 적응하느라 그토록 많은 시간이 걸린 것이다.

거기에는 드래곤 특유의 여유로움으로 치장한 게으름도 한몫했음은 물론이다.

모든 것을 제대로 이해했을 때 그가 제일 먼저 한 일은 해츨링의 몸으로 내공 심법을 수련하는 것이었다.

가만히만 있어도 엄청난 양의 마나가 쌓이는 몸이다. 이 몸에 내공 심법을 수련하면 어떻게 될까라는 생각에 그는 마교 최고의 내공 심법인 역천혈공(逆天血功)을 수련하기 시작했다.

그 효과는 놀라웠다.

폭풍처럼 몸 안으로 휘몰아쳐 들어오는 마나.

그의 그런 마나 축적에 그의 부모는 의아해했지만 그저 그가 특이 체질이려니 했다. 머리 쓰는 것을 극도로 귀찮아하는 레드 드래곤다웠다.

다만 그만은 레드 드래곤의 몸에 인간의 혼이 들어가 있었기에 탐구라는 것을 전혀 귀찮아하지 않았지만 말이다.

그렇게 세월은 흘러갔다.

300살이 되어서야 폴리모프를 사용할 수 있게 되었다. 폴리모프는 마법이라 하지만 드래곤의 권능과도 같은 것이었다. 300살이 되면 저절로 할 수 있게 되는 것. 그전에는 할 수 없는 것.

드래곤에 있어 폴리모프는 그렇게 무척이나 단순한 것이었다.

폴리모프를 할 수 있게 된 그해부터 그는 천마신공을 수련하기 시작했다. 이제 어느 정도 나이가 있었기에, 레어 밖 일정 영역까지는 마음대로 다니는 것이 허용되었기에 가능한 일이었다.

그가 익히고 있던 역천혈공은 천마신공의 심공편 심법이었다. 레어에 무수히 쌓여 있던 보물들 중 장난감이라며 적당한 검을 들고 나온 그는 그때부터 천마신공 상 검법편의 천마멸겁검법을 수련했다.

몸은 모르지만 머리는 알고 있던 검법이기에. 그의 성취를 막아야 하는 벽을 이미 한 번씩 모두 넘은 후이기에 그의 진전은 빠르기 그지 없었다.

전생과 같은 수준에 올라서는 데 3년이면 충분했다.

무한한 마나를 가지고 있는 드래곤의 몸이었기에 가능한 일이었다. 인간으로 태어났다면 깨달음은 있으되 마나가 모자라 펼치지 못할 검법을 아무런 무리 없이 펼쳐 냈으니.

그 후에도 그는 수련을 멈추지 않았다.

'나의 목을 잘랐던 그 검. 그때 그놈은 어떤 깨달음을 얻어 검을 움직인 것일까?'

자신에게 죽음을 선사했던 그 검. 그것은 자신도 오르지 못한 새로운 경지였다.

전생의 천하제일인이 죽음을 맞으면서 깨달은 것.

자신 역시 그 경지에 오르고 싶었다. 그랬기에 쉬지 않고 검을 휘둘렀고, 명상을 하며 수련에 매진했다.

그렇게 200년에 이르는 시간을 더 보냈을 무렵 무언가 실마리를 잡을 수 있었고 자신은 성룡이 되었다.

그리고 이렇게 유희라는 이름으로 인간 세상에 나와 인간들과 부딪치고 있는 것이었다.

"조야선이라고 했던가? 이곳에서는 신의 목소리를 들을 수 있다고

했었지? 염라대왕, 그렇다면 난 당당히 들어 보이겠다. 천마의 목소리
를. 그리고 내가 틀리지 않았음을 증명하겠어. 내가 한 일이 천마의 뜻
이었음을."

새로운 삶을 얻었을 때 세운 목표였다.

마침 부모의 레어가 있던 메이든 산의 위치가 좋았다. 산의 북쪽 아
무런 국가가 없는 버려진 땅.

이곳이라면 그의 목표를 이루기에 더없이 좋은 곳이었다.

새로운 종교를 만든다는 것, 새로운 신을 섬긴다는 것은 아무래도
국가가 있는 곳에서는 이런저런 어려움이 많은 터였다.

그건 이미 전생의 기록으로 잘 알고 있었다. 마교가, 아니, 천마신교
가 자리를 잡을 때까지 받았던 그 모진 멸시와 박해, 그리고 배신.

아무런 국가가 없는 곳에서라면 좀 더 쉬우리라.

"그래, 천마신교의 부활이다."

그렇게 중얼거린 그는 사람들 속으로 사라졌다.

전생에 마교 교주 혁기호란 이름을 가졌던 사내, 그리고 지금은 바
메이트란 이름을 가진 자의 뒷모습이었다.

*   *   *

"뭔가?"

집무를 보던 중 포레스트는 노크 소리 후에 들어온 티바이어를 보며
물었다. 그가 이런 시간에 자신을 찾아오는 것은 드문 일이었기에 그
의 눈에 이채가 서렸다.

"이상한 소문이 돌아서 말입니다."

"소문?"

포레스트가 아는 티바이어라는 남자는 단순한 소문에 자신에게까지 찾아올 남자가 아니었다. 그런데 그가 이렇게 찾아왔다는 것은 무언가 심상치 않은 일이 벌어지고 있다는 뜻이었다.

그렇지 않아도 얼마 전에 본 그 엄청난 마갑기의 영상에 은근히 신경이 쓰이던 중 다른 일이 일어났다고 하자 절로 눈이 찌푸려졌다.

"네. 그것이……."

티바이어는 말을 꺼내지 못하고 우물쭈물거렸다.

"대체 뭔데 그러나? 어서 말해 보게."

"예. 영지 곳곳에서 기이한 종교가 유행하고 있다고 합니다."

"종교?"

"예."

그의 대답에 포레스트는 그만 피식 웃었다. 신이 많은 만큼 종교도 많았다. 주신과 열두 대신의 신전이 큰 세력을 가진 가운데 중급신과 하급신을 섬기는 종교도 여기저기서 유행을 하고 있는 터였다.

"겨우 그런 일로 무얼 그러나? 어제 오늘 일도 아닌데 말일세."

별거 아니라는 포레스트의 대답에 이마에 난 땀을 훔치며 티바이어가 말했다.

"그것이 심상치가 않습니다."

"무어가?"

"아무래도 마신을 섬기는 종교인 듯해서……."

"마신?"

"예."

마신이라는 말에 포레스트의 표정이 조금 변했다. 마신을 섬기는 자들은 조금 골치 아픈 존재들이었다. 그 대표적인 예가 흑마법사들이다.

더욱이 마신의 강림에 의해 한 나라가 망한 지 채 500년이 흐르지 않은 시점이다. 그런데 그때 마신에 의해 망한 국가로부터 떨어져 나와 주인 없는 땅이 되어버린 이곳에서 마신을 섬기는 종교라니.

무언가 심상치 않았다.

"흐음. 어떤 소문인가?"

"그들이 섬기는 신은 천마라 한다고 합니다."

"천마?"

"네. 저도 들어본 적이 없는 마신의 이름이라 조금 생소했습니다."

"그렇군. 이름의 형식 역시 류블라드에서는 찾아볼 수 없는 것인데."

"그렇지요. 처음에 마신을 섬기는 종교라 하기에 사악신 중 하나인 줄 알고 헤이트론에 도움을 청할 생각이었습니다."

"분명 헤이트론의 주신의 종이라는 자들은 사악신을 지독히도 싫어하지. 이런 곳이라도 기꺼이 진상 조사와 사악신의 추종자들을 섬멸하기 위해서 올 것이야."

포레스트는 고개를 끄덕였다.

"한데 그 신이 보지도 듣지도 못한 특이한 신입니다. 헤이트론에 소식을 전해보기는 했습니다만……."

"그래, 대답은?"

"헤이트론의 경전 어디에도 그런 신은 존재하지 않는다며 단순한 사이비교일 거라 하더군요."

"그렇군. 그러면 끝난 문제 아닌가?"

헤이트론에서 찾지 못할 마신은 없다. 그들은 그들의 신을 모시는 데 열심인 만큼 주신에 반하는 마신의 존재도 열심히 조사한다. 이유는 세상에서 없애야 할 악한 존재이기에 그 존재를 잘 알아야 할 필요가 있기 때문이다.

류블라드에서 마신에 가장 정통한 곳은 마신을 숭배하는 신전이 아닌 헤이트론 신전이었다.

그런 그들이 알 수 없는 마신이라 했다. 헤이트론의 경전에는 나오지 않는다 했다.

헤이트론은 이 세상을 창조한 신. 열두 대신을 비롯한 사악신을 창조한 신.

헤이트론의 경전에는 헤이트론이 창조한 모든 것이 기록되어 있다. 그리고 그 기록에서 찾을 수 없다 했다. 그렇다면 이 세계에는 존재하지 않는 신이란 것이다.

존재하지도 않는 마신을 믿는 종교라 사이비인 것이 당연했고, 그런 종교는 오래지 않아 스스로 사라진다. 이 세상에서 신의 권능을 보여주지 못하는 종교는 종교가 아니었다.

그랬기에 헤이트론에서 돌아온 대답에 관한 이야기를 들은 포레스트는 별것 아니라는 듯 말할 수 있는 것이다.

"그런데 그것이 별것 아닌 것이 아니었습니다."

"뭐라고?"

"처음 그 종교 집단이 등장한 것은 일 년쯤 전입니다만, 그때에 비해 지금은 그 세를 급격히 늘리고 있습니다. 제가 개인적으로 조사한 바에 따르면 벌써 그 신도가 3,000명을 넘어서고 있다고 합니다."

다시 한 번 포레스트의 안색이 변했다.

"지금 3,000명이라 했나?"

"예."

"흐음. 골치가 아플 수도 있겠는걸."

포레스트는 가만히 자신의 이마를 짚었다.

아무것도 모르는 우매한 평민들이다. 하나 그들도 바보는 아니었다. 단순한 달콤한 말에 속아 권능을 보여주지도 못하는 종교 집단에 모여들 리는 없다.

그들은 우매했기에 무언가를 얻을 수 있다면 생각지 않고 모여든다. 신의 권능이란 그런 그들을 모으기에 아주 좋은 소재였다.

반면 얻을 수 있는 것이 없다면 그들은 다만 그들의 생활을 할 뿐이다.

그런데 일 년 만에 교도를 3,000명이나 모았다고 한다.

3,000명이라면 작은 마을 세 개의 인구다.

종교란 불과도 같았다. 작은 불꽃에서 시작하여 조금씩 번지지만 일정 수준 이상 불길이 커지면 그 다음은 노도와 같다. 적당한 바람과 적당한 탈 것만 있으면 순식간에 모든 것을 뒤덮어 버리는 화염.

종교란 그것과 같았다.

3,000명을 모으는 데 일 년이 걸렸다면 6,000명이 되는 데는 3개월도 걸리지 않으리라.

"분명 그들에게 무언가가 있다는 거로군."

"예. 아무래도 그런 것 같습니다."

"그런데 보고는 왜 이제야 한 것인가?"

그렇게 묻는 포레스트의 눈에는 책망의 빛은 전혀 없었다. 그저 순수하게 궁금해서 묻는 것이었다.

"그동안 그 지니어스 후작의 후손이라는 자 때문에 이것저것 신경을 쓰느라 바빴습니다. 게다가 제가 이상한 낌새를 느끼고 조사를 시킨 결과가 이틀 전에야 제게 올라왔습니다."

"그렇게 된 거로군."

포레스트의 대답에 티바이어는 그저 그렇게 가만히 서 있었다.

"알겠네. 앞으로 이 건에 대해 더욱 자세히 조사해 주게. 나도 나름대로 알아볼 테니."

"예."

포레스트의 지시가 내려지자 티바이어는 예를 표하고는 그의 집무실을 나갔다. 티바이어가 자신의 방에서 나가자 포레스트는 의자에서 몸을 일으켰다.

그의 몸은 자연스레 자신의 집무실에 놓인 간이 셀러로 향했다. 익숙한 손길로 셀러에서 한 병의 와인을 꺼낸 그는 능숙하게 와인 잔을 채웠다.

한 모금의 와인을 음미한 후 그는 나직이 중얼거렸다.

"정말 골치 아프군. 케이란 자의 일만으로도 정신이 없는데… 이상한 종교라니… 후우. 그동안 조용히 잘 지내왔는데, 요 몇 년 사이 어찌 이런 일들만 터지는지. 히스티딘 공작이 케이를 잘 처리만 해주어도 한결 편할 텐데 말이야."

    창밖의 풍경을 바라보며 포레스트는 와인 잔을 다시 한 번 자신의
입으로 가져갔다.

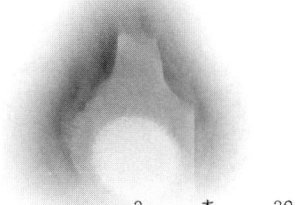

2　초　29　식

정리의 시작은…

정리의 시작은…

거리를 가득 메운 사람들, 그들의 얼굴에 가득한 미소, 곳곳에 넘쳐
나는 활기.

과연 일국의 수도다운 풍경이 케이 일행의 눈앞에 펼쳐졌다.

케이의 텔레포트로 듀에 도착한 후 곧장 배를 타고 이동을 해 마침
내 디아스의 수도인 토요에 도착했다.

여행을 하는 이들이라면 항상 그렇듯이 역시 아데닌과 엘리아, 시아
는 타국의 신기한 풍경에 정신을 잃고 이리저리 구경하느라 정신이 없
었다.

디아스는 마다가스 반도의 끝자락에 위치한 왕국이다. 물론 셀레베
스 만을 통해 후디스 제국과는 가까운 거리에 위치해 있지만 일단 대
륙이 아닌 반도국이기에 갖가지 신기한 문물들이 많았다.

마다가스 반도가 대륙과 연결된 곳은 바스테르 산맥의 끝자락 부분의 아주 좁은 곳으로 마케인 제국과 닿아 있다. 게다가 디아스의 경우 대륙과 교통하려면 포카트 왕국과 마오 왕국을 거쳐야 했기에 복잡하기 이를 데 없었다.

때문에 일찍이 해양 기술이 발달하기 전부터 디아스는 나름의 독자적인 문화를 개척해 오고 있었고, 셀레베스 만을 통해 후디스와 교역을 튼 이후에도 그 독특한 문화는 여전히 남아 있었다.

게다가 디아스 인들은 자국의 문화에 대한 자부심이 높았기에 대륙인들이 보기에 독특하다면 독특하다고 할 수 있는 문화가 잘 살아 있었다.

그 신기한 문물에 케이를 제외한 세 사람은 정신을 놓고 있었다. 그 모습을 지켜보는 케이는 그저 웃고 있을 뿐이었다.

'하긴. 나도 처음 이곳에 왔을 때 저랬으니까. 하지만 이곳은 500년에 가까운 시간이 지났어도 변함이 없군. 대단해. 이토록 자신들의 문화를 제대로 지켜내고 있다니.'

케이가 잠들어 있던 시간은 인간들에게는 무척이나 긴 시간이었고, 많은 변화를 낳기에 충분한 시간이었다.

하지만 이곳 토요는 크게 변한 것이 없었다.

좋게 말하면 자신들의 문화와 전통을 잘 지켜낸 것이고 나쁘게 말하면 변화가 없는 앞뒤 꽉 막힌 고집쟁이 같은 모습이었다.

'하지만 이런 모습도 나쁘지는 않군.'

잠들기 전의 모습이 남아 있는 곳이 있다는 것, 그것만으로도 케이는 기분이 좋은 듯했다.

그러나 일행과 함께 토요 시내 이곳저곳을 둘러보던 케이는 곧 이곳에도 많은 변화가 있었음을 알 수 있었다. 다만 드러나 보이지만 않았을 뿐이다.

예전에 무엇이 있던 자리인지 모르는 곳은 영사반을 이용해 대륙 곳곳의 진귀한 것들을 보여주는 가게가 자리를 잡고 있었다. 케이가 잠들기 전에는 상상도 못할 그런 가게였다.

'굳이 따지자면 영화관에서 내셔널 지오 그래피를 보여주는 것과 같은 것인가?'

잠시 한국에서 살던 시절을 떠올린 케이는 그때의 것과 비교를 하며 살짝 미소 지었다. 과학이라는 힘도 없이 단지 마법만으로 이런 것들을 만들어낸 이곳 인간들의 탐구심에 경의를 표하며. 사실 이런 문물의 시발점은 자신이 발린에게 가르쳐 준 마법 수식이지만 말이다.

"으음. 영사반점이네요."

시아가 케이가 가만히 바라보고 있는 가게를 보며 말했다.

'영사반점? 뭐야? 중국 음식점도 아니고. 훗.'

다시 한 번 전생의 기억을 떠올린 케이는 그만 실소를 하고 말았다.

묘하게 이어진 말이 중국 식당을 뜻하는 반점을 떠올리게 했기에. 오늘 하루는 이상하게 지난 기억을 많이 떠올리고 있었다.

"이건 그다지 특이하달 것도 없어요. 영사반이라는 것이 일반인들이 구하기에는 워낙 희귀한 것이라 그걸 이용해서 이렇게 장사하는 사람들이 있으니까요."

시아의 설명에 케이는 가만히 고개를 끄덕였다.

"에이, 이런 곳 보지 말고 다른 곳도 더 둘러봐요."

엘리아의 재촉에 일행은 다시 걸음을 옮기기 시작했다. 너무나 즐거워하는 세 사람의 모습에 케이는 솔직히 조금 어이가 없기도 했다.

'이것들 보라구. 우린 이곳에 국가의 중요 기밀 시설을 파괴하러 왔다구. 관광하러 온 게 아니야.'

하지만 굳이 말로 꺼내지는 않았다. 저들에게는 저런 즐거움이 필요하다는 것을 알았기에.

엘리아와 아데닌, 시아는 자신과는 달랐다.

즐겁다면 즐겁고 피곤하다면 피곤한 하루가 저물었다. 케이 일행은 적당한 곳의 여관을 잡고 저녁 식사를 마친 후 각자의 침실에서 휴식을 취했다.

휴식이라 하지만 아데닌과 엘리아는 각기 운공에 빠져 있었다. 그틈에 케이가 살짝 침대에서 몸을 일으켜 엘리아와 시아가 묵고 있는 방으로 향했다.

문을 울리는 작은 노크 소리에 시아가 살짝 문을 열었다.

"케이 오빠?"

"그래. 잠시 이야기 좀 하자."

"네."

케이의 부름에 시아는 케이의 뒤를 따라 1층의 식당으로 향했다. 아직 그다지 늦은 시간이 아니라 사람들이 제법 모여 즐거이 식사를 하고 있었다.

케이는 빈자리에 앉아 적당한 차를 주문했다. 물론 맞은편에는 시아가 앉았다.

"생각보다 사람이 많네."

케이의 메시지 마법이 시아의 머리를 울렸다.

"무슨 일이죠?"

굳이 케이가 메시지 마법을 이용한 것은 까닭이 있을 거라 생각했기에 시아도 메시지 마법으로 답했다.

"그곳의 위치를 알아야 할 것 같아서. 그리고 구조도. 마갑기를 만든다면 작은 크기가 아닐 거라 생각되는데. 오늘 하루 수도를 둘러본 결과 그런 곳은 없는 것 같았어. 그렇다고 왕궁 내에 있을 리는 없을 테고 말이야."

케이가 오늘 하루 엘리아와 아데닌을 따라다니며 순순히 시내 구경을 했던 것은 그런 의도가 숨어 있었다. 마갑기 제조 공장으로 적당해 보이는 곳을 찾는 것. 그것이 케이의 목적이었다.

물론 일국의 수도인 토요가 사람의 걸음으로 하루 정도 둘러본다고 해서 충분히 다 돌아볼 수 있는 크기는 아니다. 자세히 조사를 하며 둘러본다면 한 달이라는 시간도 모자라리라.

하지만 케이는 나름대로의 능력으로 할 수 있는 한 조사를 했고, 그 결과가 알 수 없음이었다. 그랬기에 이렇게 시아를 따로 불러낸 것이다.

어쨌든 케이는 정보 길드의 모든 정보를 평생 동안 무료로 이용할 권리가 있는 사람이었고, 시아는 정보 길드의 사람이었다.

"그렇겠죠. 설마 이렇게 성내에 떡하니 지어놓을 리는 없을 것 같은데요."

"그렇다고 성 밖에 지어놓는 것도 제법 위험할 것 같은데. 어디 있는지 정확한 위치는 모르는 거야?"

"네. 전 버려진 땅의 길드원이지 토요의 길드원이 아니니까요."

시아의 대답에 케이는 훗 하고 웃음을 터뜨렸다. 그녀의 말이 맞았기에.

주변의 테이블에 있던 사람들이 그런 케이를 이상하게 바라보았다. 서로 마주 보고 아무런 말도 없이 차만 마시다가 갑자기 웃음을 터뜨렸으니 그럴 법도 했다.

"하긴 네 말이 맞구나. 그러면 어떻게 해야 하지?"

"이곳의 정보 길드를 찾아야죠. 어쨌든 오빠는 정보 길드의 모든 정보를 무료로 이용할 수 있으니까요. 그건 류블라드 정보 길드 연합에서 결정한 사항인걸요."

시아의 대답을 들은 케이는 자리에서 몸을 일으켰다.

"그럼, 지금 가보도록 할까? 안내 부탁해."

"그러죠."

차 값을 치른 두 사람은 잠시 여관을 빠져나갔다.

토요의 거리를 걷는 시아의 걸음은 거침이 없었다. 분명 그녀도 토요에는 처음 온 것일 텐데 걸음에 한 치의 망설임도 찾을 수 없었다.

항상 살던 동네의 골목길을 걷는 모습으로 보였다.

"정말 토요가 처음인 거야?"

케이의 물음에 그녀는 고개를 끄덕였다.

"당연하죠. 그렇지 않았으면 제가 오늘 낮에 무엇 때문에 그렇게 신나 했겠어요?"

"그런 것치고는 너무 익숙한 거리를 걷는 듯한 걸음인걸."

케이의 말에 시아는 살짝 웃었다.

"길드의 암호가 표시되어 있거든요. 정보 길드원이 아니면 알 수 없는. 이곳의 정보 길드로 가는 길을 안내해 주고 있어요."

케이 자신은 정보 길드의 암호 체계를 전혀 모르기에 보고도 보지 못하고 있었지만 정보 길드의 간부이기도 한 시아였기에 생전 처음 오는 길을 익숙하게 찾아나갈 수 있었던 것이다.

그렇게 얼마를 걸었을까? 때로는 지저분하고 좁은 골목을 지나기도 하며 한참을 토요를 누벼 도착한 곳은 작은 주점이었다. 주점의 간판에는 '신의 목소리가 퍼지는 곳'이라는 거창한 이름이 적혀 있었다.

"신의 목소리라. 흐음. 이런 이름을 써도 신전에서 아무 말 하지 않는 건가? 신의 목소리가 퍼지는 곳은 신전이잖아."

주점의 이름을 본 케이가 고개를 갸웃거리며 중얼거렸다.

"다른 곳에서는 몰라도 이곳 디아스에서는 괜찮을 거예요."

"그래?"

시아의 대답에 케이는 의문을 표했다. 잠들기 전에 이곳에 왔을 때는 이런 류의 상호를 본 기억이 없었기 때문이다.

"예. 디아스는 지리적 특성 때문에 대륙의 주요 신전들의 진출이 늦었어요. 덕분에 토속 신앙이 발달해 있죠. 그리고 그런 토속 신앙에 의거해서 이렇게 신의 이름을 사용하면 다른 신전에서도 아무 말 못한다고 하더라구요."

"그래? 그건 나도 몰랐군."

시아의 설명에 케이는 의외의 사실을 알게 되었다. 이것은 카이렌의 왕궁에 있을 때도 배우지 못했던 사실이다.

"그럼 들어가도록 할까요?"

시아가 앞장서서 문을 열고 주점 안으로 들어섰다.

주점은 마법등의 어둠침침한 조명 아래 삼삼오오 모여 술을 마시는 사람들의 시끌벅적한 소리로 가득했다. 그들은 새로이 들어선 일남일녀에게는 시선도 주지 않았다.

시아는 주점에 들어서자마자 술잔을 닦고 있는 바텐더를 향해 곧장 걸어갔다. 케이는 잠자코 그 뒤를 따랐다. 이곳에서의 일은 그녀가 더 잘 알았다.

"어서 오십시오, 손님."

"블루덴력 1970년산 블루 드래곤의 눈물로 부탁해요."

블루 드래곤의 눈물은 류블라드 전역에 그 명성을 떨치고 있는 와인이었다. 가히 와인의 왕이라 불릴 정도의 빛깔과 향과 맛을 자랑하는 와인으로 미도스의 수도인 데인에서 소량 생산되고 있었다. 게다가 지금이 블루덴력 1999년이니 시아가 찾는 와인은 29년이나 된 최고급 와인이었다.

"죄송하군요, 손님. 블루덴력 1970년부터 1976년까지는 데인의 포도 농사가 대흉작이라 블루 드래곤의 눈물이 생산되지 않았습니다."

바텐더의 대답에 시아는 작게 손뼉을 두 번 쳤다.

"아, 맞다. 제가 깜빡했네요. 그럼 블루덴력 1907년산 블루 드래곤의 눈물로 주시겠어요?"

시아의 대답에 바텐더는 빙그레 웃었다.

"뭐죠? 그 웃음은?"

지금까지 생글생글 웃고 있던 시아가 바텐더의 웃음에 갑자기 표정이 돌변했다. 케이는 한쪽에 가만히 서서 그 상황을 지켜만 보고 있었다.

"죄송합니다. 워낙 귀한 와인이라서요. 이쪽으로 따라오시죠."

바텐더가 안내하자 시아는 두말 않고 그 뒤를 따랐다. 케이 역시 그 뒤를 조용히 따라갔다.

바텐더는 바에서 나오더니 주점의 2층으로 올라갔다. 2층에서 한 방으로 들어갔다. 그 방에는 주점에는 어울리지 않는 책꽂이가 책을 빽빽하게 꽂은 채 놓여 있었다.

바텐더는 그중 책 몇 권을 빼서 그 뒤에 손을 집어넣었다. 그렇게 몇 번을 했을까. 벽 한쪽이 스르르 열렸다.

"따라오시죠."

벽의 비밀 통로가 드러나자 바텐더는 작게 말하고 앞장서 통로에 나타난 계단을 따라 내려갔다. 통로 안은 촛불들이 적당한 간격을 두고 놓여 있었기에 그리 어둡지는 않았다.

얼마나 따라 내려갔을까? 몇 개의 방이 있는 공간이 나타났다. 바텐더는 그중 한 문을 열고 안으로 들어섰다. 그곳에서는 제법 안락해 보이는 소파와 테이블이 있었다.

"이리로 앉으시죠."

바텐더가 권하는 대로 케이와 시아는 소파에 앉았다. 푹신한 감촉이 몸을 기분 좋게 받쳐 주었다.

"호사네요, 토요의 정보 길드는. 이렇게 좋은 소파를 들여놓다니."

시아의 말에 바텐더는 그저 빙긋 웃었다.

"무슨 일로 찾아오셨습니까?"

"당연히 의뢰를 하려죠."

"무슨 의뢰인지 들어볼까요?"

"그전에 제 소개 먼저 하죠. 버려진 땅의 정보 길드의 부길드장을 맡고 있는 시아 클라이엔입니다."

시아의 소개를 들은 바텐더의 얼굴이 변했다. 설마 상대가 같은 길드원일 줄은 몰랐던 것이다.

"그럼 이쪽은……."

"네. 케이 지니어스 씨에요."

시아가 케이와 함께 행동한다는 것은 이미 류블라드의 모든 정보 길드에 전해진 상태다. 그녀가 만든 저장석을 통해 케이의 활약은 이미 주요 정보 길드에 특급 정보로 분류되어 있었다.

"이런. 그렇다면 공짜 일이란 말인가?"

케이가 이곳에 의뢰하러 왔다는 것을 깨달은 바텐더는 고개를 흔들며 손으로 이마를 짚었다.

"어쩔 수 없죠. 약속은 약속이니까요."

"그건 당신 말이 맞아요, 시아 양. 덕분에 우리도 제법 많이 벌었으니 말이오."

시아의 말에 바텐더가 동의했다. 사실 케이의 모습이 담긴 저장석은 아주 비싼 값에 팔려 나갔다. 그 판매처가 매우 적긴 하지만 그들은 부르는 값대로 사갔으니.

둘의 대화가 진행되는 내내 케이는 침묵을 유지하고 있었다. 어차피 시아가 자신의 곁에 머물며 자신에 대한 정보를 수집 후 정보 길드에 보내고 있다는 것은 대단할 것도 없는 사실이었다. 이미 알고 있었기에. 초반에 시아가 동행을 요구했을 때도 그걸 알면서도 허락한 것이었고.

"그래, 그럼 구체적인 의뢰 내용을 들어볼까요?"

바텐더의 두 눈이 반짝였다. 과연 상대가 어떤 의뢰를 가지고 왔는가 하는 기대감 때문이리라.

"듀로나베르의 정확한 위치와 그 내부 구조를 알았으면 해요."

정적이 흘렀다.

시아의 대답이 이 공간에 정적을 가져다 주었다.

케이도 침묵했고 바텐더도 침묵했다. 시아는 입을 다물고 멍한 얼굴의 바텐더를 바라보고 있었다.

"듀로나베르라고 했나요?"

"네."

"그곳이 어떤 곳인지 알고는 있겠지요? 일단 버려진 땅 정보 길드의 부길드장이니 말이죠."·

"네. 토요의 마갑기 생산 공장이지요."

시아는 한 치의 망설임도 없이 대답했다.

'호오. 듀로나베르가 그 공장의 이름이었군.'

대륙에 있는 열세 개의 마갑기 공장 중 열두 곳의 이름은 이미 대륙의 모든 정보 길드에서 입수한 상태였다. 다만 이름만 알 뿐이었다. 그나마 히스티딘 가의 생산 공장은 이름조차 알려지지 않은 상황이다.

공장의 정확한 위치와 이름은 해당 지역의 정보 길드에만 있을 뿐이었다. 물론 요청이 들어왔을 경우 마법을 통해 타 지역 길드로 전송할 수도 있었다. 하지만 이것은 각국에서 초특급 기밀로 다루는 것이었기에 정보 길드에서도 여간 조심하는 것이 아니다.

그런데 이 당돌한 아가씨는 현재 그 초특급 기밀인 듀로나베르의 정보를 요구하고 있었다.

"이것을 필요로 하는 사람은 물론?"

"접니다."

케이가 처음으로 입을 열었다.

바텐더는 대답을 한 케이를 가만히 바라보았다.

"왜 그 정보가 필요하시오?"

정보 길드의 일은 의뢰를 받아 그 정보를 대가를 받고 파는 것이다. 그것이 전부다. 결코 정보를 필요로 하는 이유나 목적을 묻지 않고 물을 필요도 없었다. 그것은 정보 길드와 의뢰자 간의 암묵적인 금기였다.

한데 바텐더는 지금 그 금기를 깼다.

케이는 그저 바텐더를 바라보고 있었다.

"후우. 이것이 금기를 깬 행동이라는 것은 누구보다 잘 알고 있어요. 하지만 이건 국가에서도 군사 기밀, 그것도 초특급 기밀로 유지하는 것이죠. 그런 것이니만큼 우리도 함부로 다룰 수 없는 정보란 말씀이라이겁니다. 잘못하다간 디아스의 모든 정보 길드가 문을 닫아야 할지도 모르는 상황을 초래할 수 있어요."

바텐더의 이마는 땀으로 흠뻑 젖어들고 있었다. 그만큼 그가 긴장하고 있다는 것이었다.

"하지만 저는 정보 길드의 모든 정보를 무료로 이용할 권리가 있습니다. 그리고 제가 요구한 것 역시 정보 길드의 정보임에 분명하고요."

케이의 담담한 말에 바텐더는 고개를 끄덕였다.

"물론이죠. 물론 그것이 당연하죠. 하지만 시안이 시안이니……."

바텐더는 정보를 넘기는 것을 망설이고 있었다. 케이는 그런 바텐더를 그저 가만히 바라보고 있었다. 한 치의 흔들림 없는 눈동자가 바텐더를 응시했다.

"후우. 알겠습니다. 어쩔 수 없죠. 이것도 신용이 제일인 장사니까요. 하지만 조건이 있습니다. 지켜주십시오."

"뭐죠?"

"우리는 케이 씨에게만 무료로 모든 정보를 제공하겠다고 했습니다. 그러니 제가 건네주는 정보는 혼자서만 보시기 바랍니다. 저기 있는 시아 양도 물론 예외는 아닙니다."

"어려운 일은 아니군요. 알겠습니다."

케이의 대답이 떨어지자 바텐더는 소파에서 몸을 일으켰다.

"그럼 잠시만 기다리시죠."

그로서도 많은 고민 끝에 내린 결정이었다. 그는 이곳 토요의 정보 길드 길드장. 그 역시 케이에 대한 처우가 안건에 올라왔을 때 참석했었고 찬성했었다. 그에게 요구하는 것에 대한 대가로 정보 길드의 모든 것을 무료로 제공한다는 것에.

하지만 이런 터무니없는 정보를 요구할 줄이야. 등에서 느껴지는 축축한 감촉에 그는 쓴웃음을 머금을 뿐이었다.

정보 길드 건물 어딘가에 있는 그만이 아는 비밀 장소에 이른 바텐더는 케이가 요구한 정보가 담긴 저장석을 집어 들었다. 그리고 역시 같은 방에 있는 저장석 복제기를 이용하여 하나의 저장석을 더 만들어냈다.

원본은 정보 길드의 원천이나 다름없다. 그 원본을 조심스레 있던 자리에 놓고 그는 그 방을 나와 케이와 시아가 기다리고 있는 방으로 돌아왔다.

"여기 있습니다."

바텐더는 자신이 가져온 저장석을 조심스레 테이블에 내려놓았다. 케이는 손을 뻗어 그 저장석을 쥐어 들었다. 그 모습을 지켜보고 있는 바텐더의 눈가가 가늘게 떨렸다.

"고맙습니다."

케이는 그 인사를 남기고 몸을 일으켜 온 길로 돌아나갔다. 시아도 그 뒤를 따라 나갔다. 두 사람이 사라진 방 안에는 소파에 온몸을 기댄 바텐더만이 남아 있었다.

"대체 저걸 어디에 쓰려고 그러는 걸까? 과연 내가 한 일이 잘한 것일까?"

두 가지 의문이 그의 가슴에 무겁게 내려앉았다.

케이와 시아는 왁자지껄한 주점의 홀을 뒤로하고 문을 나섰다.

"생각보다 수확이 좋군."

"그럼요. 일단 이곳에 그것이 있다는 것은 알고 있었으니까요."

케이의 말에 시아는 자랑스레 대답했다.

"그래? 그런데 왜 공장의 이름이 듀로나베르란 건 말해 주지 않았지?"

"어차피 이름만 아는 것, 말해 봐야 아무 소용 없잖아요."

"그건 그렇군."

케이는 시아의 말에 수긍을 했다.

"그런데 아까 바텐더와 나누던 그 대화와 표정 암호였어?"

"그래요."

케이는 과연이라는 생각에 고개를 끄덕였다.

"그럼 모든 정보 길드의 접촉 암호가 그거야?"

"에이, 설마요."

케이의 물음에 시아는 손을 흔들며 웃었다.

"모든 길드는 각각의 암호를 가지고 있어요. 케이 오빠가 저를 찾았을 때처럼 무식한 방법을 사용하는 사람은 거의 없다구요."

"저런, 그것 미안하군."

처음 버려진 땅에서 정보 길드를 찾았을 때를 떠올린 케이는 쓴웃음을 지었다.

길 가던 도둑을 두들겨 패서—그래 봐야 단 두 대를 때렸을 뿐이다—위치와 접선 방법을 알아냈으니 말이다.

"한데 모든 정보 길드의 접선 암호가 다르다면 넌 그걸 전부 외우고 있는 거야?"

"전 그런 괴물 같은 사람이 아니에요."

"그럼 어떻게 아는 거지? 이곳만 해도 처음 와본 곳이라면서?"

"간단해요. 주점의 간판에 친절하게 적혀 있던걸요."

"뭐? 그럼 그게?"

시아의 말에 케이는 주점 간판의 복잡한 문양을 떠올렸다. 주점 이름도 이름이지만 복잡하고 현란한 문양이 신기했었다. 겨우 주점 간판인데 저것이 무엇인가 싶기도 했었다.

"그래요. 간판에 정보 길드의 암호로 접선 방법이 적혀 있었어요."

"암호가 유출되면 큰일이겠는걸?"

"뭐, 분명 그런 위험 부담은 있지만요. 명색이 정보 길드니까요. 배신할 인간 따위는 길드원으로 뽑지 않죠."

"그건 그렇겠네."

시아의 말에 케이는 싱긋 웃으며 대답했다.

"그런데 그건 어떻게 볼 거죠?"

시아가 케이의 손에 들린 저장석을 가리키며 말했다.

"응? 뭐? 아, 이거?"

"예. 우리에겐 영사반이 없잖아요."

시아의 말에 케이는 별거 아니라는 투로 대답했다.

"필요없어, 그런 것. 벌써 기록된 내용 다 봤는걸."

"예에?"

케이의 대답에 시아가 놀라서 커다란 눈으로 그를 바라보았다.

"날 뭘로 보는 거야? 어차피 마법으로 기록된 것, 그 수식이랑 규칙만 알면 마나를 읽어서 머리에 떠올리는 것 정도는 어려운 일이 아냐."

하지만 시아는 입을 다물 수가 없었다. 케이가 대단한 마법사일 거라 짐작은 했지만, 또 지난번의 그 텔레포트로 확인은 했지만 이런 일이 있을 수 있다니.

영사반과 저장석은 히스티딘 상회의 독점 판매품이다. 히스티딘 가에서 만든 수식과 마나의 배열을 알아야만 기록을 할 수 있고, 기록을 영상으로 볼 수 있다.

즉, 저장석의 내용을 보는 데는 영사반이 필수적인 것이다. 그리고 저장석에 마나를 저장하기 위한 도구인 마나 변환 기록기 역시 히스티딘 가에서만 만들 수 있다.

그런데 그 저장석의 마나 배열을 스스로 읽어 머리 속에 떠올리다니 절대 있을 수 없는 일이다. 히스티딘 가의 사람이 아니라면 말이다.

시아는 알 리 없었다.

그 대단한 히스티딘 가의 수식이 사실은 케이가 전해준 것이라는 것을.

"왜 그렇게 놀라는 거야?"

"저장석의 마나 배열 수식이랑 규칙은 히스티딘 가에서만 알고 있으니까 그렇죠."

케이의 물음에 시아는 놀람이 가시지 않은 목소리로 대답했다. 그녀의 대답에 케이는 약간은 불쾌한 표정으로 그녀를 바라보았다.

"왜 그래요?"

"너, 내가 누구라고 생각하는 거야?"

"예? 케이 오빠잖아요?"

시아는 별 이상한 것을 다 묻는다는 듯 케이를 바라보았다.

"그렇지. 난 케이 지니어스다."

케이는 자신의 이름을 똑똑히 말했다.

"그래요. 케이 지니어스. 그게 뭐 어쨌… 아… 그렇구나."

케이의 풀네임을 한 번 말한 후에야 시아는 비로소 무언가를 어렴풋이 알 수 있었다.

그렇다.

케이는 저 케트로이드 지니어스 후작의 후손이다. 그리고 히스티딘 가의 마법 수식은 발린이 지니어스 후작에게서 배운 것이다. 케이는 지니어스 후작의 후손으로 마법을 한다. 그렇다면 당연히 그가 사용하는 수식은 지니어스 후작의 것. 결국 히스티딘 가의 그것과 같은 것을 사용한다는 말이다.

그러니 저장석의 내용을 읽을 수 있을 수밖에.

시아는 그렇게 나름대로 추리를 마쳤다. 케이가 준 엄청난 힌트에 근거해서.

물론 완전히 엉뚱한 결론이지만 말이다.

하지만 케이의 유희 내용으로 따지자면 사실에 근접하다고 할 수 있다. 어쨌든 현재 케이는 자신의 후손을 연기하고 있으니.

"됐으니까 어서 돌아가자. 제법 시간을 보낸 듯하니까. 엘리아랑 아데닌이 기다리고 있겠네. 그 둘 운공은 벌써 마쳤을 시간이니까."

그렇게 말한 케이의 걸음이 조금씩 빨라졌다. 그에 따라 케이의 뒤를 따르는 시아의 발걸음은 더욱 빨라졌다. 케이의 걸음을 따라가는 건 그녀로서는 무척이나 힘든 일이었다.

"참, 그런데 블루 드래곤의 눈물이란 것이 대체 어떤 와인이야?"

암호의 내용을 들으며 나중에 꼭 물어봐야겠다고 생각한 내용을 떠올린 케이는 바삐 걸음을 놀리는 가운데 시아에게 물었다.

"아, 류블라드 대륙 최고의 와인이에요. 다른 설명은 필요없어요. 들은 대로 미도스 왕국의 수도인 데인이 산지지요. 블루덴럭 1910년부터 생산이 시작된 역사가 짧은 와인이에요. 그런데도 벌써 류블라드 제일이란 말을 정도면 어느 정도로 대단한지 알겠죠?"

"그렇군."

시아의 설명에 고개를 끄덕인 케이는 언젠가 기회가 되면 꼭 한 번 마셔봐야겠다고 생각했다. 중원에 있을 때 그는 나름대로 술을 즐겼기에 대륙 최고의 와인이라는 말에 흥미가 동한 것이다. 게다가 블루 드래곤의 눈물이 나타난 것은 그가 잠든 이후였으니.

"잠깐."

꼭 마셔보겠다는 생각을 하던 중 뭔가 이상한 것을 알아챈 케이가 시아를 바라보았다.

"아, 암호 때문에 그러는군요."

시아는 케이가 왜 그러는지 대번에 눈치를 챘다. 정보를 파는 직업에 종사하는 그녀로서는 이런 눈치는 당연한 것이었다.

"뭐, 그래서 암호죠. 1907년에 생산된 블루 드래곤의 눈물 따위는 있을 리가 없으니까요. 첫 번째랑 똑같은 거예요. 있을 리가 없는 술을 술집에서 찾는다. 뭔가 다른 목적이 있는 손님이라는 거잖아요. 그래도 블루덴력 1970년부터 1976년까지 블루 드래곤의 눈물이 생산되지 않았다는 것을 모르는 멍청이들이 제법 있어서요, 아마 그래서 암호를 이중으로 해놨나 봐요. 마지막의 그 표정까지도 말이죠."

시아의 설명을 듣는 사이 케이와 시아는 어느새 여관 앞에 도달해 있었다.

여관에 들어서자 케이의 걱정과는 달리 엘리아와 아데닌은 둘이서 잘 놀고 있었다. 식당에 다정히 앉아 술까지 마시면서 말이다. 아데닌의 앞에는 맥주가 엘리아의 앞에는 와인이 놓여 있었다.

"헤에. 우리가 사라진 것은 안중에도 없었나 보네요."

두 사람의 모습에 시아가 놀랍다는 듯 말했다.

"그러게. 이럴 줄 알았으면 말 나온 김에 블루 드래곤의 눈물을 맛 좀 보고 들어올 걸 그랬어. 쩝."

케이는 아쉽고도 억울한지 입맛을 다셨다.

"뭐, 어쩔 수 없죠. 그래도 보기보다 아데닌 오빠 능력있는데요."

시아는 두 사람을 바라보며 재미있다는 듯 말했다.

"뭐, 마음이 있으면 노력도 따르는 법이니까."

"호오……"

무심코 내뱉은 케이의 말에 시아의 눈이 반짝 빛났다.

여관 입구 근처에서 두 사람이 이런 대화를 나누는지도 모르고 엘리아와 아데닌은 둘의 대화 속에만 빠져 있었다.

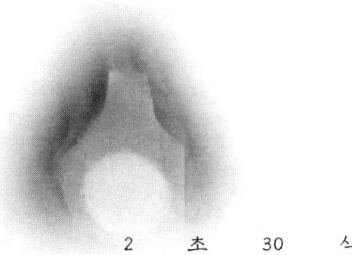

2   초   30   식

듀로나베르로…

듀로나베르로…

땅을 추적추적 적시는 빗소리가 창을 넘어 방 안으로 들려왔다. 이렇게 비가 내리는 아침이 얼마 만인지.

그간의 여행에서는 대체로 날씨가 화창하고 좋았기에 생소하다면 생소한 아침이었다. 아직 블루덴 대륙은 우기로 접어들기 전이었기에 어딜 가나 날씨는 화창했던 것이다.

"으음. 오랜만이야, 이렇게 비가 내리는 아침은."

"디아스에서는 그다지 오랜만일 것도 없어요. 이 나라는 일 년 내내 비가 내리니까요. 아, 겨울에는 물론 눈이 내리고요."

"그래?"

시아의 설명을 들으며 케이는 찻잔을 테이블에 내려놓았다.

"그래도 가끔은 이런 아침도 괜찮은 거 같은데요."

식당의 창밖을 내다보던 엘리아가 생긋 웃으며 말했다.

"괜찮기는 무슨, 옷 다 젖을 텐데."

엘리아의 말에 아데닌은 입술을 삐죽였다.

"케이 형, 오늘 나가야 되는 거예요? 날도 궂은데 그냥 여관에서 쉬는 게 어때요?"

아데닌은 비를 맞으며 돌아다니는 것이 싫은지 간절한 눈으로 케이를 바라보았다.

"그렇게 말해 봤자 오늘 일은 예정대로 할 거야. 이미 어젯밤에 준비를 다 해놨으니까."

"네에?"

케이의 가차없는 대답에 아데닌은 눈을 크게 떴다. 아니, 그것은 엘리아와 시아도 마찬가지였다.

특히나 시아는 케이가 어제 준비한 일이 무엇인지 알기에 오늘 할 일이 무엇인지 또한 잘 알고 있었다. 그랬기에 그녀의 놀람은 더욱 컸다.

"정말 오늘 하려구요?"

시아는 떨리는 목소리를 애써 억누르며 케이에게 물었다.

"그래. 더구나 오늘 하려는 일은 이렇게 비가 내리는 편이 더 좋다구. 난 좀 더 세차게 내리지 않는 게 아쉬울 정도야."

케이의 말에 엘리아는 영문을 알 수 없다는 눈으로 그를 바라보았다.

"대체 오늘 하려는 일이 뭔데요?"

"우리가 여기에 온 목적. 도착했으면 빨리빨리 해치워야지, 괜히 미적거리면서 시간 끌 것 없잖아."

케이의 대답에 그제야 비로소 그가 하려는 일을 깨달은 엘리아는 입을 벌렸다. 알고는 왔지만 막상 하려고 한다니 떨리는 것은 어쩔 수 없었다.

케이가 하려는 일은 한 국가를 상대하는 일과 크게 다르지 않았기에.

"이런 깜빡했군."

"예? 뭘요?"

갑작스러운 케이의 메시지 마법에 시아가 되물었다.

"수고스럽겠지만 혼자서 정보 길드에 한 번 더 다녀와 줘. 일단 의뢰만 해주면 돼."

"그런 거라면 직접 갈 필요 없어요. 접선 연락만 하면 되니까요."

"그래?"

"네. 의뢰 내용이 뭔데요?"

"디아스 내에서 마갑기를 보유하고 있는 모든 자의 신상 명세."

"네?"

"마갑기 공장을 없애 버리면 그 다음은 남아 있는 마갑기도 처리해 나가야 하니까."

케이의 대답에 시아는 아무런 대답도 못하고 케이를 바라보고 있었다. 케이가 하려는 일은 그야말로 엄청난 일이었다.

"잠깐만요, 케이 오빠. 오빠는 지금 오빠가 하려는 일의 중대성을 알아요?"

"아마도 대륙에 엄청난 혼란이 몰아닥치겠지. 나라의 힘이라 할 수 있는 마갑기가 완전히 사라진 나라가 한 곳 생기는 것이니. 주변에서 침략하기에 딱 좋겠지."

케이가 당연하다는 듯 이야기하자 시아는 어이가 없었다. 이 인간은 알고서도 하려고 하는 것이다. 모르고 그랬다면 사정을 이야기해서 말릴 수나 있으련만.

"맞아요. 대륙은 전쟁의 소용돌이에 휘말린다고요."

메시지 마법을 통해 머리를 울리는 그녀의 음성은 간절하기 그지없었다. 그녀는 대륙이 전쟁의 불길에 휘감기는 것만은 막고 싶었다.

"그런 일 없으니까 걱정 붙들어 매."

"어떻게요?"

"전쟁이 일어날 시간도 없이 몰아쳐 줄 테니까."

케이의 대답에 시아는 어리둥절한 눈으로 그를 바라보았다. 시간도 없이 몰아쳐 주겠다니 어떤 의미일까?

"지금까지는 시작 전이라 제법 여유를 두고 능력을 아껴가면서 천천히 왔지만 일단 일을 벌이면 신속, 간결, 정확하게 해치워야지. 그게 내 성격이야."

"그럼?"

"대강 짐작할 거 아냐. 난 엘리아랑 아데닌에게 앞으로의 일을 설명해야 하니까 넌 어서 다녀와. 조금 전부터 계속 우리만 쳐다보고 있잖아."

시아와 케이는 메시지 마법으로 대화를 하고 있다지만 조금 전부터 계속해서 서로를 뚫어져라 바라보고 있었다. 메시지 마법으로 오간 내용이 내용인지라 시아가 케이를 똑바로 보고 이야기했던 탓이다.

그러니 아데닌과 엘리아의 의혹 어린 시선이 두 사람을 향할 수밖에 없었다.

케이의 지시대로 시아는 곧 자리에서 일어나 여관 밖으로 향했다. 그와 동시에 케이도 자리에서 일어났다.

"둘 다 따라와."

케이의 표정이 심각했기에 아데닌과 엘리아는 아무 말 없이 그 뒤를 따랐다. 자신과 아데닌이 묵는 방으로 들어온 케이는 마나로 방음벽을 쳤다.

"지금부터 하는 이야기 잘 들어라."

"네."

케이의 심각한 어조에 엘리아와 아데닌도 심각한 얼굴로 대답했다.

"오늘 우리는 살인을 하게 된다."

그 말에 엘리아와 아데닌 둘 모두 입을 다물고 가만히 케이를 바라보았다.

"지금까지의 여행에서 살인을 할 일은 없었어. 생명을 앗는다는 것, 특히 같은 존재인 인간의 생명을 앗는다는 것은 분명 있어서는 안 되는 일이다. 하지만 오늘은 해야 돼."

"왜죠?"

아데닌이 낮게 깔린 목소리로 물었다.

"그렇지 않으면 우리가 죽으니까."

간결한 대답. 하지만 무엇보다 설득력있는 대답이었다. 자신이 살기 위해 어쩔 수 없는 일이라는.

"하지만 그렇다면 형이 하려는 일을 하지 않으면 되잖아요."

"해야만 하는 일이야."

"왜죠?"

"세상의 균형을 다시 잡는 일이니까."

"그 말은 지금 세상의 균형이 무너졌다는 것인가요?"

가만히 듣고 있던 엘리아가 끼어들었다.

"그래. 무너졌어."

"하지만 제가 보기에는 그렇지 않은 것 같은데요."

엘리아는 동의할 수 없다는 듯 당당한 눈으로 케이를 바라보고 이야기했다.

"물론 인간 세상에서는 균형이 절묘하게 유지되고 있어. 그것도 모두가 살기 좋은 방향으로 점차 발전하고 있지. 하지만 그 발전이 대륙의 모든 종족의 균형을 해치고 있다. 당장 너희도 엘프의 숲에서 지내봤지? 그때 어땠니? 마갑기란 힘을 가진 인간들의 침입을 직접 보고 겪었지? 앞으로 인간은 더욱 강해질 거다. 그리고 그 균형은 더욱 급속도로 깨지겠지. 이 세계는 인간들만의 것이 아냐."

케이의 말에 엘리아는 어떠한 대답도 하지 못했다. 그녀도 엘프의 숲에서 보고 겪었기에 케이가 무엇을 말하려는지 알고 있었던 것이다.

"하지만 왜 하필 오빠가 그 균형을 바로잡으려는 거죠?"

"그럴 책임이 있으니까."

"어떤 책임이요?"

"그것까지는 말해 줄 수 없어."

그 말을 끝으로 엘리아는 침묵했다.

"선택해라. 날 따라서 토요의 마갑기 생산 공장인 듀로나베르로 갈 것인지, 아니면 그냥 이곳에 남을 것인지. 하나 알아둘 것은 앞으로의 여정은 오늘과 다를 게 없다는 거야. 나는 이 류블라드의 모든 마갑기를 없애려고 하니까."

그 말을 끝으로 케이는 아무 말 없이 가만히 앉아 있었다. 앞으로는 이 두 사람이 고민하고 결정할 일이기에. 케이는 그저 가만히 눈을 감고 기다리고 있었다.

얼마나 시간이 흘렀을까? 두 사람은 아무 말 없이 그저 가만히 그렇게 앉아만 있었다.

"그냥 남겠다고 하면 어떻게 되는 거죠?"

아데닌이 침묵 끝에 입을 열었다.

"일단 이레이져를 회수할 생각이다. 그것도 마갑기임에는 분명하니까 마지막에는 이레이져도 폐기되어야지. 그리고 나서 네가 가고 싶은 곳으로 가라. 버려진 땅의 고향으로 돌아가도 좋고 계속 여행을 해도 좋아. 앞으로의 일은 네 의지로 결정하면 되는 거야."

케이의 대답에 아데닌의 눈이 확연히 떨렸다. 아데닌은 두 손을 꽉 쥐었다. 팔이 가늘게 떨리고 있었다.

"살인이라는 것. 무섭고 인간으로서 해서는 안 되는 일이라는 거 알아요. 하기도 싫어요. 하지만 해야 할 때도 있다는 것도 알아요. 지금 난 내 의지로 그걸 결정할 수 있는 입장이라는 것도. 솔직히 살인 따위 하고 싶지 않아요. 하지만 형과 있고 싶어요. 형은 나에게는 형 이상의 존재예요. 아직은 헤어지기 싫어요. 힘들고 무섭고 아프겠지만 따라갈게요."

아데닌의 목소리가 가늘게 떨리고 있었다. 하지만 두 눈만은 결연한 의지를 보여주고 있었다.

"저도 아데닌과 마찬가지예요. 따라갈게요."

엘리아는 고민의 흔적이 역력한 목소리로, 그러나 단호하게 대답했다.

두 사람의 대답을 들은 케이는 가늘게 미소 지었다. 하지만 그 미소 속에는 깊은 아픔 역시 깃들어 있었다. 자신 역시 두 사람에게 살인 따위는 시키고 싶지 않았으니까.

그때쯤 방문이 열리며 시아가 들어왔다.

"갔던 일은?"

"시키는 대로 했어요."

방 안의 무거운 분위기를 읽은 탓인지 시아는 대답 후 조용히 빈자리를 찾아 앉았다.

"그럼 오늘 우리가 할 일을 이야기해 줄게. 우리는 오늘 듀로나베르를 완전히 파괴한다. 그러고 나서 디아스에 남아 있는 모든 마갑기를 파괴한다. 시아, 의뢰 결과는 언제 받을 수 있지?"

설명을 하던 중 케이는 시아를 돌아보며 물었다.

"내일 아침에 오라고 하던데요."

"좋아. 이 일이 어떤 의미를 가지고 있는지는 알고 있니?"

"대륙이 전쟁의 소용돌이에 휘말려 들어갈지도 모르겠네요."

엘리아는 담담한 목소리로 대답했다.

"그래. 그러면 내가 하는 일은 아무런 의미가 없어져. 세상의 균형을 맞추겠다면서 인간들의 균형을 깨버리는 게 되니까."

"그러면 어떻게 할 건가요?"

엘리아의 물음에 케이는 빙긋 웃었다. 그녀는 지금 케이에게 책망의 시선을 던지고 있었기에. 케이가 하려는 일이 전쟁의 도화선이 될 수도 있었기에 그녀는 그런 눈으로 케이를 바라볼 수밖에 없었다.

"오늘 듀로나베르를 완전히 파괴하고 내일 디아스 안의 모든 마갑기를 파괴한다. 그리고 이틀 후 우리는 포카트의 마갑기 생산 공장을 파괴할 거야."

"네?"

케이의 말에 세 사람은 동시에 놀람의 음성을 토해냈다. 도무지 말이 안 되는 소리를 하고 있었기에.

"그게 가능할 거라 생각해요?"

시아는 결국 항상 케이에게 묻는 말을 다시 한 번 물을 수밖에 없었다.

"지켜봐."

케이는 당당했다. 그 모습은 늘 보여주던 그 모습이었기에 시아도 더 이상의 질문은 포기했다. 그의 말대로 지켜보면 되는 것이다.

시아는 케이의 말에서 앞으로의 계획을 짐작할 수 있었다. 그건 엘리아 역시 마찬가지였다.

케이의 의도는 명백했다. 각국이 전쟁을 준비할 시간을 주지 않고 대륙의 모든 마갑기 생산 공장을 없애 버리겠다는 뜻이었다.

전쟁이란 국가와 국가 간의 싸움이다. 하물며 간단한 이사를 하는데도 준비를 위해서는 제법 시간이 걸린다. 다른 나라와 싸움하러 먼 거리를 이동하는 전쟁이라면 말할 필요도 없었다.

하지만 아무리 생각해도 그것은 불가능한 일이었다.

'뭐, 그래도 지켜보라고 하니 지켜봐 주기는 해야겠지?'

고개를 흔들면서도 시아는 어느새 방을 나서고 있는 케이의 뒤를 따르고 있었다.

카운터에서 숙박비와 식사비를 치른 케이는 여관을 나섰다.

하늘이 케이의 소망을 들어주었음인가? 어느새 빗줄기는 제법 굵어져 세차게 내리고 있었다.

"좋군."

케이는 아무런 망설임 없이 빗속으로 걸음을 옮겼다.

"어어? 우산은요?"

빗물에 젖는 걸 유독 싫어하는 아데닌이 놀라서 외쳤다. 그리고는 곧 입을 닫았다. 케이의 몸은 빗방울에 전혀 젖지 않고 있었다. 자세히 보면 케이의 몸에 닿은 빗방울들은 케이의 몸을 따라 주르륵 흘러내렸다. 마치 몸 전체를 무슨 막이 싸고 있는 듯 케이는 전혀 젖지 않았다.

"운디네."

그 모습을 지켜본 엘리아는 운디네를 소환했다.

"비에 젖지 않게 부탁해."

생긋 웃는 엘리아에게 운디네는 웃음을 돌려주며 그녀의 주위를 맴돌았다. 역시 케이의 뒤를 따르는 엘리아 역시 비에 전혀 젖지 않았다.

"흐음. 마나로 막을 만든다라. 하면 할 수 있기는 한데, 이거 싸우러 가기도 전에 마나 소모가 너무 극심해서 탈진하는 거 아냐?"

케이의 모습을 가만히 지켜본 시아가 중얼거리더니 곧 빗속으로 걸음을 옮겼다. 역시 그녀도 비에 전혀 젖지 않았다.

"후우. 나도 가야 하나? 근데 마나로 몸을 둘러싸는 건 아직 안 배웠는데……."

한숨과 함께 빗속으로 걸음을 옮기는 아데닌의 옷에 빗물들이 서서히 젖어 들어왔다.

"멍청한 녀석. 넌 꼭 가르쳐 줘야만 하냐?"

그 모습에 케이가 어이가 없다는 듯 말했다. 그리곤 곧 마나의 막을 몸에 둘러치는 방법을 일러주었다. 설명을 듣자 아데닌은 곧 비를 맞으면서도 비에 젖지 않게 할 수 있었다.

"응? 별로 어렵지 않네요?"

"으이구."

아데닌의 모습에 케이는 무언가 답답한 듯 가슴을 가볍게 쳤다.

"그런데 왜 비가 세차게 내리는 것이 좋다고 했어요?"

케이의 곁을 따르던 엘리아가 그것이 궁금했는지 물었다.

"소리를 감춰주니까. 세찬 빗소리가 우리 소리를 감춰주거든."

"아."

"그런데 듀로나베르가 어디에 있는지는 알고 있는 거예요?"

아데닌이 퉁명스레 물었다. 아무래도 조금 전의 일에 마음이 상한 듯했다.

"그래. 정말 의외의 위치야."

빗줄기가 굵어져서 그런지 거리는 한산했다. 이렇게 비가 내리는 날에는 보통 외출을 꺼리는 것이 일반적인 심리였다.

"이상한데? 아무리 비가 오고 있다지만 이렇게 사람이 없지는 않을 텐데……."

행인이 너무 없는 것이 이상한 듯 케이가 중얼거리자 역시나 시아가 생긋 웃으며 중얼거렸다.

"뭐, 이곳에서 이 정도로 비가 내리는 일은 드무니까요. 자주 오는 대신에 이렇게 세게 내리는 일은 별로 없거든요. 그러니 사람들이 외출을 꺼릴 수밖에요."

"그런가?"

그사이 그들은 토요의 성문에 이르렀다.

"응? 성 밖으로 나가요?"

아데닌은 성문이 보이자 이상하다는 듯 물었다. 하지만 케이는 고개만 끄덕여 줄 뿐 다른 대답은 하지 않았다.

세차게 내리는 비 덕에 행인이 별로 없어서인지 성문은 쉽게 통과할 수 있었다. 토요를 벗어난 이후에도 케이는 꾸준히 걸음을 옮겼다.

"어디까지 가는 거예요?"

케이의 뒤를 따르던 아데닌이 다시 한 번 물었다.

"일단 가능한 토요에서 평범하게 멀어져야 해."

"예?"

"수도란 곳은 아무래도 왕이 있다 보니 이것저것 골치 아픈 제약이 많거든. 그리고 듀로나베르가 의외의 위치에 있기도 하고 말이지."

"어딘데요?"

엘리아가 물었다.

"왕궁의 후원."

"예?"

케이의 대답에 엘리아가 놀란 모양이었다.

"뭐 나도 그게 제법 의외였는데 별궁의 형태로 있는 모양이더라구."

"흐음. 하긴 그곳이 가장 보안이 잘되고 안전할 수도 있겠네요."

왕궁의 후원에 있음으로써 얻을 수 있는 이점을 떠올린 엘리아는 곧 수긍을 했다.

"그래. 대신 우리만 귀찮아진 거지."

"그리고 왕궁 내에 있으면 그만큼 왕권 강화에 도움도 되지요."

시아가 끼어들어 한마디 했다. 그녀의 말은 분명 사실이었다. 국가의 가장 큰 힘인 마갑기를 왕궁에서 생산한다면 왕의 힘은 강해질 수밖에 없었다.

"저기 그런데 왜 자꾸 수도에서 멀어지는 거예요? 왕궁은 수도에 있잖아요."

아데닌의 질문에 세 사람의 눈빛이 동시에 그를 향했다. 그 눈빛은 이런 한심한 녀석이란 의미를 가득 담고 있었다.

"뭐… 뭐야?"

그 눈빛에 짐짓 기분이 이상해진 아데닌이 소리를 질렀다.

"아데닌, 왕궁은 수도의 정북쪽에 위치하지?"

"응."

엘리아가 아데닌을 바라보며 차근차근 설명하기 시작했다.

"그런데 우리는 성의 남문으로 나왔어. 그렇지?"

"응."

"왕궁은 북쪽 위치에서 남쪽을 바라보며 지어져 있으니까 후원이면 어디에 있을까?"

"아마 토요 성에서도 거의 최북단에 있겠지?"

"그렇지? 그렇다면 우리는 남문으로 나와서 최북단으로 가려면 성벽을 따라 뱅 돌아가야겠지?"

"그렇지. 그러니까 내 말은 왜 그러지 않고 이렇게 토요에서 멀어지는 거냐구."

쾅.

엘리아의 주먹이 아데닌의 머리를 강타했다.

"이런 멍청이. 네가 성의 경비라면 성벽을 따라 계속해서 북쪽으로 가는데 가만히 놔두겠어? 수상하지 않아?"

엘리아의 짜증 어린 말에 그제야 아데닌은 이해를 한 듯했다.

"그렇구나."

"이쯤이면 됐군."

두 사람의 대화를 재미있게 지켜보던 케이가 걸음을 멈췄다.

"미네르바."

그리곤 바람의 정령왕을 소환했다.

『어머? 어쩐 일이야, 케이? 나를 다 소환하고?』

오랜만의 소환에 기분이 좋은 듯 미네르바는 활짝 웃고 있었다.

"우리를 좀 데려다 줬으면 하는 곳이 있어서."

『그래? 왜 텔레포트 안 하고?』

"수도 근처라서 귀찮아. 텔레포트하는 데 이것저것 신경 쓸 것이 너무 많잖아."

『호호. 하긴 그러네. 그럼 가보도록 할까?』

미네르바는 이미 목적지가 어디인지 알고 있는 듯 네 사람의 몸을 허공에 띄워 날아가기 시작했다.

"오빠, 미네르바가 목적지를 아는 거예요?"

엘리아는 케이가 미네르바에게 목적지를 이야기하는 것을 들은 기억이 없기에 물었다.

"뭐, 뛰어난 정령술사는 말하지 않아도 교감만으로 정령에게 자신의 의사를 전달할 수 있지."

"아아, 그렇구나. 난 아직 거기까지는 안 되는데."

"뭐, 열심히 노력하면 될 거야."

그사이 미네르바는 어느새 북쪽 성벽에서 좀 떨어진 초지에 네 사람을 내려놓고 있었다.

"역시 바람의 정령왕다워. 빠르군."

『뭐, 이 정도쯤이야. 앞으로도 자주 좀 불러달라구, 케이. 그리고 엘리아도. 요즘 너무 심심하다구.』

일행을 남겨둔 미네르바는 투정과도 같은 말 한마디를 남기고는 정령계로 돌아갔다.

미네르바가 사라지자 케이는 가만히 눈을 감았다. 케이의 모습이 너무 진지했기에 세 사람은 한쪽에 물러서 가만히 지켜보았다.

케이는 현재 마나를 이용해 성벽 안의 듀로나베르의 상태를 탐색하고 있었다.

순찰병들의 움직임, 사람들의 분포, 전날 얻은 정보 속의 구조와의 비교.

모든 것을 마치자 케이는 두 눈을 떴다.

"노이아넨."

분석을 마치자 케이는 즉각 땅의 상급 정령을 불러냈다.

"땅굴을 뚫어서 들어가는 거예요?"

노이아넨의 모습을 보자 케이의 의도를 짐작했는지 엘리아가 물었다.

"그래. 그럼 들어가 볼까?"

노이아넨은 소환되자 곧 땅굴을 파기 시작했다. 아니, 판다고도 할 수 없었다. 노이아넨이 나아가기 시작하자 주변의 흙들이 저절로 벌어져 커다란 구멍을 형성했으니.

"다시 하늘을 보게 되면 그때부터는 죽고 죽이는 싸움이 벌어질 거야. 가급적 살인은 안 하는 편이 좋겠지만 그러다가 자신이 죽는 수도 있으니까 방심하지 마라. 전투에서 가장 중요한 건 자신의 생명이야. 엘리아도 내가 가르쳐 준 권각장법들 꾸준히 수련하고 있었지?"

"네."

케이의 물음에 엘리아는 떨리는 목소리로 대답했다.

"시아 넌 괜찮겠어?"

시아는 같은 일행이긴 하지만 케이가 가르쳐 준 것이 아무것도 없었다. 그래서 그 실력이 걱정이 되는 듯했다.

"걱정 말아요."

"정보 길드의 부길드장은 아무나 하는 게 아니라구요."

이어서 들린 시아의 메시지 마법에 케이는 가벼운 웃음을 지을 수 있었다.

노이아넨을 따라 얼마나 걸었을까? 노이아넨이 서서히 위를 향해 걷기 시작했다. 위로 향하고 있다는 것을 알아챈 순간 두 사람의 눈은 긴장으로 물들기 시작했다.

경험에 없던 일이 눈앞에 펼쳐지려 하니 몸이 조금씩 굳어들기 시작했다.

"아데닌 오빠, 엘리아 언니, 긴장 풀어요. 너무 그렇게 긴장하면 오히려 더 움직임이 둔해진다고요. 이 깜찍한 동생 얼굴 보고 긴장 풀라고요."

두 사람의 긴장을 느낀 시아가 뒤돌아 웃으며 말했다.

"푸훗."

"후훗. 알았어."

시아의 얼굴을 본 두 사람은 웃음을 터뜨리고 말았다.

시아가 손으로 코끝을 살짝 들어 코를 돼지코 모양으로 만든 후 혀를 낼름 내밀었기 때문이다.

평소에 보면 그리 우스운 것도 아닌데 긴장하는 중에 보니 유난히 우스웠다. 그렇게 웃고 나니 굳어가던 몸도 한결 부드럽게 풀렸다.

역시 나이는 어려도 시아의 경험은 무시할 수 없었다.

'경험에서 나오는 관록이란 건가? 생각보다 도움이 될지도 모르겠는걸.'

두 사람의 긴장을 풀어주는 시아의 모습에 케이는 걱정을 한시름 놓을 수 있었다. 케이 역시 두 사람의 긴장을 느끼던 터였고, 도착하기 전에 어떻게 그 긴장을 풀어줄 수 있을까 고민하던 터였기에.

조금 더 올라가자 노이아녠이 사라졌다.

지상에 다다랐다는 것이었다. 노이아녠이 사라진 자리에는 회색 빛 하늘과 굵은 빛줄기가 보이는 구멍이 뚫려 있었다.

"도착했군."

케이는 구멍 밖으로 한 발 내디뎠다. 그 뒤를 따라 시아와 아데닌, 엘리아가 차례로 구멍을 따라 나왔다.

미리 탐색하고 지정한 대로 주위에는 아무도 없었다.

경계가 엄중하고 바쁜 사람들이 다급히 움직일 듀로나베르였지만 구멍 주위에는 아무도 없었다.

케이가 완벽하게 경계의 사각지대를 찾아 뚫고 들어온 것이다.

"모두 지금부터 시작이다."

케이의 말에 세 사람은 고개를 끄덕였다.

"앱솔루트 실드."

케이는 시아와 엘리아를 향해 손을 뻗고는 나직이 시동어를 외웠다.

곧 투명한 구체가 두 사람을 감쌌다.

"내가 살아 있는 한 그게 너희 둘을 지켜줄 거야."

엘리아는 신기한 듯 자신의 몸 주변의 구체를 바라보았지만 시아는 아무런 말을 하지 못했다.

'앱… 앱솔루트 실드라니… 9서클의 방어 마법을 자신이 아닌 타인에게, 그것도 두 사람에게 동시에 펼치다니… 대체 케이 오빠의 실력은……..'

자신의 몸을 지켜주는 구체가 무엇인지 알고 있기에 시아는 놀라 아무 말도 할 수 없었다.

"아데닌."

"네."

"이레이져에 타더라도 자신의 몸과 똑같다고 생각하고 싸워라. 이레이져를 조종한다고 생각하면 안 돼. 너와 이레이져를 완전히 일체화시

커. 알겠지?"

"네."

"좋아."

결의에 찬 아데닌의 얼굴을 확인한 케이는 자신 역시 각오를 새로 했다. 한 국가의 최고의 힘을 만들어내는 공장이다. 이곳을 파괴하는 것은 결코 쉬운 일이 아니라는 것, 말은 쉽게 했지만 그 자신이 가장 잘 알고 있었다.

"카라벨라."

케이는 나직이 자신의 마갑기를 소환했다.

"이레이져."

케이의 모습을 지켜본 아데닌도 나직한 목소리로 소환을 시작했다.

곧 공간에 왜곡이 생기며 두 대의 마갑기가 모습을 드러냈고 케이와 아데닌은 각자의 마갑기에 탑승을 마쳤다.

우애애앵! 우애애앵!

그 순간 알람 마법의 경보음이 울렸다.

아무리 절묘한 사각지대라 하지만 거대한 마갑기가 갑자기 모습을 드러내는 순간 발각되는 것은 당연한 일이었다.

"자, 아데닌. 지금부터다. 간다!"

"네!"

2   초   31   식

치솟는 불길 속에서…

우애애앵! 우애애앵!

요란한 경보 소리와 함께 듀로나베르의 건물 안에서 수많은 병사들이 뛰어나왔다.

과연 왕국의 초특급 기밀 시설답게 병사들의 수도 무수히 많았으며 무장 역시 잘돼 있었다. 즉각 전투 태세를 취하고 뛰어나오는 모습이 훈련이 잘된 정예라는 것을 알 수 있었다.

하지만 그뿐 건물 밖으로 뛰어나오고 순찰을 돌던 곳에서 뛰어온 병사들은 케이들이 있는 곳에 도착해서는 멈춰 설 수밖에 없었다.

그럴 수밖에 없는 것이 두 기의 마갑기가 당당한 위용을 보여주며 서 있었기 때문이다.

"마… 마갑기다……."

"어떻게 이런 일이……."

"듀로나베르에 다른 마갑기가 들어오다니……."

선두에서 달려오던 병사들은 가만히 멈춰 서 멍하니 눈앞의 마갑기를 바라보고 있었다.

"젠장. 이게 어떻게 된 일이야. 상부에 보고해. 어서. 정체불명의 마갑기 한 기 출현. 그리고 후디스의 카라벨라 한 기 출현이라고!"

조금 늦게 도착한 기사 한 명이 고래고래 소리를 질렀다. 그로서는 눈앞의 현실이 믿어지지 않았던 것이다.

기사의 명령에 따라 병사 몇이 다시 건물을 향해 죽어라 달렸다. 그야말로 비상사태인 것이다.

물론 이 듀로나베르는 왕국의 마갑기 생산 공장인 만큼 무수한 수의 마갑기가 존재했다. 이 정도 침입자들을 처리하는 것은 크게 힘든 일이 아니다.

다만 문제는 어떻게 후디스 제국의 마갑기가 듀로나베르 안까지 침입을 했느냐 그것이었다.

"파이어 볼!"

그때 낭랑한 시동어 소리와 함께 피어오른 화염구가 병사들을 향해 날아왔다.

시아가 날린 마법이었다.

"샐라임! 앤다이론! 실레스트! 노이아넨! 라이덴! 가줘!"

이어서 엘리아가 오대 상급 정령을 소환해 병사들을 향해 날려 보냈다.

엘리아는 의지만으로 정령에게 뜻을 전할 수 있는 케이의 실력을 부러워했지만 그녀 자신도 모르는 사이 어느새 그런 경지에 올라 있었다.

가달라는 단 한 마디에 정령들은 각기 적절한 방법들로 병사들을 공격하고 있었다.

"젠장. 마법사에 정령술사도 있다는 것인가?"

갑작스레 날아온 마법과 정령들의 공격에 기사는 낭패한 음성을 토해냈다.

"아이스 미사일! 파이어 월! 윈드 커터!"

그사이에도 시아는 무수한 마법을 쏟아내며 모여든 병사를 공격하고 있었다.

케이와 아데닌은 그런 모습을 묵묵히 지켜보고 있었다. 자신들이 나선다면 금세 정리되겠지만 아직은 나설 때가 아니었다. 이곳 듀로나베르에 있는 마갑기의 수는 모두 40여 기. 생산 과정에 있는 것들까지 합치면 70여 기에 이르는 엄청난 수의 마갑기가 모여 있는 곳이다.

병사들을 상대하는 것이 큰일은 아니지만 괜한 곳에서 힘을 뺄 필요는 없었다.

게다가 듀로나베르가 습격받았다는 소식이 왕궁에 전해지면 수도 내에 있는 마갑기들도 몰려올 수 있었다. 그렇게 되면 이곳에 모여드는 마갑기의 수효는 얼추 150여 기에 이르게 된다.

그 모든 것들을 상대한다는 것은 그야말로 미친 짓이었다.

그러니 시아가 그렇게 난리를 피운 것이다.

"쳇, 도미니온(Dominion)."

돌아가는 상황이 여의치 않게 되자 기사는 자신의 마갑기를 소환했다.

"흐음. 그래도 제법 직위가 있는 녀석 같군. 마갑기를 가지고 있다니 말이야. 비록 하급의 마갑기지만."

케이는 기사의 등 뒤 공간이 왜곡되는 것을 보며 말했다.

디아스에서는 마갑기가 네 등급으로 나뉜다.

하급, 중급, 상급, 최상급의 마갑기로 분류가 되며 각각의 이름은 도미니온(Dominion), 트로네스(Thrones), 체루빔(Cherubim), 세라핌(Seraphim)이다.

네 종류의 마갑기가 각 기사들에게 어떻게 지급되는지를 살펴보면 일단 도미니온은 남작급의 기사에게, 트로네스는 자작급의 기사에게, 체루빔은 백작급, 세라핌은 후작급의 기사에게 지급되었다. 하지만 기사단에서의 지위와 작위가 상관없는 경우가 비일비재해 꼭 그런 것만은 아니었다.

보통 디아스의 기사단은 300명 정도로 구성되어 수도에만 총 네 개의 기사단이 있었다.

각 열 명씩 한조를 이루어 조장을 두었고, 조장에게 도미니온이 지급되었다. 지금 눈앞에서 마갑기를 소환하고 있는 기사가 조장급의 기사인 것이다.

그리고 다섯 개의 조를 묶어 분대라고 부르며 분대장에게 트로네스를 지급하였으며 세 개의 분대를 묶어 대라 부르며 대를 책임지고 있는 대장에게는 체루빔이 지급되었다.

마지막으로 수도에 있는 네 개의 기사단을 책임지는 각각의 기사단장에게 세라핌이 지급되었다.

디아스의 최상급 마갑기인 세라핌은 그 수가 극히 적었다. 디아스 전체를 뒤져 총 20기가 전부라고 할 정도로 적은 수였다.

하지만 최상급이라 하더라도 성능은 후디스 제국의 카라벨라와 비슷한 정도일 뿐이었다. 그도 그럴 것이 카라벨라가 중급의 기종이라 하더라도 후디스 제국의 주력 기종으로 삼기 위해 히스티딘 가에서 전력을 다해 만든 것이다. 그 성능은 다른 왕국의 최상급 마갑기 수준이었다.

게다가 히스티딘 가의 마갑기 제작 능력은 다른 국가들에 비해 두세 단계는 높았으니 디아스의 최상급 마갑기와 맞먹는 성능을 지니는 것이 하등 이상할 것이 없었다.

후디스 제국의 마갑기 체계에서 따지자면 카라벨라는 디아스의 트로네스 정도의 위치였다. 최근 새로운 두 기종의 마갑기가 히스티딘 가에 의해 더 개발되면서 그렇게 된 것이다.

현재 후디스에서 최상급의 마갑기는 여러 개의 마나석을 병렬로 사용한 클레이모어였다. 물론 제국의 황제나 히스티딘 공작이 사용하기 위해 제작된 등급 외 마갑기도 존재했고, 그런 마갑기들의 성능은 말할 필요도 없이 최강을 자랑했다.

"음. 네가 상대할래? 내가 상대할까?"

상대의 마갑기가 소환되는 것을 지켜보던 케이가 아데닌에게 물었다.

"제가 하죠. 케이 형은 먼저 듀로나베르 안으로 진입하세요."

"죽일 수 있겠어?"

"꼭 죽여야 하나요?"

케이의 물음에 아데닌은 어두운 목소리로 되물었다.

"아니. 굳이 일부러 죽일 필요는 없다. 다만 저 마갑기만큼은 완전히 폐기시켜야 한다. 그러다 보면 마갑기를 조종하는 기사를 죽일지도 모르지. 그건 각오해라."

"예."

아데닌의 결의에 찬 대답을 들은 케이는 걸음을 옮겼다. 눈앞에 보이는 별궁, 아니, 듀로나베르로 진입하기 위해서였다.

이미 주위를 둘러싸고 있던 병사들은 시아와 엘리아에 의해 모두 진압된 후였다.

"네놈! 어딜 가냐! 이 뒤로는 못 간다!"

도미니온에 탑승한 기사는 케이의 앞을 가로막고 외쳤다.

"네 상대는 저 녀석이야."

그렇게 말해 준 케이는 능숙하게 유수보법을 펼쳐 도미니온을 비껴 계속해서 걸음을 옮겼다.

"이놈!"

케이의 행동에 분노한 기사는 어느새 검을 소환해 들고 케이를 향해 달려들었다.

"이레이져, 파르티잔을."

─알았다.

아데닌의 지시에 따라 어느새 이레이져는 파르티잔을 소환해 들었다.

챙!

요란한 소리가 주변으로 울려 퍼졌다.

도미니온의 검을 이레이져가 파르티잔으로 막은 것이다.

"들었을 텐데? 네 상대는 나라고."

아데닌이 걸음을 옮겨 상대를 막아섰다.

쿠왕!

그사이 케이는 카라벨라의 주먹으로 듀로나베르의 입구를 무지막지하게 부수고 있었다.

"저… 저놈이……."

요란한 소음을 내며 부서져 가는 듀로나베르의 외벽을 지켜본 기사가 당황해 그곳으로 달려가려 했으나 아데닌에게 막혔다.

"네 녀석 상대는 나라니까."

"이놈, 비켜라!'

다급한 기사는 황급히 검을 휘둘렀다. 도미니온의 거대한 검이 이레이져를 향해 떨어져 내렸다. 하지만 아데닌은 능숙하게 파르티잔으로 검을 흘려냈다. 그리고 곧게 상대를 향해 찔러 들어가는 파르티잔.

의외의 반격에 기사는 도미니온의 몸을 크게 움직여 피했다.

"생각보다 약한 것 같네, 당신."

상대의 빈틈을 정확히 잡아낸 아데닌은 상대가 쉴 틈을 안 주고 공격해 들어갔다.

상하좌우 곳곳에서 쉬지 않고 창영이 번뜩였다. 방패까지 소환한 도미니온은 서둘러 상대의 창을 막기에 바빴지만 역부족이었다. 그사이 케이는 이미 듀로나베르에 마갑기가 충분히 들어갈 만한 구멍을 뚫었다.

"저… 저놈이 기어코……."

일방적으로 밀리는 싸움을 하는 와중에 케이에게 정신을 분산한 것은 기사의 명백한 실수였다. 이기고 있는 싸움에서도 정신을 분산하면

질 수 있는 것, 하물며 밀리고 있는 싸움이라면 말할 필요도 없었다.

서걱.

마갑기 대 마갑기의 싸움에서는 절대 날 수 없는 소리가 기사의 귀에 들렸다.

쿠웅.

그리곤 방패를 들고 있던 왼손이 바닥에 요란한 소리를 내며 떨어졌다.

"어떻게… 이런 일이……."

있을 수 없는 일이 일어났기에 기사는 망연자실한 얼굴로 앞을 바라보았다.

"저… 저건……."

그리고 그는 보았다. 이레이져가 들고 있는 파르티잔의 창인(槍刃)에서 빛나고 있는 것을.

"어떻게 마갑기에 탑승한 채로 오러 블레이드를……."

"진작에 오러 블레이드를 사용했으면 좋았겠지만 이건 마나의 소모가 너무 커서 말이야. 그럼 이만."

그 말과 동시에 이레이져의 팔이 어지러이 움직였다. 빛과 함께 지나가는 파르티잔의 움직임에 도미니온의 나머지 팔과 두 다리가 잘리고 몸체는 허무하게 바닥에 떨어졌다.

"이봐, 살고 싶거든 어서 이곳을 벗어나라구."

그 말만을 남긴 아데닌은 케이가 뚫어놓은 구멍으로 걸음을 옮겼다.

"휘유~! 대단한걸."

케이가 뚫고 들어온 벽은 완성된 마갑기를 넣어두는 곳이었다. 케이의 눈앞에 이미 완성된 마갑기 40여 기가 가지런히 줄을 맞춰 서 있었다. 대부분이 도미니온이었고, 사이사이에 트로네스와 체루빔이 보였다. 세라핌은 한 대도 없었다.

"이봐! 서둘러! 어서 타라구!"

이미 두 기의 마갑기가 듀로나베르로 난입한 보고는 올라와 있었다. 알람 마법의 경보에 뛰쳐나간 병사들이 막아내지 못할 것은 너무나 당연한 사실이었다.

그나마 조장급의 기사가 한 명 나간 상태였기에 어떻게든 시간을 끌어주기를 바라며 당장 마갑기를 움직일 수 있는 기사들이 이곳에 집결한 상태였다. 마갑기는 마갑기만이 상대할 수 있었기에 예정된 지급 대기자에게 마갑기를 지급할 여유도 없이 현재 듀로나베르에 대기 중인 기사들 중 실력순으로 우선 탑승하는 상황이었다.

그러던 차에 카라벨라가 벽을 뚫고 나타난 것이다.

"젠장! 이미 왕궁에도 소식이 전해졌다. 근위기사단이 올 때까지 어떻게든 버텨라!"

마갑기에 오르는 기사들을 바삐 독려하는 자의 모습이 케이의 눈에 들어왔다. 그리고 그의 말소리도 똑똑히 들을 수 있었다.

"흐음. 근위기사단이 이곳으로 온다라. 그러면 밖이 더 힘들 것 같은데 아데닌이 버텨낼 수 있을까?"

케이는 잠시 고민했지만 곧 몸을 움직였다. 근위기사단이 온다면 일단 그들이 온 다음에 생각해도 늦지 않을 거라 판단한 것이다.

"엘리아, 시아, 괜찮겠어?"

"네."

시아가 별것 아니라는 듯 대답했다.

이곳에 모인 자들은 병사보다 기사들이 많았다. 일단 완성된 마갑기를 움직여 적을 막기 위해 몽땅 이곳으로 몰려온 것이다. 그런 그들 중 마갑기에 탑승하지 않는 이들이 엘리아와 시아를 향해 몰려들었다.

아름다운 여자 둘이 들어와서 당황했지만 어쨌든 그들은 적이고 막아야 했다. 기사들의 검은 가차없이 엘리아와 시아를 향해 날아들었다.

챙, 채챙.

갑작스레 차가운 빛을 번뜩이며 날아온 검에 엘리아는 당황해 아무것도 못하고 고스란히 맞았으나 엘리아의 옷깃 하나 건드리지 못했다. 케이가 펼쳐 준 앱솔루트 실드에 맞고 몽땅 튕겨 나간 것이다.

"이… 이런……."

엘리아를 공격했던 기사가 당황하는 순간 실레스트가 그의 몸을 감싸고 지나갔다.

"으악!"

실레스트가 만들어낸 진공의 칼날에 온몸을 베인 그는 붉은 피를 몸 밖으로 내뿜으며 쓰러졌다.

"아…아……."

그 모습을 엘리아는 눈물이 그렁그렁한 눈으로 바라보며 서 있었다.

"엘리아 언니! 정신 차려요! 아직도 적들은 많아요."

시아가 엘리아 앞을 막아서며 외쳤다. 그런 그녀의 손끝은 쉴 새 없이 움직였고, 그에 따라 1, 2서클 급의 마법들이 쏟아져 나갔다.

'엘리아가 조금 걱정되긴 하지만 어쩔 수 없지. 일단 이 안부터 정리를 하고.'

이곳에 모여 있는 마갑기들은 모두 맹약을 맺지 못한, 즉 주인 없는 마갑기였다. 지금 서둘러 마갑기에 올라타고 있는 기사들은 어떻게든 일단 맹약을 맺어야 했다. 때문에 케이가 들어온 지금 움직일 수 있는 마갑기는 고작 두세 기에 불과했다.

"속전속결이다. 라이네, 검을."

케이의 말과 동시에 카라벨라의 오른손 공간이 일그러지며 마갑기용 롱 소드가 모습을 드러냈다. 케이는 오른손에 검병(劍柄)의 감촉이 느껴지자 곧 온몸의 마나를 뿜어냈다.

카라벨라의 롱 소드에는 곧 선명한 빛을 뿌리며 검강이 맺혔다.

"오… 오러 블레이드다!"

마갑기의 검에 맺힌 오러 블레이드라니 듣지도 보지도 못한 일에 그곳에 모여 있던 기사들은 우왕좌왕했다. 오러 블레이드를 사용하는 소드 마스터만 나타나도 경악할 마당에 마갑기에서도 오러 블레이드를 사용할 수 있다니.

"쩝. 오러 소드를 보고 오러 블레이드라니. 어이가 없어서."

맥 빠진 소리를 하는 케이의 움직임은 그의 말과는 달랐다. 오러 소드를 입힌 롱 소드를 휘둘러 가장 먼저 움직일 수 있는 3기의 도미니온의 팔다리와 목을 잘라 버렸다. 막 움직임을 시작했던 그들은 요란한 소리와 함께 허무하게 바닥으로 떨어졌다.

"우왁. 마갑기가 떨어진다! 피해라!"

시아와 엘리아로 인해 정신이 없던 기사들은 갑자기 아군의 마갑기가 허무하게 떨어지자 혼비백산해 피하기 바빴다. 그 덕에 시아와 엘리아가 기사들을 상대하기가 한결 수월해졌음은 물론이다.

"이거 너무 시시하군. 움직이지도 못하는 녀석들이라니."

그러나 케이의 움직임은 말과는 달리 재빨랐다. 맹약 중인 마갑기, 이제 기사가 탑승하려는 마갑기들을 가차없이 자르고 지나갔다. 카라벨라의 검이 지나간 자리에는 보기 좋게 6등분 된 마갑기의 잔해들만이 널려 있었다.

"자, 라이네, 어서어서 하고 빨리 밖으로 나가자구. 근위기사단 녀석들이 몰려온다고 하니 아데닌이 힘들 거야."

움직이지 못하는 적을 베어 넘기는 것은 어렵지 않은 일이다. 거기에다 그 베어 넘기는 자가 케이와 같이 초극의 경지에 오른 고수라면 말할 필요도 없었다.

주변에 있는 모든 마갑기를 정리하는 데는 불과 몇 분의 시간도 걸리지 않았다. 그야말로 순식간이었다. 모든 마갑기가 6등분이 되어 땅에 널브러지는 데 걸린 시간은.

그때쯤 구멍으로 이레이져의 모습이 나타났다.

"후와. 이거 엄청난데요."

눈앞에 펼쳐진 광경에 아데닌은 순수한 감탄사를 내뱉었다.

"생각보다 늦었군."

"뭐, 좀 그렇네요. 하하."

케이의 말에 아데닌은 머쓱하게 웃었다.

"난 제조 시설을 파괴하러 갈 테니까 아데닌 넌 이곳에 있어라. 근위기사단이 온다고 하니까."

"네."

근위기사단이라는 말에 아데닌은 긴장해서 대답했다. 근위기사단이란 모름지기 각 왕국의 최고 실력의 기사들이 모이는 곳이었기에. 강자들과 대결한다는 생각에 아데닌은 온몸이 긴장에 오싹하는 느낌을 받았다.

"그리고 시아, 엘리아를 데리고 이곳을 벗어나 있어. 앞으로는 아마 마갑기들만의 싸움이 될 테니까. 너희는 있으나마나야. 내가 생각을 잘못했다. 애초에 아데닌과 둘만 오는 건데."

"네."

케이의 말에 시아는 두말 않고 엘리아의 곁으로 다가갔다.

"미네르바."

케이의 말이 떨어지자 엘리아는 즉각 미네르바를 소환했다.

『아, 엘리아, 금세 소환해 주네.』

엘리아의 소환과 동시에 미네르바가 모습을 드러냈다.

"나랑 시아를 데리고 이곳에서 나가줘. 가능한 멀리."

엘리아는 떨리는 목소리리로 미네르바에게 부탁했다. 그런 엘리아를 미네르바는 안쓰러운 얼굴로 바라보았다.

『케이, 아무튼 너도 악취미다.』

미네르바의 가시 돋힌 말에 케이는 아무런 대꾸를 할 수 없었다. 케이도 엘리아를 데리고 온 것을 후회하는 중이었기에.

미네르바는 곧 엘리아와 시아를 감싸 안고 날아올라 빠른 속도로 사라졌다.

"그럼 아데닌, 부탁한다."

"네."

케이는 곧장 걸음을 옮겼다. 마갑기를 보관하는 곳이었기에 마갑기를 운반해 들어오는 문이 있었다. 그곳을 지나면 마갑기 제조 시설이 있을 것이다.

케이는 깔끔한 솜씨로 문을 두 쪽으로 갈랐다.

과연 그곳에는 제조 시설들이 넓게 펼쳐져 있었다. 하지만 갑작스러운 침입에 모든 사람들이 대피하였는지 아무도 없었다. 전투가 가능한 기사들은 조금 전 그곳에 모여 있었고, 나머지 인원은 대피를 마친 듯했다.

제조 중이던 마갑기들은 모두 그대로 방치되어 있었다.

"이곳은 최종 제조 시설이었지. 분명. 핵을 장착해서 활성화시키는 공정을 하는 곳이었어. 핵의 제조 시설은 2층과 3층에, 몸체의 제조 시설은 지하에 넓게 분포되어 있다고 했으렷다."

제조 시설을 확인한 케이의 몸이 바쁘게 움직였다.

카라벨라의 롱 소드가 어지러이 움직였고, 카라벨라의 롱 소드가 지나간 자리에는 잘게 잘려 버린 제조 시설들과 제조 중이던 마갑기의 잔해만이 남아 있었다. 재빠르게 그곳을 정리한 케이는 마갑기들이 운반되는 통로를 찾아 지하로 내려갔다.

일단 몸체를 만드는 곳을 먼저 정리할 심산이었다.

지하는 넓었다. 마갑기의 몸체 각 부분부분을 제조하는 곳다웠다.

"응? 이 기운은?"

케이의 감각에 다수의 마갑기들이 소환되는 것이 느껴졌다. 근위기사단이 이곳에 도착한 것이다.

"생각보다 적게 왔군. 고작 10기인가? 아데닌이 다 막아내기에는 힘들겠지만 어떻게든 버텨보라구. 적어도 이레이져 안에 있는 한 10분 정도는 무리없을 테니까."

케이의 움직임이 더욱 바빠졌다. 근위기사단이 도착한 것을 안 이상 꾸물거릴 시간 따위는 없었다. 빠른 움직임과 검 놀림으로 모든 시설을 파괴한 케이는 통로를 이용하지 않고 곧장 뛰어올랐다. 천장을 뚫고 올라선 것이다. 그곳에서 다시 한 번 뛰어올랐다.

2층부터는 마갑기의 핵을 제작하는 곳이었기에 마갑기를 움직일 만한 통로가 없었기 때문이다.

2층은 생각보다 작았다. 아니, 3층 역시 작았다고 해야 할까? 카라벨라가 뛰어오른 순간 2층과 3층을 동시에 뚫어버린 것이다.

"뭐, 여긴 금방 정리되겠군."

카라벨라는 다시 바쁘게 움직이며 어지러이 검을 휘둘렀다. 요란한 소음과 함께 디아스의 마갑기 제조 공장 듀로나베르는 그렇게 허무하게 부서졌다.

"쳇. 뭐가 어떻게 돼가는 거야? 듀로나베르가 습격당하다니. 그게 말이나 되는 소리야?"

갑작스러운 긴급 출동 명령에 듀로나베르로 달려가는 근위기사단 1대 3분대장 길버트는 투덜거렸다.

"뭐, 지금 열심히 듀로나베르를 때려 부수고 있다잖아."

길버트와 함께 열심히 달려가는 1대 2분대장 아세인이 빙긋 웃으며 말했다.

"이 상황에서 웃음이 나오냐, 너는?"

상대의 웃음이 마음에 들지 않았는지 길버트는 상대를 보며 다시 한 번 투덜거렸다.

"그렇다고 울면서 갈 수는 없는 노릇 아냐?"

항상 이런 식이었다, 아세인이라는 녀석은.

"젠장. 너답다. 그런데 어떤 녀석들일까? 포카트?"

"글쎄다, 긴급 명령이 떨어질 때 들은 사항으로는 정체불명의 마갑기 한 기와 카라벨라 한 기라고 하던데?"

"카라벨라라면 후디스의 기종이잖아. 그럼 후디스에서 쳐들어온 거야?"

"설마. 그렇게 뻔히 보이는 도발을 하려고? 아무리 후디스라지만 말이야. 게다가 우리랑은 상당히 사이도 좋은 동맹국이잖아. 이곳 마다가스 반도에서 유일한 후디스의 동맹국이야."

아세인이 그럴 리 없다는 듯 말했다.

"하긴, 포카트랑 마오는 마케인과 동맹을 맺은 상태니까."

"어쩌면……."

"어쩌면 뭐?"

길버트는 아세인이 말을 하다가 멈추자 전력으로 달리는 와중에도 물었다.

"마케인에서 벌인 일일지도 모르지."

"뭐, 그럴 수도 있겠군."

아세인의 말이 의미하는 바가 무엇인지 알아들은 길버트는 쉽게 수긍을 했다. 카라벨라가 듀로나베르를 습격했다는 사실이 알려지면 당연히 후디스 제국과 디아스 왕국의 관계는 험악해진다. 아무리 동맹국이라 할지라도 말이다. 국력의 최고 주요 시설을 공격당했는데 과연 누가 가만히 있겠는가?

그럼으로 해서 가장 큰 이득을 얻는 곳은 마케인 제국이었으니 그런 생각을 하는 것도 무리는 아니었다.

"이봐! 길버트! 아세인! 늦어!"

그때 다른 쪽에서 달려오는 사람이 두 사람을 재촉했다.

"엥? 라이언 대장님도 나가세요?"

그 둘을 재촉한 인물은 근위기사단 1대 대장인 라이언이었다.

"그래. 단장님과 1, 2대 대장. 그리고 모든 분대장에게 긴급 명령이 떨어진 상태다."

"예? 그거 과잉 방어 아니에요?"

근위기사단에서도 가장 핵심 인물들 모두에게 명령이 떨어졌다는 소리에 길버트는 놀라서 물었다.

"그만큼 중요한 곳이라, 듀로나베르는. 제발 늦지 않아야 할 텐데."

라이언 대장의 말에 공감하며 길버트와 아세인도 더욱 달리는 속도에 박차를 가했다.

그들이 도착할 무렵 다른 곳에 있던 분대장과 대장, 그리고 기사단장 역시 도착했다.

"젠장. 이러니까 긴급 시에는 왕궁 어디든지 텔레포트할 수 있게 해놓을 것이지. 무슨 얼어 죽을 보안상의 이유로 텔레포트 가능 지역을 제한하냔 말이야. 헥헥."

자신의 근무지에서 듀로나베르로 그야말로 죽을힘을 다해 달려온

2대 2분대 분대장 빌라이는 가쁜 숨을 몰아쉬며 투덜거렸다.

"모두 각자의 마갑기를 소환한다!"

근위기사단의 단장인 텔로미어는 침착하게 주변을 돌아보며 명령을 내렸다.

"트로네스!"

"체루빔!"

부하들이 마갑기를 소환하는 모습을 지켜본 텔로미어는 자신의 마갑기를 소환했다.

"세라핌!"

'젠장. 적들이 듀로나베르 안으로 진입한 지 제법 시간이 지난 것 같아. 어떻게 됐는지는 모르겠지만 제발 피해가 적어야 할 텐데.'

낙관적이지 않은 주변 상황을 보며 텔로미어가 안색을 굳힐 때 하늘 위로 무엇인가가 날아가는 것이 보였다.

"응? 저건 뭐지?"

길버트 역시 보았는지 고개를 갸웃거렸으나 지금 중요한 것은 그것이 아니었다.

그때 듀로나베르에서 한 무리의 사람들이 그들을 향해 몰려오고 있었다.

"저들은?"

텔로미어가 집중하여 바라보았다.

"듀로나베르의 경비를 맡던 기사들이군."

근위기사단 문장이 새겨진 마갑기를 발견한 그들은 더욱 빠르게 달려왔다. 근위기사들이 있는 곳에 도착한 그들의 얼굴에는 이제 살았다는 안도의 기색이 역력했다.

"어찌 된 일인가?"

마갑기에 탄 상태로 텔로미어가 물었다.

"충! 듀로나베르 경비대 대장 마이튼입니다. 적들은 두 기. 굉장한 위력의 마갑기입니다. 한 기는 카라벨라, 다른 한 기는 정체불명입니다. 그리고 마갑기의 탑승자들 역시 굉장한 실력자인 듯합니다. 카라벨라는 마갑기에 탄 채로 오러 블레이드를 뽑아냈습니다."

전력으로 달려와 숨이 찰 법도 한데 마이튼이라는 경비대장은 호흡 한 번 쉬지 않고 단번에 보고를 마쳤다. 하지만 그의 보고를 들은 텔로미어의 안색은 어둡게 변했다.

'마갑기의 검에서 오러 블레이드를 뽑아낸다고? 그런 인간이 있단 말인가? 나도 이제 오러 쓰레드를 뽑아내는 것이 고작인데…….'

디아스의 근위기사단장인 텔로미어는 디아스 최고의 기사로 그랜드 소드 마스터의 경지를 눈앞에 두고 있었다.

위대한 그랜드 소드 마스터 퓨어로부터 엘프들에게 전해져 조금씩 인간 세상으로 흘러나온 마나 호흡법. 기사들에게 환상의 수련법이란 소문으로만 떠돌며 실체를 접하기 어려웠던 그 수련법을 텔로미어는 우연히 입수할 수 있었고, 덕분에 지금의 실력에 이르렀다. 최상급의 소드 마스터를 불과 서른다섯이라는 젊은 나이에 이룬 것이다.

그런 그도 마갑기에서는 오러 쓰레드를 뽑아내는 것이 고작이었다. 도무지 오러 블레이드는 불가능했다. 그렇다면 상대는 대체 어떤 경지에 이른 자라는 것인가.

은연중 온몸에 긴장이 감돌기 시작했다.

"그렇다면 듀로나베르 안의 상황은?"

"아마 지금쯤이면 거의 모두 파괴되었을 겁니다."

마이튼은 고개를 숙인 채 겨우겨우 대답했다.

"이런."

그의 말에 여기저기에서 동시에 같은 말이 터져 나왔다.

이미 디아스는 막대한 국력의 손실을 입은 것이다. 그 두 기의 마갑기를 제압한다 하더라도 말이다. 마갑기 제조 공장은 그리 쉽게 세울 수 있는 것이 아니다. 그랬기에 후디스 제국을 제외한 각국에 한 곳씩 있는 것이 고작인 것이다.

"젠장. 그 빌어먹을 놈들! 반드시 죄의 대가를 치르게 해줘야 한다! 모두 가자!"

듀로나베르가 완전히 파괴되었을 거란 말에 흥분한 텔로미어가 가장 앞장서 그곳으로 향했다.

얼마 가지 않아 그들은 볼 수 있었다. 커다랗게 파괴된 듀로나베르의 한쪽 벽을. 그리고 그곳을 당당히 지키고 서 있는 오연한 자세의 은빛 마갑기 한 기를.

"저건가? 정체불명의 마갑기가?"

"이레이져라… 아마 저 기종의 이름인 듯합니다."

마갑기에 새겨진 글을 읽은 아세인이 텔로미어에게 말했다.

"훗. 이름 따위는 중요치 않지. 저들이 저지른 만행에 대한 대가를 치르게 할 뿐."

텔로미어의 목소리는 분노에 떨리고 있었다.

"왔는가?"

눈앞에 보이는 열 기의 마갑기에 아데닌은 몸을 살짝 떨었다.

긴장했다거나 겁을 먹었다거나 해서 그런 것이 아니었다. 앞으로의 전투에 대한 기대감과 흥분에 몸을 떤 것이다. 그런 면에서 보았을 때 아데닌은 영락없는 전사의 피를 타고난 듯했다.

"이레이져, 준비됐지?"

─물론이다.

아데닌은 한 발 앞으로 나섰다. 이레이져의 손에 들린 파르티잔이 아름다운 빛을 뿜어내고 있었다.

"오호, 저놈 움직이는데? 단장님, 제가 일단 상대해 보겠습니다."

이레이져의 움직임을 본 길버트의 트로네스가 한 발 앞으로 움직였다. 텔로미어는 가만히 고개를 끄덕여 허락했다.

엄청난 실력자가 있다는 이야기는 이미 들은 상태였다. 하지만 그것은 카라벨라의 이야기였다. 이레이져라는 이름을 가진 저 정체불명 기종의 실력에 대해서는 아무도 몰랐다. 그렇다면 일단 탐색을 해볼 필요가 있었기에 텔로미어는 길버트의 요청을 허락한 것이다.

트로네스가 가만히 손을 들어 손가락으로 이레이져를 가리켰다.

"이봐! 어디서 굴러먹다 온 개뼈다귀인지는 모르겠는데, 감히 디아스 왕국에서 이런 만행을 저지르고도 무사하리라 생각한 것은 아니겠지?"

상대의 도발에 아데닌은 아무런 대꾸도 하지 않았다. 그저 가만히 왼 주먹을 들어 올려 둘째 손가락을 세워 까딱거리는 모습을 보여줄 뿐.

"저… 저놈이……"

아데닌의 행동에 도발을 하려던 길버트가 오히려 도발에 걸려든 듯했다.

그는 순식간에 롱 소드와 방패를 꺼내 들고 전투 태세를 취했다.

"타핫. 삭월영!"

상대가 준비하는 모습을 본 아데닌은 즉각 월영창법의 일초를 펼쳤다. 갑작스러운 상대방의 찌르기에 길버트는 서둘러 방패를 들어 막았다.

하지만 늦었다. 이미 상대의 창은 방패를 든 트로네스의 왼팔을 꿰뚫고 있었다.

"이럴 수가!"

"저렇게 빠른 움직임이라니!"

그 모습을 지켜본 모두는 놀라움에 그저 입을 벌렸다.

"제길. 이놈이⋯⋯."

분노한 길버트는 자유로운 오른손을 움직여 상대를 향해 검을 내려치려 했으나 헛손질을 했을 뿐이다.

파르티잔과 롱 소드의 길이의 차이. 그 덕에 트로네스의 검은 이레이져의 근처에도 가지 못했다.

"젠장. 이까짓 창."

길버트가 팔에 박힌 파르티잔을 뽑으려 할 때 아데닌은 가볍게 창끝을 한 번 밀어주고는 상대의 팔에서 파르티잔을 뽑았다. 아데닌의 움직임에 길버트는 그만 휘청거리며 균형을 잃고 말았다.

그 순간을 놓칠 아데닌이 아니었다. 이러한 상황 모두 아데닌 스스로가 만들어낸 것임에야. 이레이져의 파르티잔이 빛을 발하며 움직였다.

그리고 트로네스는 너무도 허무하게 여섯 등분이 되어 땅으로 떨어졌다.

"어… 어떻게……."

그 모습을 지켜본 나머지 아홉의 근위기사는 할 말을 잃었다. 그들 중 누구도 길버트를 저렇게 쉽게 상대할 수는 없었다. 물론 길버트가 방심한 탓도 있었겠지만 그래도 상대는 너무 쉽게 트로네스를 베어 넘겼다.

"저것은… 음……."

상대의 창끝에 맺힌 영롱한 빛을 본 텔로미어는 침음을 삼켰다. 그것은 분명 오러 블레이드였다.

그랬다. 오러 블레이드였기에 트로네스를 간단히 베어 넘겨 버린 것이다.

"모두 포위해라!"

일 대 일로 싸워서는 상대를 제압할 수 없다는 것을 느낀 텔로미어는 즉각 포위 명령을 내렸다. 명예로운 기사로서는 수치스러운 행동이었지만 지금의 상황은 그런 것을 따질 계제가 아니었다. 이미 자신들은 막대한 피해를 입은 상태인 것이다. 상대방이 잠입해 공격하는 바람에 듀로나베르가 완전히 파괴된 것이다.

"젠장. 비겁한 놈들. 포위라니."

아데닌을 둘러싸고 다섯 기의 마갑기가 서 있었다. 포위 공격이 상대를 확실히 억누를 수는 있지만 그렇다고 너무 많은 수가 포위를 하는 것은 비효율적이었다. 서로가 서로의 움직임을 제약하기 때문이다.

그래서 포위를 위한 가장 효율적이 숫자는 네 명이었다. 전후좌우 네 방향에서 둘러싸는 것이 가장 적절한 포위인 것이다. 하지만 상대의 실력을 본 터라 거기에 한 명 더해 다섯 명이서 포위한 것이다.

움직임의 효율성은 조금 죽더라도 확실한 수의 우위를 얻기 위한 전술이었다.

다섯 곳에서 동시에 공격이 들어오자 아데닌도 정신이 없었다. 이와 같은 포위 공격은 지금껏 경험한 적이 없었기 때문이다. 수많은 몬스터들과 싸웠지만 그 녀석들은 이런 체계적인 포위 공격을 할 정도로 머리가 뛰어나지 못하다. 그저 순서대로 달려드는 멍청한 짓만 할 줄 알 뿐.

처음 겪는 상황이다 보니 손발이 어지러워지는 것이 당연했다. 앞쪽에서 오는 공격을 막아내면 어느새 등 뒤에서 검이 날아왔다. 그것을 가까스로 흘려내면 양옆에서 동시에 상대의 창과 도끼가 날아들었다. 어찌어찌 그것을 피하면 이번에는 사각에서 검이 하나 쑥 튀어나왔다. 막거나 피할 방법이 없었기에 어깨에 일격을 내주고 자세를 바로잡으려 하면 다시금 공격이 이어져 들어온다.

그야말로 숨 한 번 돌릴 새 없이 공격이 다섯 방향에서 쏟아져 들어왔다. 자연히 이레이져는 이곳저곳 공격을 허용하는 횟수가 많아지고 상처도 늘어만 갔다.

"대체 저 마갑기는 어떻게 생겨먹은 녀석이야?"

상대를 몰아가는 모습을 여유있게 지켜보던 텔로미어는 상대방에게서 일어나는 믿을 수 없는 현상에 어처구니없었다.

상처를 입은 부분이 밝은 빛에 휩싸이며 저절로 복구가 된다니. 저런 마갑기가 있다는 소리는 들어본 적도 없었다. 설사 후디스 제국의 히스티딘 가의 마갑기라 할지라도 저런 성능은 아닐 것이다. 손상부에 대한 자가 복구가 가능한 마갑기라니 말도 안 되는 일이었다.

하지만 그 말도 안 되는 일이 지금 눈앞에서 벌어지고 있으니 미치고 환장할 노릇이었다.

그 와중에 아데닌은 조금씩 상대의 공격 전술에 익숙해지고 있었다. 아데닌은 케이가 단련을 시킨 제자다. 처음에는 비록 경험이 없어 당황했지만 점차 익숙해짐에 따라 대응 방법도 부드러워지고 있었다. 처음에는 어쩔 줄 몰라 하던 상대방의 연환 공격에도 점차 맞서고 있었다.

정면에서 검이 찔러 들어온다. 아데닌이 몸을 살짝 틀어서 검을 피하는 순간 등 뒤에서 검이 내려치고 있었다. 아데닌은 돌아보지 않고 창대의 뒤끝을 들어 그 검을 쳐냈다. 그 순간 양쪽에서 날아드는 창과 도끼. 아데닌은 파르티잔을 크게 휘둘러 두 무기를 쳐내는 동시에 사각 지역으로 창을 찔러갔다.

상대가 갑자기 창을 찔러오자 공격해 들어가던 근위기사는 놀랄 수밖에 없었다. 놀라서 당황하는 사이 이레이져의 파르티잔은 상대의 다리를 꿰뚫었다. 한쪽 다리를 공격당한 마갑기는 균형을 잃고 휘청거렸다. 동료의 위기를 본 네 기의 마갑기가 동시에 아데닌을 공격했으나 이미 포위망에는 구멍이 뚫렸다.

아데닌은 재빨리 유성둔형의 보법을 밟아 그 구멍을 통해 포위를 뚫고 나갔다. 네 사람의 공격이 허무하게 땅만 파고 끝났음은 말할 필요도 없었다.

그렇게 그들의 공격이 실패로 끝난 순간 그들에게는 커다란 허점이 생겼다. 전력으로 공격을 하는 바람에 동작이 너무 컸던 탓이다. 그 틈을 놓칠 아데닌이 아니었다.

"타핫, 만월영!"

낭랑한 목소리와 함께 펼쳐진 만월영의 초식이 다섯 기의 마갑기를 뒤덮었다.

아데닌의 초식은 그들을 휩쓸고 지나갔다. 그리고 드러나는 모습.

다섯 기의 마갑기는 처참하게 파괴되어 있었다. 처참하게 파괴된 마갑기 사이로 어디서 나왔는지 모를 핏물이 땅을 적시고 있었다.

"으악~! 아세인!"

라이언 대장에게 있어 아센인은 부하이기도 했지만 절친한 친구의 동생이기도 했다. 남동생이 없는 그에게는 동생이나 다름없는 존재였다. 그런데 지금 저 정체를 알 수 없는 적의 공격에 죽었다.

아직 확인은 하지 않았지만 죽었음에 틀림없다. 그의 오랜 경험이 말해 주고 있었다. 마갑기가 저런 상태로 박살이 났는데 탑승자가 살아 있을 리 없었다.

라이언이 분노해 체루빔으로 달려나가려 했지만 텔로미어가 막았다.

다섯 기가 파괴되며 다섯이 죽고 한 기는 전투 불능 상태다. 지금 남아 있는 인원은 고작 넷. 단장 자신과 두 대장, 그리고 분대장 하나가 전부였다.

어떻게 이런 일이 있을 수 있을까? 상대는 고작 한 기인데 말이다.

물론 오러 블레이드를 뿜어내고 타격을 입어도 복구가 되는 마갑기의 엄청난 실력은 인정한다. 그래도 일 대 오의 초위 상황이었다. 분명 자신들이 상대를 압박하고 몰아가고 있었다.

단 한순간이었다. 상대가 포위 속의 공격에 대응해 움직임을 보인 것은. 그런데 어느새 포위를 뚫고 나와 엄청난 수법으로 다섯 기의 마 갑기를 파괴해 버리다니.

텔로미어는 눈앞의 현실을 믿고 싶지 않았다. 그 엄청난 스피드와 그 엄청난 위력이라니. 이런 마갑기와 기사가 존재한다고 믿고 싶지 않았다. 하지만 현실이었다.

만월영으로 상대를 한 번에 쓸어버린 아데닌은 의기양양한 얼굴로 자신의 작품을 내려다보았다.

과연 예상대로 형편없이 파괴된 다섯 기의 마갑기가 눈에 들어왔다.

그리고 또 보였다, 마갑기들 사이사이로 흘러나와 땅을 적시는 피 가. 거대한 마갑기의 동체 아주 작은 곳에서 새어 나오는 피였지만 아 데닌의 뛰어난 안력은 그것을 똑똑히 볼 수 있게 해주었다.

아데닌은 그 피가 의미하는 것이 무엇인지 알 수 있었다. 그것도 모 를 정도로 어리석지 않았다.

그렇다. 자신은 사람을 죽인 것이다.

즉, 살인을 했다.

그토록 하지 않으려던 살인을, 그토록 피하려던 살인을 저지르고 만 것이다.

죽이기 싫었다. 그래서 팔다리만 베었다. 케이 형도 가급적 살인을 자제하려 했는지 마갑기들의 팔다리만 베었었다. 그것을 보았기에 자 신 역시 마나의 소모가 큰 줄 알면서도 굳이 오러 블레이드를 사용해 팔다리와 목만 베었다.

그러면 마갑기는 파괴될지언정 사람은 죽지 않았다.

조금 전은 상황이 급박했다. 그리고 다른 녀석들도 자신을 지켜보며 기다리고 있었다. 빨리 끝내야 했다. 마나를 아껴야 했다. 아직 상대할 녀석들이 남아 있었기에.

그래서 만월영을 사용했다.

상대를 빨리 효율적으로 제압하기 위해.

자신의 생각은 맞아떨어졌다. 다섯 기의 마갑기를 한 번에 파괴했으니.

하지만 미처 이것은 생각하지 못했다. 만월영을 사용할 경우 그 위력에 탑승자가 죽을 수도 있다는 것을.

그때 아데닌은 어떻게든 빨리 상대를 제압해야 한다는 생각만을 했을 뿐이다.

이럴 줄은 몰랐다.

자신이 멍청했다.

조금만 더 생각했으면 살인을 하지 않아도 되었을 것을.

온몸이 떨려왔다.

입을 다물 수가 없었다.

떨림이 진정되지 않는다.

눈동자가 풀린다.

아무런 생각도 할 수 없었다.

뺨에서 무엇인가가 느껴진다.

눈물인가?

자신은 지금 눈물을 흘리고 있는가?

이런 감정을 느껴도 되는가?

자신은 살인을 저질렀는데?

—아데닌! 아데닌! 왜 그러는 건가? 지금 너의 상태가 이상하다. 정신을 차려라! 적들이 눈앞에 있다.

이레이져의 다급한 목소리가 머리에 울려 퍼진다.

자신은 지금 살인을 했는데 이레이져는 계속해서 정신 차리고 더 싸우라 한다.

더 죽이라 한다.

그래도 되는 것인가?

이럴 수는 없다.

살인이라니.

아데닌의 정신은 급속도로 무너지고 있었다. 갑작스레 생각지도 못한 상태로 다가온 첫 살인의 충격에 혼란해하고 있었다.

털컹.

아데닌의 손에 힘이 풀린 탓에 이레이져는 파르티잔을 땅에 떨어뜨렸다.

상대방의 의외의 행동에 텔로미어는 놀랐다. 자신은 현재 눈앞에 벌어진 어이없는 상태에 잠시 얼이 빠진 상태였다. 하지만 상대방은 왜?

공격을 해올 절호의 찬스였을 텐데. 오히려 무기를 놓치다니. 알 수가 없었다. 하지만 경계를 늦추지는 않았다. 동생과 같던 부하의 죽음에 흥분한 라이언을 말리면서 점점 마음을 가라앉혔다.

분명 강하지만 자신은 눈앞의 적을 막아야 했다. 그렇다면 당황해하고 두려움에 떨어서는 안 된다. 마음을 가라앉히고 냉정해져야 했다.

"후우. 결국은 이렇게 되어버린 건가? 아데닌 녀석 충격이 큰 모양이군."

듀로나베르 안에서 한 기의 마갑기가 모습을 드러냈다. 카라벨라였다. 엄청난 실력의 기사가 탑승자로 있다는 카라벨라가 모습을 드러내자 텔로미어는 다시금 긴장했다.

듀로나베르 안의 모든 시설을 파괴하는 데 걸린 시간은 10분 남짓이었다. 근위기사단이 나타나고 아데닌이 홀로 막아 싸우기까지 걸린 시간은 6, 7분.

설명은 길었으나 그리 긴 시간 전투가 벌어진 것은 아니었다.

짧은 시간이었지만 아데닌은 훌륭히 상대를 막아내고 있었다. 하지만 문제라면 예기치 않은 첫 살인과 그 결과에 쇼크 상태에 빠진 것이다.

그 모습에 케이는 마음 한 켠이 아파왔다.

이리될 것을 알고는 있었지만 막상 눈으로 그 상태를 지켜보자 괜한 짓을 한 건 아닌지 하는 후회가 밀려 올라왔다.

하지만 이왕 벌어진 일. 어쩔 수 없었다.

그리고 눈앞에는 4기의 마갑기가 버티고 서 있었다.

"후우. 이미 듀로나베르는 완전히 파괴됐어. 어차피 당신들이 탄 그 마갑기도 파괴해야겠지만 말이야. 오늘 이 친구의 상태가 조금 안 좋아서 그러는데 이만 비켜줄 수는 없을까?"

아데닌의 상태가 무척이나 걱정되었기에 케이는 아직 일을 다 마치지 못했지만 일단 물러나기로 결정을 내렸다. 하지만 케이의 말을 들은 텔로미어의 입장에서는 어처구니가 없었다. 상대가 강한 것은 안다.

하지만 자국의 기밀 시설을 완전히 박살을 내고는 이제는 돌아갈 테니 길을 비키라니. 이건 도가 지나쳐도 한참을 지나쳤다. 정상적인 사고방식을 가진 인간이라면 절대로 할 수 없는 말인 것이다.

"네놈! 그것이 말이라고 지껄이느냐!"

이 상황에서 화를 안 내면 그건 바보가 틀림없다. 텔로미어는 지극히 정상적인 반응을 보였다.

하지만 상대의 반응에 케이는 한숨을 쉴 수밖에 없었다. 케이는 정말로 상대가 비켜주기를 바라고 말을 꺼낸 것이었다.

"후우. 어쩔 수 없군. 검에는 눈이 없으니까 날 원망하지는 말라구."

카라벨라는 오른손에 들고 있던 롱 소드를 곧추세우며 자세를 바로 잡았다. 롱 소드는 곧 영롱한 빛에 휘감겼다.

"저… 저건… 오러 소드……."

텔로미어는 눈앞에 펼쳐진 광경에 경악할 수밖에 없었다. 오러 블레이드라 들었건만 오러 소드를 펼치니 제정신일 여유가 없었다.

"그래도 네놈은 뭘 아는가 보군. 아까 어떤 녀석은 이걸 보고 오러 블레이드라 하던데."

'마이튼, 그 머저리 같은 자식.'

케이의 말에 자신에게 정보를 전한 마이튼만 욕을 하는 텔로미어였다.

"보통은 기다려 주지만 지금은 사정이 급하게 되어서 말이야. 먼저 들어가지. 각오하라구."

케이는 곧 발을 떼어 움직였다. 어느새 카라벨라의 다리는 유수보법의 방위를 밟고 있었다.

"감리."

짤막한 케이의 말. 실로 오랜만에 케이의 손끝에서 혼원검법의 초식이 펼쳐졌다. 그동안 창을 무기로 사용했기에 펼쳐 볼 일이 없었던 검법이다.

음양이기를 동시에 터뜨려 내는 강맹한 초식 감리.

감리 초식의 움직임으로 카라벨라의 롱 소드는 순식간에 4기의 마갑기를 쓸어갔다. 디아스 최고의 마갑기라는 세라핌을 움직이는 텔로미어는 있는 힘껏 검에 마나를 불어넣었다.

오러 쓰레드가 맺힌 세라핌의 검. 텔로미어는 혼신의 힘을 다해 상대의 공격을 맞아 자신도 공격을 해 들어갔다.

하지만 역부족이었다. 너무도 간단히 잘려 버리는 세라핌의 검. 너무도 쉽게 흉갑을 파고드는 상대의 검. 자신뿐만 아니라 자신의 부하들 역시 순식간에 상대의 검에 휘말려 들어갔다.

그렇게 텔로미어와 그의 부하들은 죽음을 맞았다.

"찝찝하군."

케이로서도 오랜만의 살인이었다. 아데닌과 같은 충격에 빠져들 일은 없었지만 그렇다고 전혀 아무런 느낌이 없는 것도 아니었다. 그도 살인은 싫었다.

손속에 사정을 둘 수도 있었지만 지금 마음에 여유가 없었기에 과하게 손을 쓴 것이다.

"후, 어쩔 수 없는 일인걸."

케이는 다시 한 번 자신의 손에 쓰러진 마갑기들을 둘러보고 한숨을 내쉬었다. 그의 두 눈에는 아려한 안타까움이 스쳐 지나갔다.

"이봐, 이레이져. 흉갑을 열어."

이번이 두 번째였다, 케이가 강제로 아데닌을 꺼내는 것은. 하지만 지금 아데닌의 상태를 누구보다도 확실히 알았기에 케이는 아무런 말을 할 수 없었다.

과연 아데닌은 두 눈을 뜬 채로 정신이 나가 있었다. 쇼크가 컸던 탓이다.

조심스레 아데닌을 안아 꺼낸 케이는 카라벨라와 이레이져의 소환을 해제했다. 두 마갑기는 각기 자신들의 아공간으로 사라졌다.

"음. 이왕 이렇게 된 것, 이곳을 좀 더 깔끔하게 정리해야겠지? 흔적도 안 남도록."

주변을 둘러본 케이는 결심을 한 듯 두 눈을 빛냈다.

"오브젝트 리미티드."

케이의 주문과 함께 밝은 빛이 명확한 경계를 만들어냈다.

대상을 한정해 마법을 사용할 때 쓰는 주문이었다.

"헬 파이어 월(Hell Fire Wall)."

케이는 자신이 구상하고 수식을 조합해 낸 마법을 펼쳤다. 헬 파이어와 파이어 월의 복합 주문.

사방을 보랏빛 불꽃이 뒤덮었다.

마갑기를 녹여 없애려면 헬 파이어는 되어야 하기에 이런 마법을 만들어낸 것이다. 케이의 헬 파이어 월에 의해 제한된 지역 안은 완벽하게 불길로 덮였다. 지옥에서 나온 보랏빛 불길에.

"텔레포트"

케이는 치솟는 불길 속에서 찬연히 주위를 둘러보다가 그렇게 사라졌다. 일단 이곳에서의 일은 끝이 났기에.

케이가 사라진 자리에는 굵은 빗줄기만이 우울하게 떨어져 내리고 있었다.

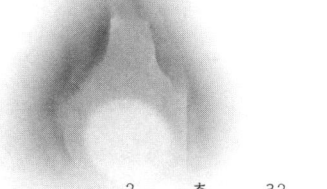

2　　초　　32　　식

파오를 지우는 손길은…

과오를 지우는 손길은…

"정말 오늘 나머지 일을 다 해치울 거예요?"

"그래."

시아는 어이없다는 눈으로 케이를 바라보았다. 전날의 일로 받은 쇼크로 인해 아데닌과 엘리아 모두 지금 침대에 가만히 누워 있는 상태였다.

아데닌은 첫 살인의 쇼크로 엘리아는 자신으로 인해 피를 흘리며 쓰러지는 기사의 모습으로 인해 각기 넋이 나간 상태였다.

그런 상황에서 다시 마갑기들을 없애러 나가겠다니.

솔직히 전날 시아는 경악에 경악을 거듭했다.

엘리아와 함께 성을 나간 후 그녀는 다시금 듀로나베르로 돌아왔다. 어느 정도 거리가 멀어졌다 싶을 때 엘리아에게 부탁해 미네르바에서 떨어져 나와 플라이 마법으로 돌아온 것이다.

그녀가 도착했을 때는 아데닌이 충격에 빠져들고 케이가 막 근위기사들 앞에 모습을 드러냈을 때였다. 그사이 미네르바가 날아간 거리가 많아 플라이로 돌아오는 데 시간이 제법 걸린 탓이었다.

그리고 그녀는 볼 수 있었다, 경악스러운 케이의 모습을.

케이의 실력이 대단한 것은 알았다.

하지만 단번에 4기의 마갑기를 종잇장 찢어버리듯 파괴해 버리는 모습이라니.

두 눈으로 보고도 믿을 수 없었다.

아직도 그때의 장면을 떠올리면 온몸이 떨려왔다.

케이가 사라진 후 시아는 황급히 왔던 방향으로 다시 날아갔다. 미네르바는 일직선으로 날아갔으니 가던 방향을 따라 주욱 가면 엘리아가 있으리라. 그렇게 한참을 가니 커다란 나무 아래 엘리아가 혼자 앉아 오들오들 떨고 있었다.

그 모습을 보는 순간 후회가 밀려왔다. 엘리아를 두고 혼자 가는 것이 아니었는데. 지금 엘리아는 곁에 누군가가 필요했다. 그런 엘리아를 버려두고 자신은 자신의 일 때문에 그곳으로 돌아가다니.

"언니……"

엘리아를 부르는 그녀의 음성은 처연하기 그지없었다.

그때 케이가 미네르바와 함께 나타났다.

일단 토요에서 멀리 떨어진 곳으로 텔레포트했던 케이는 미네르바를 소환해 엘리아를 찾아온 것이다. 그로서는 미네르바가 엘리아를 어디에 데려다 놓았는지 알 수 없었기에.

다시 일행이 모두 모이자 케이는 날이 어두워진 후 미네르바와 함께 은밀히 다시 토요 성내로 들어왔다. 그리고 적당한 여관을 잡아 휴식을 취한 것이다.

날이 밝자마자 케이는 곧장 정보 길드로 갔다. 시아는 엘리아가 걱정이 되어 곁을 계속해서 지키고 있었다.

그리곤 정보 길드에 다녀와서 케이가 하는 소리가 이것이었다.

"계획은 예정대로 진행한다."

그러니 시아가 어이가 없을 만도 했다. 어떻게 이 인간은 일행 둘이 쇼크로 인해 제정신이 아닌 상태에서 그런 말을 그렇게 담담하게 할 수 있는지.

하지만 케이로서도 이것이 최선의 선택이었다. 엘리아와 아데닌의 모습에 죄책감은 느끼지만 벌인 일은 깔끔하게 마무리해야 했다. 그러지 않았다간 정말로 온 대륙에 전쟁의 불길이 미칠지도 몰랐다.

'내 생각이 짧았어. 나 혼자 갔다 오는 건데.'

침대에 멍하니 누워 있는 아데닌과 엘리아의 모습을 떠올린 케이는 다시금 후회했다.

"오빠 정말 오늘 할 거예요? 엘리아 언니랑 아데닌 오빠가 저 상태인데?"

"오늘은 나 혼자 할 테니까 네가 두 사람을 잘 돌봐줘."

케이의 목소리가 결코 편하지만은 않다는 것을 깨달은 시아는 그 후 아무 말도 하지 않았다. 그렇게 두 사람 사이에는 침묵이 감돌았다.

일단은 날이 어두워져야 케이가 하려는 일을 할 수 있기에 두 사람은 그렇게 여관에서 시간을 보냈다.

＊　　　　　＊　　　　　＊

"이게 대체 무슨 일이오!"

화려한 대전.

얼굴이 새빨갛게 변한 분노한 국왕은 가만히 고개만 숙이고 있는 귀족들을 바라보며 그 화를 쏟아내고 있었다.

데이노 팔린 디아스.

현 디아스 왕국의 국왕이었다.

지금 그의 눈은 새빨갛게 충혈되어 있었다. 그가 얼마나 분노했는지 단적으로 보여주는 모습이었다.

전날 데이노 국왕은 한가로운 티타임을 즐기던 중 너무나 어이없는 보고를 받았다.

듀로나베르가 습격을 받았다는 것이었다.

어처구니가 없었다. 그곳이 어떤 곳인데 습격을 받다니. 습격을 한다고 어쩔 수 있는 시설이 아니었다. 하지만 카라벨라를 포함한 마갑기 2기에 의한 습격이라는 말에는 사태가 좀 심각한 듯했다.

그래서 근위기사단장을 비롯한 대장과 분대장 등 최고 핵심 인물들을 보냈다.

그렇게 투입한 마갑기가 무려 10기였다. 그 정도 숫자면 엄청난 전력이었다. 다른 인물들도 아니고 근위기사단이라면 말이다.

그래서 적이 안심을 할 수 있었다. 물론 듀로나베르의 시설이 걱정이 안 되는 것은 아니었지만 고작 2기의 마갑기로 뭘 어찌할 수 있겠냐는 그런 생각으로 애써 걱정을 지웠다.

그리고 한참 후 들려온 청천벽력과도 같은 소식.

듀로나베르가 불길에 휩싸였다는 소식에 그는 황급히 그곳으로 달려갔다.

그리고 주저앉았다.

신하들이 지켜보고 있다는 것도 잊은 채 망연자실한 얼굴로 보랏빛 혀를 날름거리는 불길을 바라보았다.

마법사들의 말로는 그 불길이 모두 헬 파이어에 의한 것이라 했다. 그래서 끌 수 없다 했다.

디아스 궁정 마법사의 경지가 8서클 러너. 그로서는 아주 일부의 헬 파이어만을 끌 수 있을 뿐이었다. 하지만 그것으로는 듀로나베르 전체를 휘감아 안은 불길을 잡을 수 없었다.

그렇게 디아스의 마갑기 생산 공장 듀로나베르가 사라졌다.

그리고 왕국의 핵심 전력이라는 근위기사단의 열 명도 그렇게 죽었다.

듀로나베르에서 살아남은 자들의 보고가 전날 긴급 회의에 올라왔다.

다시 한 번 어처구니가 없었다.

얼마나 허황된 말이란 말인가. 오러 블레이드를 사용하는 카라벨라라니. 카라벨라를 그렇게 다룰 수 있는 인물은 후디스에도 없었다.

있을 수 없는 일이 일어난 작금의 사태에 왕궁은 즉각 비상 대책 회의에 들어갔다.

하지만 별다른 대책이 있을 리 없었다.

왕국의 가장 큰 전력이 사라진 마당에 별 뾰족한 수가 없었던 것이다. 일단 범인이 누구인지도 모르는 상태다. 유일한 단서는 두 기의 마갑기 중 한 기가 카라벨라라는 것 정도다.

하지만 그것만 가지고 무턱대고 후디스 제국에 물어볼 수도 없었다. 국력의 가장 큰 부분을 차지하는 마갑기의 배치 상태는 기밀 중의 기밀인 것이다.

게다가 물을 수 있다손 치더라도 왜 묻느냐고 상대 쪽에서 받아친다면 할 말이 없어진다. 듀로나베르가 한 기의 카라벨라와 정체불명의 마갑기 한 기에 의해 완전히 박살났다고 할 수는 없는 노릇이었다.

하지만 이미 디아스에서 벌어진 이 참사에 대한 소식은 각국에 빠른 속도로 전해지고 있었다. 그에 따라 각국의 대전에서 이와 비슷한 회의가 열리고 있었다. 디아스의 경우는 일방적인 국왕의 화풀이라면 다른 왕국은 그야말로 무거운 분위기 속에서 착실히 회의가 진행되고 있었다.

"그래, 메이신 공작은 이 일을 어떻게 생각하는가?"

국왕의 물음에 재상을 맡고 있는 메이신 공작은 잠시 생각에 잠겼다가 이윽고 입을 열었다.

"뭐라 확실히 말씀을 드릴 수가 없습니다, 전하. 디아스의 듀로나베르를 공격한 것이 카라벨라라 하는데… 카라벨라는 후디스 제국의 주력 기종입니다. 하지만 후디스 제국에서 동맹국의 마갑기 생산 공장을 부수는 어이없는 짓을 할 리 없죠."

"그렇지."

현 포카트의 국왕인 라이오네 지온 포카트는 메이신 공작의 말에 고개를 끄덕였다.

"그렇다면 생각해 볼 수 있는 것이 마케인 제국의 이간책입니다. 하지만 마케인 제국도 바보가 아닌 이상 이렇게 뻔히 보이는 이간책을 쓸 리 없죠. 게다가 위험 부담도 상당합니다. 또한 제가 알아본 바에 의하면 마케인 제국 역시 현재 의외의 사태에 비상 회의에 들어갔다 합니다."

"그러면 마케인 제국도 아니군."

라이오네 국왕은 알 수 없다는 듯 고개를 갸웃거리며 말했다.

"네. 그리고 첩자의 보고에 상당히 주의를 기울여야 합니다. 카라벨라에 탄 알 수 없는 기사는 마갑기의 검에 오러 블레이드를 형상화했다니까요."

"그것이 가능한가?"

"가능합니다. 대륙에서 단 한 사람만이오."

가능하다는 말에 국왕의 눈은 호기심으로 물들었다.

"호오, 그것이 누군가?"

"훈트 연합의 수호 기사라는 맥실러 베로 크로이첵 공작입니다."

메이신 공작의 말에 대전에 모여 있던 귀족들의 얼굴에 놀란 기색이 완연했다. 그들 중 누구도 몰랐던 사실이기 때문이다.

과연 대륙의 정보에 정통하다는 메이신 공작다웠다.

"메이신 공작, 자네는 어떻게 그 사실을 알고 있는가? 나도 오늘 처음 듣는 일이네만."

"제 못난 아들 녀석이 무아브의 수도 라카스에서 유학했다는 사실은 알고 계실 겁니다, 전하."

"음. 분명 기사 지망생이었지, 자네의 장남은. 그래서 기사의 나라라는 무아브로 유학을 간 것이고."

"네, 전하. 그곳의 기사 학교에서 우연히 크로이첵 가의 차남과 친분을 맺은 모양입니다. 그리고 사적인 술자리에서 술에 취한 크로이첵 가의 차남이 말하는 것을 똑똑히 들었다 하더군요."

의외의 곳에서 흘러나온 정보에 국왕의 눈에는 흥미가 차 올랐다.

"그게 언젠가?"

"작년입니다. 제 아들이 유학을 마치고 돌아가는 것을 아쉬워한 친구들이 마련해 준 송별회에서 나온 이야기였다고 합니다, 전하."

"그렇다면 그의 경지가……."

"아마 인간 중에서는 유일한 그랜드 소드 마스터가 아닐까 합니다."

메이신 공작의 대답에 국왕의 얼굴에는 진정한 찬탄의 표정이 떠올랐다. 그와 동시에 커다란 부러움도.

"대단한 일이군 그래. 크로이첵 가가 전통있는 기사 가문인 것은 알고 있지만 말일세. 그렇다면 이번 일은 훈트 연합에서 행한 일일 가능성은 없는가?"

국왕의 물음에 메이신 공작은 고개를 저었다.

"훈트 연합에서 디아스를 도발할 이유가 없습니다. 일단 국경이 맞닿아 있지도 않고, 그다지 서로 적대할 이유도 없으니까요. 마갑기에서 오러 블레이드를 사용할 수 있는 인물은 분명 크로이첵 공작뿐입니다만, 그것만 가지고 이번 일을 훈트 연합에서 일으켰다고 보기는 어렵습니다."

"거참… 난감하구만 그래."

국왕의 푸념 섞인 말에 메이신 공작은 아무런 말도 하지 않았다.

"그렇다면 우리는 어떻게 하면 될 것 같은가? 경들의 생각을 말해 보게."

국왕은 대전에 모여 있는 귀족들을 둘러보며 말했다.

"전하."

"음. 페니키안 후작이로군. 말해 보게."

페니키안 후작은 포카트의 군을 한 손에 쥐고 있는 국왕 다음의 최고 명령권자였다.

"이는 실로 하늘이 우리에게 준 기회입니다. 듀로나베르를 잃고 혼란에 빠져 있을 디아스를 쳐야 합니다."

강경한 그의 발언에 대전은 곧 소란스러워졌다.

디아스와 포카트는 마다가스 반도의 끝에서 국경이 맞닿아 있는 나라였다. 맞닿아 있으면 사이가 좋거나 나쁘거나 둘 중 하나였는데 이들은 후자의 경우였다.

때문에 서로 동맹국도 대륙의 양강인 후디스 제국과 마케인 제국으로 갈린 것이다.

그들의 입장에서 보면 이것은 최고의 찬스였다. 페니키안 후작의 말대로 하늘이 준 기회인 것이다.

그의 발언이 나온 후 귀족들은 서로의 의견을 소란스레 나누기 시작했다. 국왕은 그런 소란을 가만히 지켜보았다. 그런 그의 입꼬리가 살짝 올라가 있었다.

'으음. 전하는 이것을 바라셨던 것인가?'

이번 사태에 뭔가 석연찮은 것을 많이 느낀 메이신 공작은 아무래도 이렇게 흘러가는 분위기가 불안했다. 무언가 불길한 예감이 그의 몸을 타고 스멀스멀 기어올랐으나 어쩔 수 없었다. 디아스와의 전쟁은 이미 대세였다.

그렇게 그날 회의에서 포카트는 디아스를 치기로 결정하고 즉각 전쟁 준비에 돌입했다.

*　　　　*　　　　*

어느새 시간이 이렇게 흐른 것일까? 회의를 마치고 왕궁을 벗어나 주위는 이미 깜깜해져 있었다.

사실 회의를 마친 것은 아니었다. 하루 온종일 화를 쏟아내던 국왕이 지쳤는지 회의를 내일 다시 하겠다고 하고는 쉬러 들어간 탓에 회의가 끝난 것이다.

디아스의 군권을 한 손에 쥐고 있는 론베이트 공작은 피로 섞인 한숨을 토해냈다. 사실상 듀로나베르는 그의 관리 하에 있었다. 듀로나베르는 군사 시설이었고, 그는 군부의 최고 사령관이었다. 게다가 국왕의 사위이기도 했다.

덕분에 디아스 내에서 그의 권력에 대항할 수 있는 인물은 아무도 없었다. 그 자신이 최상급의 소드 익스퍼트이기도 했기에 실력 또한 출중했다.

전날 일어난 사태에 가장 충격을 받은 이는 어쩌면 국왕이 아니라 그 자신이었다. 전날 오전에 듀로나베르의 시찰을 한 번 마친 후였기에 그가 그곳을 떠나고 나서 그런 일이 벌어졌다는 것이 도무지 믿기지 않은 것이다.

"대체 어쩌다 이런 일이 벌어진 것인지. 후우."

마차에 몸을 실은 그의 입에서 피로에 지친 힘없는 목소리가 삐져나왔다.

"그러게 말이오."

그때 그의 옆에서 낯선 목소리가 들렸다.

"누구……."

놀란 공작은 큰 소리를 외치려 했지만 아무런 말이 나오지 않았다. 차가운 단검의 날이 그의 목 위에 올려져 있었기에.

"키로인 폰 론베이트 공작 맞소?"

낯선 사내의 물음에 그는 고개를 끄덕였다.

"디아스 내에 20기만 있는 세라핌의 소유자. 맞소?"

그는 다시 한 번 고개를 끄덕였다.

"텔레포트"

그가 고개를 끄덕인 순간 낯선 이의 입에서 마법의 시동어가 흘러나왔다.

주위의 풍경이 흐려지더니 순식간에 바뀌었다. 아무것도 없는 황량한 벌판이었다.

"이곳은?"

당황한 공작이 주위를 둘러보며 물었다.

"글쎄요. 토요에서 제법 떨어진 곳의 황무지라고만 말해 두죠."

"네놈의 목적은 뭐냐?"

이미 낯선 사내는 그에게서 어느 정도 거리를 두고 떨어져 있었다.

"살고 싶소?"

그는 공작의 물음에는 대답하지 않고 엉뚱한 말을 꺼냈다.

"이런 무례한……."

공작의 음성은 심하게 떨렸다.

"그럼 죽고 싶고?"

사내는 차갑게 말했다.

"원하는 게 뭐냐?"

사내의 목소리에서 섬뜩함을 느낀 공작은 조금은 기세가 죽은 목소리로 다시 물었다. 그의 물음에 사내는 차가운 미소를 지었다.

"진즉에 그러셨어야지. 지금 내 상태는 상당히 저기압이니 말이오."

사내는 알 수 없는 말을 지껄였다.

"세라핌."

"뭐라?"

"세라핌. 그것이 내가 원하는 것이외다. 세라핌과의 맹약을 해지하면 살려줄 것이고, 그렇지 않으면 죽을 것이오."

일순 공작은 어이가 없었다. 간단히 말해 상대의 요구는 자신의 마갑기를 내놓으란 것이다.

"네놈은 그게 가능할 것 같으냐?"

"뭐 당연히 가능하다고 생각하니 이러는 것 아니겠소."

"훙, 들어줄 수 없다."

공작은 사내의 말에 코웃음 쳤다. 하지만 사내의 얼굴에는 별다른 변화가 없었다.

"공작, 당신은 아시오? 마갑기가 소환된 상태에서 맹약자가 죽으면 어떻게 되는지를? 그 자리에서 맹약이 자동으로 해제되더군요."

"그런 당연한 일을 뭐가 대단하다고 지껄이느냐?"

"알고 있었구려. 난 그 일을 겪는 순간 한 가지가 궁금해졌다오."

사내의 말에 공작은 불현듯 불길한 예감이 들었다.

"그렇다면 소환되지 않은 상태에서 맹약자가 죽으면 어떻게 될까? 그 자리에 스스로 맹약이 풀린 상태로 나타날 것인가? 아니면 영원히 아공간 내에서 맹약이 해제된 상태로 있을 것인가? 어느 쪽일 것 같소, 공작?"

사내의 말에 공작은 온몸을 떨었다. 그의 의도는 명백했기에 공작은 눈앞이 캄캄해졌다.

그 자신이 최상급의 소드 익스퍼트이기는 했다. 하지만 상대에게서 풍겨져 나오는 기도는 자신의 실력을 훨씬 상회했다. 공작은 확신할 수 있었다, 저 사내가 소드 마스터라는 것을.

"세… 세라핌만 내놓으면 되는 것이냐?"

결국 공작은 항복하는 수밖에 없었다. 그 자신이 죽게 되면 어차피 세라핌은 이곳에 맹약이 해제된 채로 자동 소환된다. 그렇다면 세라핌을 저 사내에게 주고 목숨이라도 부지해야 했다.

"그렇소."

사내는 웃으며 대답했다. 다시 한 번 느끼는 것이지만 저 사내의 웃음은 섬뜩했다.

"그런데 말이오? 아시오, 공작?"

"무얼 말이냐?"

"아까 내가 궁금하다고 했던 것 말이오."

"알… 알고 있다."

여기에서 모른다고 했다가는 왠지 자신을 죽여서 시험할 거란 생각이 들었다. 그래서 공작은 황급히 대답했다. 목숨은 누구에게나 소중

한 것이었다.

"어떻게 되오?"

"맹약이 해제된 채로 자동 소환된다."

"그렇군. 좋은 걸 알려주셨수다. 그럼 어서 세라핌을 소환해서 맹약을 해제해 주시오. 나는 오늘밤 바쁘니까."

"세라핌."

공작은 결국 세라핌을 소환했다. 그리고 맹약을 해제했다. 그래야 자신이 살 수 있었기에.

"됐는가?"

땀에 흠뻑 젖은 얼굴로 사내를 돌아보며 공작은 물었다. 사내는 고개를 끄덕였다. 그리고 세라핌을 향해 손을 뻗고 나직이 중얼거렸다.

"헬 파이어."

세라핌은 곧 보랏빛 불꽃에 휩싸여 녹아 들어갔다. 그 모습을 지켜본 공작은 눈을 찢어질 듯 부릅떴다.

"서… 설마 네 녀석이?"

"그렇다오."

공작이 무얼 말하려는지 짐작한 케이는 고개를 끄덕이며 수긍했다.

"자, 이제는 돌아가야지요."

케이는 공작을 데리고 다시 텔레포트를 해 그를 저택의 정원에 내려 주었다.

"그럼 푹 쉬시구려."

공작은 낯선 사내가 사라지는 것을 허망하게 바라보았다.

"저… 저자일 줄이야… 어떻게 이런 일이……."

론베이트 공작이 겪은 것과 같은 일이 그날 밤 토요의 마갑기를 소유한 모든 귀족들에게서 벌어졌다.

공작이고 후작이고 기사단장이고 대장이고 가릴 것 없었다. 케이는 정말 바쁘게 움직였고, 그날 밤 토요에 있던 모든 마갑기는 케이의 손에 의해 사라졌다.

다음날 왕궁이 다시 한 번 발칵 뒤집혔음은 당연했다.

토요의 마갑기들을 정리한 케이는 다음날부터 디아스의 각지를 돌았다. 각지의 귀족들이 보유하고 있는 마갑기를 처리하기 위해서였다.

그 와중에 아데닌과 엘리아는 여전히 토요의 여관에서 요양을 취하고 있었다.

바쁘게 움직인 케이가 디아스 내의 모든 마갑기를 처리하는 데 걸린 기간은 딱 3일이었다.

토요에서는 밤에만 움직였지만 토요 이외의 지방에서는 밤낮 가리지 않고 움직였다. 이 일은 얼마나 빠른 시간 안에 마치느냐가 매우 중요했기에 케이는 바빴다.

게다가 케이가 토요에서 벌인 일 덕에 중앙에서 각 영지에 마법 통신으로 긴급 지령이 내려진 상태였다. 각지의 마갑기를 보유한 영주들은 그야말로 최고의 경계 태세를 펼치고 있었다.

하지만 케이에게는 아무것도 아니었다. 그저 귀신같이 스며들어 감쪽같이 마갑기를 가진 자들을 끌어냈다.

그리고 마갑기를 뱉어내게 했다. 반항하면 어쩔 수 없었다. 마갑기의 맹약이 해제되는 조건을 완전히 알았기에 케이의 손에 인정은 없었다.

모두 그가 부린 과오를 정리하기 위한 손길이었다.

그렇게 케이는 디아스의 모든 마갑기를 소멸시켰다.

케이로 인해 디아스는 마갑기를 전혀 보유하지 못한 대륙의 첫 번째 국가가 되었다.

케이가 모든 일을 처리하고 다시 토요로 돌아왔을 때 아데닌과 엘리아는 어느 정도 회복을 한 상태였다.

제정신으로 돌아왔음은 물론이고 적당히 산책도 하고 식사도 제대로 했다. 다만 둘 모두 안색이 지극히 어두웠다. 그래도 그 정도로 상태가 나아진 것이 다행이었다.

"같던 일은 잘됐어요?"

"물론이지. 이제 적어도 디아스에는 마갑기가 존재하지 않는다. 정보 길드에서 내게 준 정보가 정확하다면 말이야."

케이의 대답에 시아는 고개를 절레절레 흔들었다. 정말이지 함께 다니지만 도무지 그 끝을 알 수 없는 존재였다, 케이는.

이제는 인간이라는 말을 쓰기도 두려워졌다.

디아스가 모든 마갑기를 잃었다는 소식은 다시금 대륙을 울렸다. 디아스에서는 숨긴다고 숨겼지만 쉽게 숨겨질 일이 아니었다. 일단 각국에서 왕궁에 들여보낸 첩자들의 귀에 그 사실이 모두 흘러들어 간 것이다.

대륙은 어느 때보다 평화로웠다. 하지만 수면 아래까지 그런 것은 아니었다. 언제 어떤 일이 벌어질지 몰랐기에 대륙 내의 모든 나라는 타국에 첩자를 심어놓았다.

불시에 터질 사건에 대비해.

그리고 그 불시에 터진 사건이 디아스에서 일어난 것이다. 디아스는 운이 없다고 하면 운이 없는 나라였다. 디아스 역시 타국에 첩자들을 무수히 심어놓았기에 곧 타국의 움직임을 포착할 수 있었다.

특히나 포카트에서 전쟁 준비를 하고 있다는 것도.

그야말로 디아스의 왕궁은 혼란의 도가니에 빠져들었다. 바로 옆에 있는 나라가 침략을 해온다는데 막을 방도가 없었다.

자국에는 이미 마갑기가 없었으니.

그렇다고 무조건 동맹국인 후디스 제국에 손을 벌릴 수가 없었다.

동맹이란 서로에게 이득이 있고 어느 정도 힘의 균형이 맞을 때 맺는 것이다. 한데 지금 디아스에는 힘이 없었다.

동맹국이라 믿고 무턱대고 손을 벌렸다간 자칫 잘못하면 속국이 되는 수도 있었다. 지금의 상황이라면 후디스 제국에서 디아스 왕국을 속국으로 병합하는 것은 손바닥 뒤집기보다 쉬운 일이었다.

다만 후디스 제국에서 자제하고 있는 것은 포카트 왕국을 통해 실력 행사를 할 수 있는 마케인 제국을 경계하기 때문이다.

그런데 디아스에서 먼저 손을 벌린다면? 옳다구나 하고 디아스로 들어온 후디스의 군대는 포카트를 막는다는 명분하에 디아스를 먹어버리는 수도 있었다.

그랬기에 디아스로서는 이러지도 저러지도 못하는 진퇴양난의 상황에 빠져든 것이다.

포카트로서는 정말로 하늘에서 고르고 골라 내린 기회라도 맞은 양 바쁘게 움직였다. 각 영지에 긴급으로 명령을 내려 군사들을 모았고, 마갑기 생산 공장에서 막 완성된 마갑기들을 기사들에게 지급하느라 정신이 없었다.

단번에 디아스를 접수하기 위해 그만한 병력으로 한 번에 몰아붙여야 했기에 포카트는 전쟁 준비에 박차를 가했다.

*　　　*　　　*

"정말 이걸 믿어야 합니까, 후작님?"

티바이어는 지금 영사반이 보여주는 영상을 도무지 믿을 수가 없었다.

"그러게 말일세."

그 심정은 포레스트 역시 마찬가지인 듯했다. 그는 벌써 다섯 번째 보는 영상임에도 믿을 수가 없었다. 전에 본 영상도 믿을 수가 없었지만 이건 그 도가 지나쳤다.

포레스트는 미리 언질을 해둔 정보 길드로부터 연락을 받고 무려 십만 골드를 주고 저장석을 받아왔다. 이 저장석은 십만 골드의 가치를 했다. 대륙의 누구도 모르는 사실을 알게 되었으니.

하지만 아는 게 병이라고 그 사실을 알게 됨으로써 그의 걱정은 오히려 늘어났다.

"결국 지금 대륙을 뒤흔들고 있는 디아스의 마갑기 소멸 사태가 저 케이라는 녀석이 벌인 일이라는 거 아닙니까?"

"그렇지."

"어떻게 한 나라의 마갑기를 혼자서 불과 며칠 사이에 다 쓸어버릴 수가 있을까요? 마갑기 생산 공장을 흔적도 없이 태워 버리고요. 저놈 정말 인간이 맞을까요?"

"그러게 말일세. 나도 그것 때문에 극히 혼란스럽다네."

포레스트는 현재 그 좋아하는 와인조차 마시지 못하고 있었다. 너무나 놀랐기에 취미를 즐길 여유도 잃은 것이다.

"이상한 종교가 각지로 퍼져서 나를 골치 아프게 하더니 이번에는 저런 영상이라니……."

"과연 히스티딘 가에서 그를 처리할 수 있을까요?"

티바이어가 불안한 어조로 물었다.

"글쎄. 나도 모르겠네. 둘이 부딪쳐 봐야만 알겠지."

포레스트는 얼마 전까지만 해도 히스티딘 가에서 고생은 좀 하겠지만 케이를 처리할 수 있다고 확신하고 있었다. 그러나 이 영상은 그의 그런 확신을 뿌리 뽑고 있었다.

시아가 마지막에 본 케이가 카라벨라로 감리의 초식을 펼치는 모습. 시아는 어느새 그 장면을 기억에서 꺼내 저장석에 담아 정보 길드에 넘긴 것이다.

현재로서는 버려진 땅의 정보 길드에만 보내진 상태이기에 포레스트만이 대륙에서 유일하게 그것을 입수할 수 있었다.

"앞으로 어떻게 해야 할까요?"

"그냥 이렇게 사태를 지켜보는 것 외에 방도가 있겠는가? 이미 우리의 힘으로 저 케이라는 자를 어찌할 수 없다네."

포레스트는 씁쓸하게 말했다.

"차라리 각국에 케이 저자의 정보를 흘리는 것이 어떨까요?"

티바이어는 죽기 아니면 까무러치기란 심정으로 조심스레 포레스트에게 말을 꺼냈다. 하지만 포레스트는 가만히 고개를 저었다.

"정보 길드와의 약속을 어기게 되는 것이네, 그건. 정보 길드로부터 얻은 정보는 절대 다른 곳에 흘려서는 안 되네. 그게 계약이지. 만약이 계약을 어기면 다시는 정보 길드에서 정보를 얻을 수 없게 된다네."

"저희가 당하게 되면 정보 길드와의 계약이 무슨 소용입니까? 우선 급한 것은 저 케이를 막는 겁니다, 후작님."

티바이어의 말이 옳았다. 하지만 포레스트는 왠지 내키지 않았다. 자신은 아직 정보 길드를 통해 할 일이 많았기에. 케이도 케이였지만 지금 버려진 땅 각지에서 번지고 있는 천마신교라는 기이한 종교에 대해서도 알아봐야 했다.

케이는 먼 곳의 불이라면 일단 영지에서 퍼지고 있는 천마신교는 가까운 불이었기에.

"정보 길드의 협력을 잃으면 천마신교 일은 어떻게 할 것인가?"

"그… 그것은……."

포레스트의 말에 티바이어는 뭐라 대꾸할 수 없었다. 분명 급한 것은 그쪽이었기에.

"케이 저자의 일은 코르다가 어떻게든 해주길 바라야지. 어쩔 수 있겠는가? 나도 내가 이렇게 무력한 존재일 줄은 몰랐네."

포레스트의 목소리에는 아무런 힘이 없었다.

*   *   *

"이제 어떻게 할 거죠?"

케이는 다시 한 번 정보 길드에 다녀왔다. 무언가 필요한 정보가 있어서였다. 자신을 찾아온 케이를 바라보는 바텐더의 얼굴은 괴물을 눈앞에 두고 있는 사람의 그것이었다. 그는 처음에 케이가 정보를 요구할 때 터무니없다 생각했지만 눈앞의 인물은 그것을 다 해냈기에 도무지 인간으로는 안 보였던 것이다.

"포카트로 가야지."

생각에 잠겼던 케이는 시아의 물음에 답했다.

"이번에도 혼자서 할 거예요?"

"저 둘을 데리고 할 수 있을 리가 없잖아."

케이는 안타까운 음성으로 대답했다.

"그렇긴 하지만요."

"뭐, 포카트 녀석들이 디아스와 전쟁을 하겠다고 한곳으로 모여주고 있어서 일을 하기엔 한결 편할 것 같아. 이런 효과가 있을 거라곤 기대는 안 했지만 말이지."

"그래요?"

시아는 의외라는 듯 케이에게 물었다.

"그래. 나도 의외야. 포카트는 단숨에 전쟁을 끝내고 싶은지 왕국 내 대부분의 병력을 디아스와의 국경 쪽으로 집결시키고 있어. 뭐 마오는 동맹국이니 뒤통수 맞을 염려는 없다고 생각한 것이겠지. 아니면 미리 무슨 밀약이 있었을지도 모르고. 더욱이 마갑기 생산 공장에서 마갑기란 마갑기는 모두 빼낸 모양이야. 덕분에 지금 그곳은 텅 비어 있어서 습격하기에 아주 좋아. 포카트 녀석들은 자신들은 디아스 같은 일은 안 당할 거라 생각하는 것 같더군."

"호호호. 그건 조금 우습네요."

이 괴물 같은 인간은 전혀 우습지도 않은 이야기를 우습게 만들어

버렸다. 이번에는 포카트의 차례인데 그것도 모르고 들떠서 전쟁 준비하는 포카트의 모습은 분명 우스웠다.

'다음은 마오일 테고, 그렇다면 그 다음은 마케인 제국인가? 하지만 마케인 제국도 같은 꼴을 당하면 문제는 조금 복잡해지는데?'

내심 앞으로의 수를 읽던 시아는 곧 머리를 흔들어 그 생각들을 지웠다. 케이가 알아서 할 일이기에. 그녀는 그냥 지켜보고만 있으면 되는 것이다.

"언제 갈 거예요?"

"오늘."

"혼자요?"

"아니. 마음 같아서는 혼자 가고 싶지만 나 혼자 가면 포카트의 정보 길드를 찾을 수가 없잖아. 이번 일은 정보가 생명인데. 그러니 다 같이 가야지. 아데닌과 엘리아가 조금 불안하지만 이곳에서처럼 여관에서 쉬고 있어야겠지."

"그게 제일 나을 거 같긴 해요."

시아는 순순히 케이의 제안을 받아들였다. 이제 그녀는 더 이상 케이의 능력에 한계를 긋지 않기로 했다. 그냥 보여주는 대로 다 받아들이기로 했다. 그것이 그녀의 정신 건강에 이롭다는 것을 깨달았기에.

"그런데 포카트의 마갑기 생산 공장 이름이 뭐지?"

"포츄테이탄이에요."

"흐음. 포츄테이탄이라… 좋아. 이틀 후에 세상에서 지워주지."

케이의 다짐을 보며 시아는 그저 그러려니 하고 웃을 뿐이었다.

대륙을 휘몰아치는 태풍은…

대륙을 휘몰아치는 태풍은…

"이게 어떻게 된 일이오!"

대전에 모여든 대소신료들은 국왕의 분노를 고스란히 맞고만 있을 뿐 다른 어떠한 움직임도 보이지 않았다. 그들로서는 그럴 수밖에 없는 것이 너무나 황당한 일이 벌어졌기 때문이다.

하늘이 포카트에게 내린 기회. 그 기회를 살리기 위한 전쟁 준비. 그 과정에서 절대 있을 수 없는 일이 벌어졌다.

이런 사건을 당한 디아스의 사람들도 같은 심정이었을까?

"대체 하룻밤 사이에 포츄테이탄이 완전히 파괴되어 복구조차 불가능하다니 그게 말이나 되는 소리요!"

현재 전쟁 준비를 위해 왕국의 모든 마갑기를 세 곳으로 모으고 있기에 포츄테이탄에는 마갑기가 한 기도 없었다. 하지만 마갑기를 생산

하는 시설이 완전히 파괴되었으니 앞으로 추가적인 생산이 불가능해졌다.

마갑기 생산 공장은 그 규모와 시설이 엄청나 순수하게 새로 만든다면 걸리는 시간과 비용이 어마어마했다. 비용은 차지하더라도 거의 10년은 걸리는 건설 기한이 지금 포카트 국왕의 분노를 부채질하고 있었다.

"경들은 알고 있소? 무려 10년이오! 10년! 앞으로 10년간 현재 우리가 보유한 마갑기만 가지고 버텨야 한단 말이오! 이게 어디 가당키나 한 말이오! 대체 포츄테이탄의 경비를 어떻게 했기에……."

국왕의 분노를 고스란히 맞고 있는 귀족들은 아무런 말도 하지 못했다. 황당함은 그들 역시 마찬가지였고, 눈앞이 막막하기는 그들이 더했기에.

"전하."

그때까지 침묵을 유지하고 있던 메이신 공작이 입을 열었다.

"메이신 공작인가? 무언가 할 말이 있는 모양이군."

"포츄테이탄의 파괴에 관련된 보고서들을 쭉 보면 무언가 수상한 것들이 보입니다."

"그게 뭔가?"

"일단 디아스의 듀로나베르에서와 마찬가지로 카라벨라가 나타났단 것입니다."

"하지만 디아스에서는 정체불명의 마갑기도 한 기 더 있지 않았는가?"

"신도 그것이 이상하기는 합니다만 아무래도 저의 생각으로는 디아스에 나타난 카라벨라와 포츄테이탄에 나타난 카라벨라가 같은 기종이 아닐까 싶습니다."

메이신 공작의 말에 국왕은 잠시 생각에 잠겼다. 또한 주위의 귀족들이 그 말에 각자의 의견을 주고받으며 웅성거리기 시작했다.

"아무래도 이번 일에는 무슨 음모가 있는 듯합니다."

"음모?"

"예, 전하. 이건 너무도 이상합니다. 디아스의 듀로나베르가 파괴되고 모든 마갑기가 사라지고 불과 이틀이 지났을 뿐입니다. 그런데 이번에는 우리나라의 포츄테이탄이 파괴되다니 결코 우연일 수 없습니다. 분명 어떤 세력의 개입이 있을 것입니다."

"으음."

"그리고 디아스의 경우를 비추어 보면 현재 전 군에 비상경계령을 내려야 할 것으로 생각됩니다."

"비상경계령이라니, 갑자기 그게 무슨 말인가, 공자?"

국왕은 갑작스러운 공작의 제안에 고개를 갸웃거리며 되물었다.

"디아스의 경우 듀로나베르가 파괴된 다음날 밤 수도 토요의 모든 마갑기가 파괴되었습니다. 정체를 알 수 없는 괴한이 마갑기를 가진 자들을 납치해 강제로 맹약을 해제시키면서 말이죠. 그리고 그 후 3일에 걸쳐 디아스 내의 모든 마갑기가 같은 꼴을 당하게 됩니다. 그리고 어제 우리나라의 포츄테이탄이 파괴되었습니다. 디아스의 경우에 비추어 보면 아마도 오늘밤부터 그 괴한의 마갑기 사냥이 시작될지도 모르는 일입니다."

디아스 사건과 자국 사건의 범인을 동일 인물로 확신하는 메이신 공작의 주장에 대전은 침묵에 잠겼다. 그의 주장이 일리가 있는 것은 분명했다. 하지만 일리가 있다고 해서 믿고 따르기에는 그 내용이 너무 황당했다.

디아스에서 첩자가 전해온 사실에 의하면 3일이라는 짧은 시간 동안 디아스 전역을 종횡무진 누비며 마갑기를 폐기한 자는 단 한 사람이라 했다. 범임에 대해 말하는 마갑기를 잃은 기사들의 증언이 모두 일치했기에 한 사람이라 단정할 수 있었다.

하지만 그 일은 한 사람이 할 수 있는 것이 아니다. 아니, 마갑기 생산 공장을 혼자서 파괴한다는 것부터가 어이가 없는 일이었다. 자신들이 당하지 않았으면 절대로 믿을 수 없는 그런 일인 것이다.

때문에 대전에 모인 모든 사람들은 그 사실을 애써 부인했다. 메이신 공작의 주장이 맞을지도 모른다고 생각하면서도 애써 외면하는 것이다. 그것을 인정해 버리면 자신들의 조국은 불과 일 인에게 농락당한 셈이니 말이다.

그런 대전의 분위기를 메이신 공작은 느낄 수 있었다.

"전하, 인정할 것은 인정해야 합니다. 왕국의 체면만을 생각하다가 왕국의 중요한 전력인 마갑기를 잃을 수는 없습니다. 게다가 현재 왕국의 모든 마갑기가 세 곳에 집결된 상태. 상대방이 일을 하기가 훨씬 수월한 상태입니다. 반대로 우리가 마음먹고 대비를 한다면 오히려 이번 일의 흉수를 잡는 것이 더 쉬울 수도 있습니다. 현재 디아스의 모습을 생각하십시오."

강경한 목소리로 자신의 주장을 피력하는 메이신 공작의 모습에 국왕의 눈이 흔들렸다. 그의 말은 구구절절이 옳았다. 설령 흉수가 다르고 오늘밤 나타나지 않는다 하더라도 잃을 것은 없었다. 하지만 아무런 대비도 하지 않은 상태에서 나타나 디아스의 전철을 밟게 된다면? 끔찍했다. 상상도 하기 싫었다.

"공작의 말이 옳은 것 같군. 즉시 긴급 명령으로 전군에 비상경계령을 내리게."

국왕의 명령이 떨어졌다. 그와 동시에 그의 명령은 세 곳에 주둔 중인 군의 각 사령관들에게 신속히 전달되었다.

"아함. 뭐야? 갑자기? 전군 비상 대기라니?"

"내 말이. 갑자기 이게 무슨 일이야?"

달콤한 휴식을 즐기던 병사들은 갑작스레 내려진 비상경계령에 투덜거리며 각자 정해진 위치로 휘적휘적 걸음을 옮겼다. 이제 며칠 후면 디아스 점령전을 시작한다는 들뜬 마음으로 있었건만 갑작스러운 비상경계라니. 자국 내에서 쳐들어올 군대도 없는 상황에서 이런 일을 겪게 되자 병사들은 다들 황당해하고 있었다.

"병사들의 상태는 어떤가?"

"다들 혼란스러워하고 있습니다. 그들이 생각하기에는 너무 터무니없는 명령인지라……."

부관의 보고를 들은 페니키안 후작은 고개를 끄덕였다. 그럴 것이 그도 황당한 명령이었기 때문이다. 왜 갑작스레 비상경계령이 내려졌는지는 알고 있었다.

자신이 주장한 디아스 침공을 위해 자신이 직접 군대를 지휘하는 동안 마갑기 생산 공장인 포츄테이탄이 파괴되었다는 소식은 들었다. 하지만 그렇다고 해서 이렇게 모든 군에 비상경계령을 내리다니 너무 과한 대응이란 생각이 들었다.

"흐음. 메이신 공작은 다 좋은데 매사에 너무 조심스러워."

무관인 그로서는 문관인 메이신 공작의 행동이 영 마음에 들지 않았다. 그가 포카트의 훌륭한 재상이라는 것은 인정하지만 그렇다고 이런 좀스러워 보이는 대응까지 마음에 들어하는 것은 아니었다.

"하오나 후작님, 조심해서 손해 볼 것은 없습니다."

부관의 말 또한 마음에 들지 않았는지 후작은 고개를 흔들었다.

"됐네. 이만 나가보게. 난 조금 쉬고 싶으니."

하지만 부관은 나가지 않고 그 자리에 가만히 있었다.

"뭔가?"

"위에서 내려온 명령에는 마갑기를 소유하고 있는 기사는 반드시 최소 2인 이상이 함께 있으라 했습니다. 때문에 저는 이 막사를 나갈 수 없습니다."

"자네 그걸 말이라고 하는가! 이곳의 최고 명령권자는 나야!"

부관은 한 치의 흔들림도 없었다.

"국왕 전하의 명령입니다."

국왕의 명령이라는 그 한마디에 후작은 인상을 찡그렸으나 더 이상의 말은 하지 않았다. 그저 테이블에 앉아 술을 들이켰을 뿐. 그로서는 지금의 이 사태가 무척이나 마음에 들지 않는 듯했다.

"왜 그러슈, 후작 나리? 내가 보기에는 상당히 훌륭한 부관인 것 같은데."

그때 갑작스레 낯선 목소리가 들려오자 후작은 재빨리 마시던 술잔을 목소리가 들려온 곳으로 던졌다. 그리곤 곧 경계 자세를 취하며 검을 뽑아 들었다. 이미 그의 부관도 검을 뽑아 그의 곁에 다가와 있었다.

"쩝. 아까부터 계속 듣고 있었는데 말야. 부관 말이 맞아. 후작 자네 너무 멍청하구만. 뭐든지 조심하는 게 좋지. 왜 그 돌다리도 두들겨 보고 건너란 말도 있잖아?"

두 사람이 잔뜩 긴장해서 노려보는 가운데 낯선 목소리의 주인공은 술잔을 던진 곳과는 전혀 다른 곳에서 나타났다.

"어떻게……."

두 사람 모두 예상치 못한 곳에서 나타나는 침입자의 모습에 당황한 듯했다.

"밖에 아무도 없느냐?"

부관은 재빨리 병사들을 불러 모으기 위해 큰 소리로 외쳤다. 하지만 그런 그의 모습을 보고 침입자는 집게손가락을 까딱거리며 흔들 뿐이었다.

"부관 씨, 소용없어. 이곳의 소리는 밖에는 들리지 않거든. 그리고 입구의 경비 둘은 아무런 말도 못하고 움직일 수 없게 만들어놓았고 말이야."

그 말과 함께 침입자는 한 번 싱긋 웃었다. 그리고는 여유롭게 앞에 놓인 테이블에 턱하니 앉았다. 두 사람이 검을 겨누고 있는 앞에서.

"그나저나 대단해. 포카트에는 제법 눈치 빠른 인물이 있나 봐? 뭐, 언젠가는 발각될 거라 생각했지만 오늘일 줄은 몰랐거든. 사실 이곳에 와서 상당히 놀랐다구. 갑자기 비상경계 근무라니 말이야. 게다가 마갑기를 가진 기사는 최소한 2인이 같이 움직이라니. 정말 탄복할 만한 대책이야. 이건 내가 범인이라는 걸 알고 있었다는 말이잖아. 디아스에서 일어난 일이 포카트에도 일어날 거라 예상했다는."

유들유들한 침입자의 말에 부관은 그저 침만 삼켰다. 지금 그는 아무런 행동도 취하지 않고 그저 가만히 앉아서 이런저런 이야기만 하고 있었다. 하지만 그의 몸에서 뿜어져 나오는 기세는 그것이 아니었다. 당장에라도 달려들어 일검에 목을 베어버리고 싶었지만 그가 뿜어내는 기세 때문에 옴짝달싹도 할 수 없었다.

"내 예상에서는 최소한 마오에서 일을 벌여야 이런 대비를 할 줄 알았는데. 아까 메이신 공작이라고 했던가? 인물이군. 그를 잘 중용하라고. 공작이라 하니 이미 상당한 권력을 가진 모양이지만 그에게 더욱 힘을 실어줘. 그러면 포카트는 더욱 발전할지도 모르겠군."

떡하니 턱을 괴고 말하는 그의 모습에 결국 후작의 분노가 폭발했다. 후작 역시 상대가 뿜어내는 기세에 억눌려 지금껏 아무런 움직임을 보이지 못하고 있는 터였다. 하지만 극을 넘어선 분노는 그런 기세를 물리칠 힘을 후작에게 주었다.

"네 이놈!!"

분노한 후작의 검이 앉아 있는 상대를 향해 크게 휘둘러졌다.

하지만 그뿐이었다. 어떠한 소리도 들리지 않았다. 검이 휘둘러진 이상 무언가 베이는 소리가 나던가 하다못해 부딪치는 소리라도 나야 했건만.

"어떻게……."

이유는 너무나 간단했다. 상대가 그냥 두 손가락으로 검날을 잡고 있었던 것이다. 후작은 어떻게든 상대를 뿌리치려 온 힘을 다했으나 검은 꼼짝도 하지 않았다. 후작의 팔뚝과 이마에서 근육이 부풀어 오르고 혈관이 튀어나왔다. 앙다문 그의 이는 과도한 힘에 부서질 듯 부르르 떨렸다.

그때 침입자가 손을 가볍게 움직였다.

우당탕탕!

침입자가 후작의 힘을 살짝 흘려 버리는 바람에 후작은 그대로 바닥을 굴렀다. 마침 앞에 있던 의자가 그의 발에 걸려 요란한 소리를 냈다.

"쯧쯧, 조심하시지. 왜 가만히 있다가 의자에 걸려 넘어지고 그러시오?"

후작은 어이가 없었다. 어쩌다가 자신이 저렇게 약해 빠져 보이는 녀석에게 조롱을 당하는 꼴이 되었단 말인가.

"당신… 조금 전에 뭐라 했소?"

무조건 흥분한 후작에 비해 부관은 아직 침착을 유지하고 있었다. 어느새 말투가 달라져 침입자에게 자신이 조금 전에 들은 믿을 수 없는 사실을 확인하고 있었다.

"분명 마오에서 일을 벌인다고 했던 것 같은데…….."

"제대로 들었건만 왜 다시 묻는 것인지?"

포카트 주둔군의 마갑기를 없애기 위해 가장 먼저 후작을 선택한 케이는 흥미롭다는 눈으로 부관을 쳐다보았다.

"당신의 목적이 뭐요? 디아스에 이어 우리 포카트, 그리고 마오까지 노리고 있다니?"

"음. 그래도 후작보다는 부관인 당신이 조금 낫군 그래. 화내는 것밖에 할 줄 아는 게 없는 저 미련한 후작보다는 말이지?"

"뭐라!"

케이의 말에 다시 한 번 소리친 후작이었지만 곧 그는 꼼짝도 못하고 입을 다물었다. 케이의 서늘한 눈빛이 그를 한 번 스쳐 지나갔을 뿐인데 말이다.

"뭐 내 목적은 간단해. 세상의 모든 마갑기의 말살."

"그게 가능할 것 같소?"

"실제로 디아스는 마갑기를 모두 잃었잖아."

"하지만 10년 후면 다시 제조가 가능하오."

"당신은 내가 마갑기 제조 공장을 다시 만들도록 놔둘 것 같은가? 그럴 거면 애초에 부수지도 않았을 거야."

침입자의 목소리에서 섬뜩한 살기가 흘렀다. 부관은 일순 그 살기에 움찔했다.

"그렇다면 이곳에 온 목적도?"

"당연하지. 마갑기 부수러 왔지. 그럴 거라 예상하고 대비하고 있었던 거 아냐? 뭐, 나에게는 아무 소용 없는 일이지만."

빙그레 웃기까지 하는 침입자의 모습에 부관은 잠시 기가 막혔다.

"가능할 거라 생각하는 거요?"

"그 대사 조금 전에도 하지 않았어? 분명 가능하다고 한 것 같은데."

케이는 부관을 보며 다시 한 번 웃어주었다.

"그럼 막사 안은 아무래도 마갑기가 나오면 무너질 테니까… 장소를 옮겨야겠지?"

그 말과 동시에 자신을 향해 다가오는 침입자의 행동에 부관은 무의
식적으로 검을 휘둘렀다. 하지만 분명 자신의 앞에서 다가오던 상대는
어느새 자신의 뒤에 서 있었다.

"쯧쯧. 그렇게 아무렇게나 휘두르면 쓰나. 보아하니 제법 실력이 있
는 것 같은데 말야. 그럼 잠시 쉬라고."

그의 말과 함께 부관은 등 뒤의 어느 곳에 따끔한 감각이 느껴졌다.
그 이후로 몸을 움직일 수가 없었다. 의식은 살아 있는데 온몸이 마비
가 된 것이다.

"자, 후작 나리도."

먼저 부관의 마혈을 점혈한 케이는 아직도 바닥에 주저앉은 채로 멍
하니 자신을 바라보는 후작의 마혈도 점혈했다.

"자, 그럼 가볼까?"

후작을 질질 끌어 부관 옆에 둔 후 케이는 너무나 자연스럽게 텔레
포트를 사용해 막사에서 사라졌다.

부관은 자신이 텔레포트로 이동했다는 사실이 믿기지가 않았다. 분
명 사령관의 막사에는 텔레포트를 해 올 수도 해 나갈 수도 없게끔 방
해 마법진을 설치해 둔다. 그런데 이렇게 자연스럽게 이동하다니.

"어… 어떻게……."

"뭐? 텔레포트 방해 마법진? 겨우 6서클 익스퍼트의 수준으로 설치
한 거야 우습지요. 자, 그건 중요한 게 아니라, 어떻게 할 건가? 선택권
은 두 개. 마갑기를 내놓고 조용히 하루 동안 쓰러져 있는다. 아니면
죽는다. 둘 중 하나를 고르라구. 선택권은 이 둘밖에 없으니까. 참고로
난 바쁘니까 빨리 결정해 줘. 너무 시간 끌면 그냥 두 번째 걸로 해버

릴 테니까."

섬뜩한 말이었다. 결국은 마갑기를 내놓지 않으면 죽이겠다는 소리 아닌가.

"흥. 누가 네놈의 협박 따위에 굴할 것 같으냐?"

아혈은 제압하지 않았기에 둘 모두 말은 할 수 있었다. 후작은 어림 없다는 듯 코웃음을 친 후 케이를 노려보았다.

"그러고도 네가 무사할 것 같으냐?"

그렇게 후작이 케이에게 분노를 내뿜고 있을 때 부관 뒤의 공간이 일렁였다.

"호오. 자넨 현명한걸?"

어느새 마갑기를 소환한 것일까? 부관의 뒤에 그의 마갑기가 모습을 드러냈다.

"자… 자네……."

갑작스런 부관의 행동에 어처구니가 없는지 후작은 말을 잇지 못했다.

"맹약은 해지했소."

"좋아."

부관의 말에 케이는 손을 뻗어 마갑기에 헬 파이어를 날렸다. 곧 마갑기는 녹아들어 가기 시작했다. 그 모습을 후작과 부관은 그저 멍하니 바라보고 있었다.

8서클의 마법인 헬 파이어라니.

"후우. 저러니 방해 마법진이 소용이 없었던 것이지."

"자아, 후작 당신은 어쩔 거요?"

"절대로 마갑기를 넘겨줄 수 없다!"

케이의 물음에 후작은 악을 쓰며 외쳤다.

"후우. 그러면 어쩔 수 없지."

잠시 케이의 눈에 처연한 빛이 머물다가 사라졌다. 케이의 손은 후작의 사혈을 가볍게 치고 지나갔다. 사혈이 짚임과 동시에 후작은 아무런 반항도 하지 못하고 그렇게 죽었다.

그 모습을 지켜보고 있던 부관은 눈이 찢어져라 부릅떴다. 어떻게 손이 몸을 만지고 지나간 것인데 사람이 죽을 수 있을까? 군대에서 오랜 경험을 쌓은 그다. 사람이 죽는 것과 정신을 잃는 것 정도는 쉬이 구분할 수 있었다.

그 증거로 후작이 쓰러진 뒤의 공간에 왜곡이 일어나고 있지 않은가. 저것은 맹약자를 잃은 마갑기의 자동 소환 현상이었다.

그렇게 마갑기가 소환되자마자 케이는 다시 한 번 헬 파이어를 날렸다.

'저렇게 쉽게 헬 파이어를 사용하는 자라니……'

보고서도 믿을 수 없는 것. 그것이 지금 부관의 눈앞에서 펼쳐진 것이다.

"자, 그럼 계속해 볼까?"

후작의 부관을 다시 막사에 데려다 놓은 케이는 유유히 후작의 막사를 벗어났다. 그리고 포카트의 군 주둔지를 종횡무진 바람과 같이 누비기 시작했다.

그렇게 3일이 지났을 때 포카트 역시 왕국의 모든 마갑기를 잃었다.

그리고 다시 1주일이 흘렀을 때 마오 왕국 역시 디아스, 포카트와 똑

같은 꼴을 당했다.

그렇게 3주 사이에 마다가스 반도 3국에 있는 모든 마갑기가 사라졌다.

덕분에 대륙의, 아니, 류블라드의 모든 국가는 분주해졌다.

대체 누가, 왜 이런 일을 벌이는지 아무도 몰랐기에 더욱 답답한 노릇이었다. 마다가스 마갑기 전멸 사건 이후 각국의 왕실은 연일 회의에 회의를 거듭하고 있었다.

반면 몇몇 국가에서는 어느 정도는 일을 벌인 이에 대한 윤곽을 잡고 있었다. 3국이 똑같은 자에게 당했다는 것은 이미 알려진 사실이었고, 그것을 토대로 여러모로 추적 조사한 결과 조금씩 정보가 모아진 것이다. 게다가 정보 길드에서 흘러나온 의외의 영상이 담긴 저장석의 등장에 각국은 드디어 흉수를 정확히 색출할 수 있었다.

정보 길드에서 어렵게 구한 저장석을 봤을 때 드디어 흉수를 색출해 냈다는 만족감도 잠시였다. 저장석이 영사반을 통해 보여주는 그 무시무시한 영상. 도저히 있을 수 없는 일이 벌어지고 있었다. 누군가는 조작된 정보라 하였으나 조작이라고 보기에는 세 개의 저장석에 담겨 있는 내용이 절묘하게 일치하고 있었다.

세 개의 저장석은 각국의 마갑기 제조 공장이 파괴되는 모습이 담겨 있었다. 공장을 파괴하는 마갑기의 모습은 그야말로 경악할 만했다. 오러 소드를 사용하는 마갑기라니, 그런 존재가 있을 거라고는 누구도 생각하지 못했다.

저장석에 마갑기 파괴에 대한 영상은 담겨 있지 않았지만 흉수가 동일 인물이라는 것은 이미 명명백백한 사실. 대륙의 모든 왕국의 왕실은 분노에 휩싸였다. 이것은 명백한 왕국에 대한 도전이었기에.

*　　　　*　　　　*

"호호호. 공작께서는 말씀도 무척 재미나게 하시는군요."

대륙을 혼란의 상태로 만들고 있는 사건도 이곳만은 비켜가는 듯 아름다운 모습의 정원에는 맑은 웃음소리가 울려 퍼졌다. 금발에 금빛 눈동자를 가진 우아하면서도 청초해 보이는 웃음의 주인공의 모습은 오직 아름답다는 말로만 표현이 가능했다.

커다란 눈동자에 단아한 눈썹, 오뚝한 코에 붉은 입술까지 어디 하나 아름답지 않은 곳이 없었다. 에르안이라는 이름을 가진 후디스의 궁정 마법사였다.

"하하하. 뭐 그런 것 가지고 그리 말씀하십니까?"

최근 안 좋은 소식이 연이어 날아들어 와 그의 짜증을 돋웠지만 눈앞의 여인이 있는 한 코르다는 무척이나 즐거웠다. 현재 그의 삶에서 유일한 안식처나 다름없는 존재라고 할까?

"한데 그자의 목적이 무엇일까요?"

밝은 얼굴로 웃던 에르안은 갑자기 심각하게 표정을 굳히며 걱정스레 말했다.

"으음. 굳이 이런 자리에서 그런 이야기를 할 필요가 있을까요? 황실의 회의에서도 지겹도록 나온 이야기인 것을요."

코르다는 이 즐거운 시간을 그 골치 아픈 존재로 인해 날려 버릴 생각은 눈곱만큼도 없었다. 하지만 자신이 세상에서 가장 소중하게 생각하는 존재는 화제를 계속해서 그곳으로 가지고 갔다.

"하지만 너무 엄청나지 않았나요? 마법사로서 설마 마갑기로 오러 소드를 구현해 낼 수 있을 줄은 몰랐어요. 그 영상을 보고 제가 얼마나 놀랐던지⋯⋯."

그렇게 말하는 그녀의 얼굴에는 놀람과 근심이 동시에 서려 있었다.

"놀랍기는 했습니다만 그래 봤자 그자는 혼자입니다. 감히 제국에 맞설 수 없지요."

"하지만 이미 마다가스 반도의 세 나라가 그의 손에 마갑기를 모두 잃었는걸요."

"그건 그들이 무능해서입니다. 절대 우리 후디스에는 그런 일이 없을 겁니다."

사랑하는 사람 앞에서는 자신을 과시하고 싶어서일까? 코르다는 그답지 않게 자신만만한 어조로 에르안을 똑바로 보고는 이야기했다. 자신이 있는 한 절대 그런 무뢰배가 후디스를 침입할 수 없다고.

에르안은 그런 코르다를 보며 생긋 웃었다. 그 웃음을 본 순간 코르다는 세상의 모든 것을 다 얻은 마냥 행복했다. 그녀의 웃음은 그에게 있어 삶의 활력이었기에.

하지만 그는 절대 알 수 없었다. 자신을 향해 맑은 웃음을 보여주는 여인의 내면을.

'호호호. 케이, 제법 일을 재미있게 끌고 가고 있군요. 설마 대륙의 모든 마갑기를 없애려 하다니. 나도 생각하지 못한 거예요. 근데 이 멍청한 작자는 그저 엉뚱한 데만 신경을 쓰고 있으니. 하긴 그에게는 케이 당신의 존재가 무척이나 껄끄러운 것이니까요. 정보 길드에서 얻은 정보도 당신의 진정한 정체에 대한 것은 빠져 있었으니 말이죠. 하다 못해 지니어스 후작의 후손이라는 것도.'

현재 인간의 모습으로 유희를 즐기고 있는 태고룡 에르데미안은 그렇게 자신을 바라보며 기분 좋아하는 인간에게 웃음을 한 번 보여준 후 속으로는 전혀 다른 생각을 하고 있었다.

즐거운 정원에서의 티타임이 끝이 나고 에르안은 자신의 처소로 돌아갔다. 그리고 코르다는 자신의 집무실로 돌아갔다. 에르안을 배웅한 후 그의 얼굴은 완벽하게 달라졌다. 항상 얼굴에 자리하고 있던 미소가 씻은 듯 사라진 것이다.

"후우. 호메오."

"네, 공작님."

"자네는 그자의 목적이 무어라 생각하는가?"

"글쎄요. 저로서는 짐작할 수 없군요."

호메오의 대답에 코르다는 피식 웃었다.

"정말 우스운 일이야. 그는 당당하게 자신의 목적을 입으로 밝혔건만 알고 있는 이는 하나도 없으니. 아니, 다들 알면서도 외면하는 것인지도 모르지. 그는 마갑기를 없애는 과정에서 수차례에 걸쳐 분명하게 말했다네. 대륙의 모든 마갑기를 없애겠다고."

코르다는 자신이 말을 하고도 어이가 없었는지 고개를 절레절레 흔들었다.

"그야말로 허황된 소리 아닙니까? 대륙의 모든 마갑기를 없애겠다니."

"그러게 말일세. 하지만 이미 아는 사람들은 다 아는 내용이야. 그러니 헤이트론에서도 난리가 나서 대책 회의 중이지 않은가? 신의 말씀을 지키는 사자라 생각하는 마갑기를 없애 버리겠다고 날뛰는 자가 있으니."

"대체 무슨 생각으로 그러는 걸까요? 그는 엘프의 숲에서 마갑기를 하나 얻기까지 하지 않았습니까?"

"분명히 그랬지. 함께 다니는 꼬마 녀석에게 주기는 했지만 말일세."

혼란에 빠진 듯 항상 당당하던 코르다의 목소리에 힘이 없었다.

"앞으로 어떻게 해야 할까요?"

"나도 그걸 모르겠단 말일세. 지금까지는 어떻게든 제거하려 했지만 세 개의 영상으로 미루어 대륙에서 그를 이길 수 있는 존재는 없어. 아니, 있긴 있지. 드래곤들. 그리고 퓨어라면 가능할지도 모르겠군."

"결국 없다는 말씀이시군요."

"그렇지. 게다가 아마 우리 후디스도 그의 목표에 들어가 있을걸. 아니, 어쩌면 우리 가문의 마갑기 제조 공장도 목표일 수 있네."

코르다의 말에 호메오가 흠칫했다.

"그럴까요?"

"우리 가문에 마갑기 제조 공장이 있다는 것은 온 대륙이 다 알고 있네. 당연히 그도 알고 있겠지. 그렇다면 당연지사 노리지 않겠는가?"

"조심해야겠군요."

호메오의 말에 코르다는 고개를 끄덕였다.

"한데 말입니다."

"뭔가?"

"카라벨라가 그렇게 뛰어난 마갑기였습니까? 공작님께서 보여주신 영상에 있는 그 움직임은 클레이모어도 능가할지 모르겠더군요."

조심스러운 호메오의 물음에 코르다는 한숨을 쉬었다. 그리고 가만히 그를 바라보았다.

"이보게, 호메오 백작."

"네."

"히스티딘 공작가의 마갑기 제조 공장을 책임지는 사람이 겨우 그 정도밖에 안 되는가?"

"송구스럽습니다."

질책을 담고 있는 코르다의 말에 호메오의 얼굴은 빨갛게 변했다. 평소에는 이런 식의 말은 절대 하지 않는 코르다였다. 하지만 근래에는 케이로 인해 제법 짜증이 쌓인 듯했다.

"마갑기의 출력을 결정하는 것은 모두 두 가지일세. 하나는 마갑기의 핵, 그리고 다른 하나는 바로 탑승자의 마나지."

코르다가 거기까지 이야기하자 호메오도 대충 카라벨라의 성능이 뛰어난 이유를 깨달은 듯했다.

"그렇다면 설마?"

"그래, 그렇네. 절대 믿고 싶지 않지만 그 케이라는 자가 지닌 마나가 그만큼 어마어마하다고 해야겠지. 아마 최소한 그랜드 소드 마스터는 될 걸세."

코르다의 말에 호메오는 멍하니 입을 벌렸다. 세상에 그랜드 소드 마스터라니.

물론 그랜드 소드 마스터는 인간도 이룰 수 있었다. 히스티딘 가의 정보력으로 파악한 그랜드 소드 마스터만 해도 벌써 한 명 있었다. 무아브의 맥실러 베로 크로이첵 공작, 그가 그랜드 소드 마스터였다.

하지만 그 그랜드 소드 마스터가 반드시 없애야 할 적이라 생각하니 호메오는 온몸이 떨렸다. 그러나 그 떨림을 그는 억지로 억눌렀다. 주인 앞에서 그런 모습을 보여주는 것은 주인에게 있어 과히 유쾌하지 않은 일이었기에.

"그나저나 다음은 어디일까?"

"예?"

"마오를 박살 낸 지 벌써 1주일이 지났네. 그런데 그자의 움직임이 조용하군. 대체 다음은 어디를 노리는 걸까? 지금까지의 행동 패턴으로는 국경을 넘어 쭈욱 내려왔지만 아무래도 마오와 국경을 대고 있는 마케인 케국은 좀 부담스러웠던 모양이군. 조용한 걸 보니. 자네는 어디라고 생각하나? 그의 다음 목표가."

코르다의 물음에 호메오는 가만히 코르다의 집무실 벽에 걸려 있는 지도를 바라보았다. 자신이 그라면 다음 목표를 어디로 잡을 것인가? 지금까지의 패턴대로라면 마케인 제국으로 해야 했지만 1주일이나 조용한 걸로 봐서는 마케인은 건너뛴 것이 분명했다. 그렇다면 과연 어디를 목표로 해야 할까?

"제 생각으로는 훈트 연합 같습니다만……."

호메오의 대답에 코르다는 빙긋 웃었다. 이 방에 들어와서 처음 보여주는 웃음이었다.

"내 생각도 그러네. 아마도 다음은 훈트 연합을 칠 테지. 그리고 아마 훈트 연합에서도 그 정도는 예상하고 있을 걸세. 훈트 연합국은 결코 만만한 곳이 아니니 말일세. 기사의 나라 무아브, 마법의 나라 로피탈, 현자의 나라 헤론, 상업의 나라 알. 이런 나라들이 연합해서 이루어진 곳이니 연합국 모두가 힘을 합치면 대륙의 어떤 국가도 무시 못할 강대국으로 변모하지."

호메오는 코르다의 설명을 가만히 듣고 있었다. 훈트 연합국의 잠재력에 대해서는 그도 잘 알고 있었다. 대륙의 잠자는 드래곤이라고도 불리는 훈트 연합이었기에.

"이미 훈트 연합국 역시 이번 일에 위기를 느끼고 대책 회의에 들어간 걸로 알고 있네. 그들이 힘을 모으면 무섭지. 게다가 무아브에는 크로이첵 공작도 있으니 말일세. 또 그들의 마갑기 성능은 상당히 뛰어나지. 칼라에서 오랜 연구 끝에 만들어내 계속 개량하고 있으니 말일세. 얼마 지나지 않으면 우리의 마갑기를 따라잡을지도 모를 정도로."

"아무리 칼라라 하지만 아직 저희를 따라잡으려면 멀었습니다."

칼라의 마갑기에 대해서만은 코르다와 생각이 달랐는지 중간에 호메오가 끼어들었다. 주인의 말을 끊은 무례한 행동이었지만 코르다는 특별히 그를 책하지 않았다. 그 정도로 히스티딘 가의 마갑기에 대한 자부심이 대단하다는 말이었기에.

"뭐, 어쨌든 케이와 크로이첵 공작이 부딪친다면 제법 재미있을 거야. 그러니까 훈트 연합국을 항시 주시하고 있게. 뭐, 지금쯤이면 다들 마갑기 생산 공장인 모르네이온이 있는 모르간의 벨로에 모여 있겠지. 벨로를 주시하고 있게나."

"네, 알겠습니다."

"재미있을 거야. 제발 크로이첵 공작이 케이라는 작자를 잡아줬으면 좋겠어."

코르다는 정말 간절한 소망을 담아 낮게 중얼거렸다. 그가 이렇게 간절히 바라는 것이 생긴 것은 에르안을 만난 이후 처음이었다.

2 초 34 식

맞부딪친 검은···

맞부딪친 검은…

다그닥다그닥.

일정한 리듬을 가지고 땅을 차는 말발굽 소리가 마차 안까지 들려왔다.

단 3주 만에 마다가스 반도의 세 나라의 마갑기를 모두 처리해 버린 케이는 바쁘게 움직이던 일정을 갑자기 여유롭게 잡았다. 텔레포트로 정신없이 왕국의 수도와 수도를 옮겨 다니던 일을 그만두고 마차를 구해 한가로이 여행을 하고 있는 것이다.

마부까지 따로 고용했기에 마차 안에는 케이와 엘리아, 아데닌, 시아가 타고 있었다. 마오를 뒤집어놓은 지 어느새 1주일이 지났다.

"갑자기 무슨 심경의 변화예요? 텔레포트로 바쁘게 움직이더니 이렇게 천천히 움직이고?"

아데닌이 이해할 수 없다는 듯 고개를 갸웃거렸다. 자신과 엘리아의 상태가 과히 좋다고 할 수 없는데도 불구하고 텔레포트를 남발하며 강행군을 해온 처지였다. 그런데 이제 겨우 쇼크에서 빠져나와 예전의 상태로 돌아오니 느긋한 여행을 다시 시작하는 걸 이해할 수 없었다.

"응? 그거야 뭐 대륙의 왕국들이 바보는 아닐 테고 이쯤 되면 내 정체에 대해 대강 파악하지 않았을까 해서. 게다가 정보 길드 덕에 내 얼굴도 각 왕국에 다 팔렸을걸?"

그 말을 하는 케이는 은근히 시아를 바라보았다. 케이의 시선을 느낀 시아는 차마 케이와 눈을 마주치지 못했다. 자신이 한 일이기에. 케이가 알고 있다는 것도 알았지만, 이제 케이는 온 대륙의 수배자 신세였다. 그걸 생각하니 왠지 미안해졌다.

"에? 오빠 얼굴을 정보 길드에서 알고 있다고요? 대단하네요."

"그럼 대단하지. 뭐, 나도 그간 정보 길드에서 엄청난 정보를 얻어왔으니까 말이야."

엘리아의 말에 케이는 장난스레 웃으며 대답했다. 케이 역시 정보 길드가 없었다면 이렇게 일을 수월하게 처리할 수 없었다. 그들의 정보가 있었기에 빠른 시간에 필요한 인간들만 골라서 마갑기를 없앨 수 있었던 것이다.

"아무튼 내 목적도 알았을 테고 나의 행동 패턴을 알았을 테니 다들 긴장하고 있겠지. 아마도 마갑기 생산 공장의 경계가 두 배 이상은 강화되었을걸? 그리고 마갑기를 보유한 기사들은 매일 잠을 설칠 테고. 과연 내가 언제 나타날 것인가 불안해하면서 말이지. 특하나 요 며칠 마케인이 그랬을 거야. 내가 지금까지 해온 순서대로라면 마오 다음은 마케인이라 생각했을 테니까."

"분명히 그렇죠."

엘리아가 고개를 끄덕이며 수긍했다.

"하지만 이 정도 시간이 지난 후에도 내가 아무런 움직임이 없으니 다들 이렇게 생각할걸. 마케인 제국은 아무래도 부담스러우니 다른 곳 먼저 공격하려나 보다라고."

"정말 그런 거예요?"

아데닌이 궁금하다는 듯 물었다.

"반만 맞은 거지. 내가 마케인 제국을 일단 젖혀두는 것은 후디스 제국을 견제할 수 있는 나라라서야. 마케인 제국의 마갑기들이 사라져 버린다면 후디스 제국이 어떻게 나올지 모르니까."

"그러면 후디스 제국이 마지막이라 했으니까 후디스 제국으로 가기 직전에 마케인 제국의 마갑기들을 정리할 생각인 거네요, 형은."

모처럼 아데닌이 제법 머리를 굴려 생각했다. 보통 때는 그냥 묻기만 하고 그렇군요란 말만 하던 아데닌이 케이가 했던 말을 토대로 나름대로 추론을 한 것이다.

"어라? 너도 머리를 쓸 때가 있구나."

"뭐예요? 그 말은?"

케이의 놀림이 기분 나쁜 듯 아데닌은 얼굴을 찡그리고 있었다.

"그래서 어디로 가는 거예요, 우리는?"

케이의 설명을 가만히 듣고 있던 시아가 물었다.

"시아 너도 대강 예상하고 있지 않아?"

"결국 거기인가요? 그렇다면 다른 왕국들도 다 짐작하고 있잖아요.

그곳에서도 대비를 철저히 하고 있고."

케이의 대답에 영문을 알 수 없다는 듯 시아가 말했다. 뻔히 공격에 대한 대비를 철저히 하고 있는 곳으로 남들 생각대로 움직여 주는 케이의 행동을 이해하기 어려웠던 것이다.

"뭐, 그래도 상관없으니까 그렇게 하는 거야."

"하지만 오빠, 그곳은 조심하는 게 좋을 거 같은데요. 그곳엔 그랜드 소드 마스터도 있다고 하니까요."

엘리아가 걱정스레 입을 열었다. 지금까지는 케이의 상대가 될 만한 실력자가 없었지만 이번에 가는 곳에는 그랜드 소드 마스터라는 엄청난 실력자가 기다리고 있는 것이다.

"상관없어. 난 자신있으니까."

엘리아의 걱정에도 불구하고 케이는 그저 웃었다.

"대체 어디로 가는 건데요?"

가만히 세 사람의 대화를 듣던 아데닌이 결국 혼자서만 목적지를 짐작하지 못한 것인지 답답한 심정에 소리를 질렀다. 그의 외침에 세 사람은 똑같은 시선으로 아데닌을 바라보았다. 네가 그러면 그렇지라는 뜻을 담뿍 담고.

"훈트 연합국이야. 바보야, 그랜드 소드 마스터가 있다고 했는데도 눈치 못 챈 거야?"

엘리아가 답답하다는 듯 말했다.

"뭐, 크로이첵 공작이 그랜드 소드 마스터라는 건 기밀 사항이니까. 아는 사람만 아는 소식이지."

"그것 봐. 아는 사람만 안다잖아. 어? 그런데 너는 어떻게 알고 있는 거야?"

케이의 말에 자신이 모르는 것이 당연하다는 것을 확인한 아데닌은 엘리아에게 큰소리를 치다가 무언가 이상한 것을 느끼고는 말을 멈췄다.

"그거야 케이 오빠가 말해 줬는걸. 마오에서 정보 길드에 다녀온 후에. 넌 그때 막 회복해서 밥 먹느라 정신이 없어 흘려들었겠지만 말야."

"훗."

"킥."

엘리아의 말에 케이와 시아는 동시에 웃음을 터뜨렸다. 두 사람의 웃음에 아데닌의 얼굴은 새빨갛게 변했다.

"그건 그거고, 오빠 괜찮아요?"

"뭐가?"

"정보 길드 덕에 오빠 얼굴이 다 알려졌다면서요? 그렇담 분명 수배가 붙을 텐데 그렇게 그냥 맨얼굴로 다녀도 되냐고요. 변장 정도는 해야 하는 거 아녜요?"

시아가 자신이 한 일이 있는지라 미안한 마음에 케이에게 말했다. 그녀의 말을 들은 케이는 대수롭지 않다는 듯 대답했다.

"뭐, 내 본얼굴이 알려졌다고는 하지만 얼굴이란 건 바꾸면 되니까."

너무도 태연히 말하는 케이 때문에 순간 시아는 그렇구나 하고 고개를 끄덕일 뻔했다.

"잠깐만요. 그게 가능할 리가 없잖아요. 마법으로 얼굴을 바꿀 수는 있지만 그렇게 하면 얼굴 부위에 이상하게 마나가 모여 있어서 마법사들이 금세 눈치챈다고요."

케이의 유유자적한 소리에 시아는 케이를 똑바로 보고는 자신의 걱정스런 마음을 토로했다. 하지만 그 말이 끝나기도 전에 시아는 자신의 눈을 의심해야 했다.

자신이 똑바로 바라보고 있는 케이의 얼굴이 조금씩 변하고 있었던 것이다.

눈꼬리는 점점 아래로 쳐졌고, 광대뼈는 점점 더 앞으로 튀어나왔다. 입꼬리는 살짝 올라갔고 코는 조금 길어졌다. 그리고 눈의 크기도 조금 작아지는 듯했다.

"어… 어떻게……."

너무나 놀란 시아는 말을 채 잇지 못했다.

"우와!"

놀란 것은 아데닌과 엘리아도 마찬가지였다. 아데닌은 순수하게 감탄해서 탄성을 토해내기까지 했다. 엘리아는 벌어진 입을 손으로 가리며 케이의 변화를 말똥말똥 쳐다보고 있었다.

"뭘 그리 놀라?"

자신의 얼굴이 변화는 과정에 놀라는 일행의 모습이 재미있는지 변화를 끝낸 후 케이는 빙그레 웃으며 말했다.

"내가 얼굴은 바꾸면 된다고 했잖아."

"하지만 어떻게? 마나의 움직임 같은 건 느끼지 못했는데… 마법이 아닌 거예요?"

시아는 자신이 보고도 그것을 믿을 수 없다는 듯 케이에게 다그쳤다.

"물론 마법이 아니지. 이건 따지고 보면 무술의 일종이야."

"네? 무술이요?"

말도 안 된다는 눈으로 시아가 케이를 쳐다보았다.

"그래, 무술. 내가 익힌 무술은 무공이라고도 부르는데 마나를 이용하는 무술이지. 그 마나를 이용해서 피부의 상태나 근육의 형태를 마음먹은 대로 변화시킬 수 있어. 어떤 것은 뼈의 크기도 바꾼다구. 내가 이렇게 얼굴을 바꾼 방법을 역용공(易容功)이라고 하지. 뼈의 크기를 줄이는 건 축골공(縮骨功)이라 하고 말야."

케이의 설명에 놀랍다는 듯 세 사람은 빤히 케이를 바라보았다. 믿고 싶지 않았지만 이미 눈으로 본 것을.

"저기 형, 그러면 그거 나도 할 수 있는 거예요? 저도 형과 같은 무공을 익히고 있잖아요."

아데닌이 묻는 가운데 그 곁의 엘리아도 호기심에 눈이 빛났다.

"물론 가능하지."

"가르쳐 줘요!"

가능하다는 대답이 나오자마자 바로 아데닌의 입에서는 가르쳐 달라는 말이 튀어나왔다.

"싫어."

"왜요?"

"너희에게는 필요가 없으니까."

"혹시 모르잖아요. 우리도 얼굴이 알려져서 현상 수배될지도."

"그때가 되면 내가 얼굴 바꿔줄게. 다른 사람의 얼굴도 바꿀 수 있으니까."

"치이."

단호한 케이의 태도에 실망한 듯 아데닌은 마차에 앉은 채로 고개를 돌려 버렸다. 이제는 당당한 한 명의 전사로 성장한 아데닌이 그런 모습을 보이니 우스웠다.

'저 녀석은 아직도 자기가 어린아이인 줄 아는지… 원.'

"그런데 언제까지 마차로 이동할 거예요?"

"훈트 연합국의 마갑기 생산 공장은 어디에 있지?"

여정에 대한 시아의 질문에 케이가 다시 물었다.

"모르네이온 말이에요? 그거라면 모르간의 수도인 벨로에 있어요."

"그러면 벨로까지 쭈욱 마차를 타고 갈 거야."

"상당히 지루한 경로가 되겠네요."

케이의 대답을 들은 시아는 맥 빠진다는 듯 말했다. 이곳에서 벨로까지는 마차로 거의 한 달이라는 시간이 걸리는 거리였기 때문이다. 한 달 내내 마차에만 있어야 된다고 생각하면 당연히 그런 반응이 나올 법했다.

"뭐, 그래도 다행이군. 모르간이라면 산맥을 넘지 않고 사우스 산맥을 비켜서 크게 우회해도 거리 차가 그리 크지 않으니까 말이야."

케이의 말은 이미 세 사람에게는 들리지 않았다. 무려 한 달을 마차에서만 보내야 한다는 사실에 셋 모두 크게 상심해 있었기에.

'차라리 몸이 안 좋아도 텔레포트로 이동하던 때가 좋았어.'

하지만 아데닌은 속으로만 투덜거릴 뿐 감히 그 불평을 입 밖에 내지 못했다. 그랬다간 자기만 손해라는 것을 잘 알았기에.

　　　　*　　　　*　　　　*

"마오에 습격이 있고 나서 얼마나 지났는가?"

"3주가 지났습니다."

하자르는 자신이 존경해 마지않는 상관의 질문에 즉시 대답했다. 마다가스 반도 3국의 사건이 있고 나서 자신의 주인은 즉각 고국을 떠나 이곳 모르간으로 이동했다. 모르간의 수도 벨로에서도 마갑기 생산 공장인 모르네이온으로.

마오마저 마갑기를 모두 잃었다는 소식이 전해졌을 때 훈트 연합국은 무척이나 분주해졌다. 앞으로 이 사건이 어떻게 흘러갈지 예상하고 대비했기에 연일 여덟 개 국의 국왕들과 각국 주요 귀족들의 회의가 이어졌다.

회의를 진행하는 가운데 다른 소식에도 귀를 기울이는 것을 잊지 않았다. 그렇게 정보를 수집하고 회의를 한 결과 나온 결론이 다음은 훈트 연합국 자신들의 차례라는 것이었다.

처음에는 마케인 제국이 다음 대상일 거라 생각했지만 마오의 사건이 있고 1주일이 흐르는 동안 아무런 일이 벌어지지 않자 즉각 다음 예상 목표를 훈트 연합국으로 변경했다. 자국이었으나 분석은 냉정해야 했다.

그렇게 결론이 나자 훈트 연합국은 다시 분주해졌다. 언제 들이닥칠지 모르는 적에 대비해야 했다. 마갑기는 현재 대륙에서 곧 국력을 나타내는 척도였다. 그런 마갑기를 모두 잃는다는 것은 이빨 빠진 호랑이가 되는 것과 다름없었다.

모르면 모르되 이제는 일련의 사태를 통해 알고 있었다. 그러면 대비를 해야 했다. 즉각 대륙 제일의 기사라는 맥실러 베로 크로이첵 공작이 모르간으로 이동했다. 칼라에서도 최고위급 마법사 셋이 즉각 모르간으로 이동했다. 그리고 훈트 연합국 내에서 마갑기를 가진 모든 기사들이 모르간으로 이동했다.

현재 국경에서 타국의 침략은 걱정이 없었다. 그랬기에 국경을 비우는 초강수를 두면서도 동원 가능한 모든 마갑기를 한곳에 결집시켰다. 벨로에 위치한 모르네이온으로.

어차피 케이라는 이름을 가진 흉수의 첫 목표는 모르네이온일 것이다. 그리고 모르네이온을 파괴한 다음에는 훈트 연합국 내의 모든 마갑기를 가진 기사일 것이다. 벌써 세 번이나 행해진 일이다. 이 정도도 예측할 수 없으면 그건 바보였다.

그렇게 철저한 준비를 마치는 데 걸린 시간은 고작 3일이었다. 훈트 연합국이 이 사태를 얼마나 엄중히 다뤄 대처했는지 알 수 있었다. 그런데 아무런 소식이 없었다.

이렇게 대비를 하고 벌써 2주가 지나갔건만 그 케이라는 자는 그림자조차 보이지 않았다. 병사들을 통한 검문에서도 그 비슷한 자가 발각되었다는 보고도 없었다.

케이는 갑자기 사라졌다.

비상경계로 모르네이온을 지키기 시작한 지도 벌써 열흘이 넘게 흘렀다. 이곳에 모인 기사들이 점차 지쳐 갔다.

언제 들이닥칠지 모를 적에 대비하면 항상 긴장 상태를 유지하는 것. 이것은 기사들에게 상당한 피로를 야기시켰고, 시간이 갈수록 기사들의 경계 태세는 점차 해이해졌다.

어떤 이는 케이가 다른 곳으로 갔을 거라 생각하고 경계를 서다 말고 자는 일까지 발생했다.

그랬기에 대륙 제일의 기사라는 위대한 그랜드 소드 마스터 크로이첵 공작도 초조해진 것이다. 자신 역시 매일매일을 긴장 속에서 보내다 보니 피로가 상당히 쌓인 터였다.

"후. 그 무뢰한은 왜 오지 않는 것일까? 오려면 빨리 올 것이지. 이렇게 손님 맞을 준비도 모두 마쳤는데 말일세."

상관의 불평 아닌 불평에 하자르는 가늘게 미소 지었다. 인간으로 보이지 않는 능력을 가진 상관도 인간이었던 것이다. 그도 피로를 느끼고 있다는 것이었으니.

"언젠가는 올 겁니다. 그의 목표는 대륙의 모든 마갑기를 폐기시키는 것이라고 하니까요."

"그래. 나도 들었네. 덕분에 헤이트론에서 난리가 났다는 소식도 말일세. 후훗."

헤이트론에서 난리가 났다는 소식이 즐거운지 그는 소리 내어 웃기까지 했다.

"타국이 마갑기의 수를 늘리는 것은 절대 안 된다고 압력을 넣으면서 자신들은 신의 뜻을 지키는 사자라 하며 마갑기의 수를 계속 늘려왔으니까요. 케이라는 자에게는 마갑기나 신의 뜻을 지키는 사자나 모두 같아 보이는 모양이더군요."

"후후. 그래. 수는 많을지 몰라도 성국의 마갑기는 일단 성능은 가장 뒤떨어지니 말일세. 일단 마갑기는 마법을 이용한 무기이니 신관들이 그리 쉽게 만들어낼 리 없지."

언제 올지 모르는 적을 기다리며 쌓인 피로를 간단한 대화로 풀려는 것인지 크로이첵 공작은 자신의 부관인 하자르와 많은 대화를 나누었다.

"뭐, 그 케이라는 자도 이곳에 나타나는 순간이 그의 마지막이 되겠죠."

"자네는 어떻게 그리 자신하는가?"

"공작님께서 계시지 않습니까? 대륙 유일의 그랜드 소드 마스터인 공작님께서요."

부관의 자부심 가득한 말에 크로이첵 공작은 고소를 머금었다.

"그랜드 소드 마스터는 나 말고도 있지 않은가? 위대한 엘프 퓨어가 말일세."

"하지만 그녀는 인간이 아닙니다. 인간 중에서는 공작님이 유일하시죠."

하자르에게 있어서 크로이첵 공작은 신이나 다름없었다. 그랬기에 공작에 대해 하는 그의 말 하나하나에 자부심이 깃들어 있는 것이리라.

"하지만 말일세, 하자르. 난 마갑기에 탄 상태로 오러 소드를 사용하지 못한다네. 기껏해야 오러 블레이드가 한계야. 한데 그 케이라는 자는 오러 소드를 사용하더군. 또 나는 그렇게 순식간에 네 기의 마갑기를 고철로 만들 재주도 없네."

"절대 아닙니다, 공작님. 공작님이시라면 케이라는 녀석을 잡는 것쯤은 일도 아닙니다. 바로 크로이첵 공작님이시니까요!"

공작이 스스로의 실력을 낮추는 듯한 말을 하자 하자르는 강력히 부정했다. 그에게 있어 공작은 절대무적인 신앙의 대상이었다.

"그렇게 말해 주다니 고맙네. 하지만 난 자신이 없어. 영사반에서 본 그 마갑기의 움직임을 떠올리면 말이야."

다른 날과 다를 것 없이 서쪽 하늘로 뉘엿뉘엿 저무는 해를 바라보며 크로이첵 공작이 중얼거렸다. 하지만 하자르는 표정으로 단호하게 절대 그럴 리 없음을 말하고 있었다.

케이들이 탄 마차는 출발한 지 꼭 한 달 하고도 나흘 만에 벨로에 도착했다. 두 여인과 두 남자가 탄 마차를 주목하는 사람은 아무도 없었다. 이곳에서는 흔히 볼 수 있는 모습이었기에.

케이는 마부에게 후한 삯을 치러 돌려보냈다. 그도 고향인 마오를 떠나 이곳까지 오느라 고생을 많이 했기에 약속한 금액보다 훨씬 두둑이 보수를 건넸다. 생각보다 묵직한 주머니에 액수를 확인한 마부는 처음에는 이렇게 많은 돈은 받을 수 없다고 거절했었다. 하지만 케이가 계속해서 권하자 곧 입이 함지박만하게 벌어져서는 돌아갔다. 그는 다시 한 달 하고 나흘을 달려 고향으로 돌아가야 했다.

마부를 돌려보낸 케이 일행은 평범한 여관을 잡아 여장을 풀었다. 달리 짐이라 할 만한 것도 없었지만 방을 잡은 후 일단 모두 깊은 잠에 빠져들었다. 한 달이 넘는 기간 동안의 마차 여행은 일행 모두에게 상당한 피로를 안겨주었기 때문이다.

그렇게 하루를 보내고 다음날 네 사람은 여관을 나서 시내를 둘러보았다. 예의 다른 도시에서 했던 것과 마찬가지로 구경과 탐색을 겸한 것이었다.

엘리아와 아데닌, 시아는 여전히 신기한 것들에 둘러싸인 관광객이었다. 케이는 그런 세 사람의 뒤를 조용히 따르고 있었다.

벨로의 시내를 걷다 보면 케이의 현상금이 적힌 수배지가 심심찮게 눈에 띄었다. 하지만 정작 케이를 눈여겨보는 사람은 없었다. 역용이 완벽하게 되었기에. 케이는 지금 완전히 다른 사람이었다.

그렇게 하루가 지나고 어둠이 찾아오자 케이는 시아와 함께 여관을 나섰다. 정보 길드를 찾아가는 것이었다.

정보 길드의 건물에 도착한 두 사람은 예의 같은 방법으로 암호로 적힌 방식으로 접선을 하고 정보를 얻을 수 있었다. 하지만 케이로서도 이번에 얻은 정보는 의외의 것이었다.

어느 정도 대비는 할 것이라 생각했지만 온 나라 안의 마갑기가 모두 몰려와 있다니. 그것도 벌써 3주째 그곳에 주둔하고 있다고 했다. 국경을 3주나 비워두고 모두 모르네이온에 모여 있었다는 뜻이다.

'흐음. 이거 잘된 것인지 곤란하게 된 것인지 알 수가 없군. 분명 그렇게 다 모여 있어준다면 두 번 할 것을 한 번에 해치울 수 있긴 한데… 힘들겠지?'

자신을 맞을 준비를 너무도 철저히 한 훈트 연합국을 생각하니 괜스레 한숨이 나왔다. 어느 정도 예상한 일이고 자신이 벌인 일이기는 했지만 이번에는 솔직히 조금 부담이 됐다.

"이번에는 나 혼자 간다."

"예에?"

디아스 이후에는 계속해서 케이 혼자 행동하기는 했다. 공장을 공격할 때는 시아가 따르기도 했지만 엘리아와 아데닌은 요양을 하느라 여관에서 쉬었었다. 하지만 이제는 다들 몸도 회복하고 어느 정도 제 몫을 할 수 있게 되었다고 생각하던 차에 케이가 혼자 가겠다고 한 것이다.

"너무 위험해, 이번 일은. 어느 정도 대비는 할 거라 생각했지만 아예 연합국은 자국의 국경도 비우고 날 맞을 준비를 했어. 물론 내가 시간을 끌면서 천천히 온 덕에 많이들 지쳐 있겠지만 그래도 막상 전투가 벌어지면 어떻게 될지 모르는 거니까."

"시아나 엘리아는 몰라도 저도 안 되는 거예요? 전 마갑기도 있잖아요."

살인은 싫지만 강한 자와의 대결은 자신에게 짜릿한 흥분을 주었기에 아데닌은 이번에는 어떻게든 꼭 따라가고 싶었다.

하지만 케이는 가만히 고개를 저었다.

"안 돼. 적의 수가 너무 많아. 게다가 그 크로이첵 공작까지 있고. 너희를 위해서 하는 말이다. 이번에는 잘못하면 죽을 수도 있어. 나 혼자 가면 그럴 염려는 없겠지만 말이다."

단호한 케이의 태도에 결국 아데닌도 포기했다. 순순히 포기할 그가 아니었지만 케이의 엄한 눈빛이 포기하게끔 했다.

사실 아데닌은 입으로만 알았다고 하고 자신도 몰래 모르네이온에 침입할 생각이었다. 하지만 곧 그 생각을 접고 얌전히 있었다. 자신은 모르네이온의 위치를 몰랐던 것이다.

일행 중 모르네이온의 정확한 위치를 아는 이는 케이 혼자였다. 정보 길드로부터 얻은 저장석을 케이는 직접 읽었기에 다른 이는 누구도 그 내용을 알지 못했다. 그렇다고 아데닌은 케이의 뒤를 미행할 자신도 없었다. 금세 발각된다는 것이 너무 뻔한 사실이었기에.

그렇게 아쉬움을 달래며 오늘은 얌전히 여관에 있어야 했다.

"그럼. 갔다 올게."

그 말을 남기고 케이는 세 사람의 앞에서 사라졌다. 마법을 사용한 것은 아니었다. 다만 신법을 사용한 빠른 움직임으로 순식간에 일행에게서 멀어진 것이다.

밤거리를 걷던 몇몇의 행인들은 갑작스러운 돌풍에 어리둥절해했지만 갑자기 왜 그런 돌풍이 불어왔는지는 알 수 없었다. 다만 다들 원래 바람이 그런 거지라는 얼굴로 가던 길을 재촉했다.

천풍신법을 극정으로 펼쳐 케이는 어렵지 않게 모르네이온의 성벽 아래에 도착할 수 있었다. 분명 경비는 엄했지만 케이에게 그 정도를 뚫고 지나가는 것은 쉬운 일이었다.

틈이 있는 곳은 틈을 지나쳤고 지나칠 틈이 없을 정도로 엄중한 곳은 지풍을 날려 경비들의 마혈과 아혈을 짚었다.

그들은 무언가 빠른 물체가 자신들의 곁을 지난다는 것을 느꼈지만 어떠한 행동도 할 수 없었다. 목소리도 나오지 않았고 몸도 움직이지 않았으니. 그렇게 성벽 아래에 도달한 케이는 아무런 고민도 하지 않고 성벽을 넘었다.

자신이 도착한 성벽이 경계가 가장 허술한 곳이라는 것은 이미 탐색을 마쳐 알고 있었다.

가볍게 성벽을 넘은 케이는 다시 천풍신법과 유수보법을 펼치며 모르네이온 건물로 다가갔다. 요소요소에 경비를 서고 있는 기사들을 피하며 케이는 그렇게 한 발 한 발 건물에 접근해 갔다.

이곳을 지키는 이들이 많았기에 케이는 일단 모르네이온 안에 들어간 후 카라벨라를 소환하기로 결정한 후였다. 그랬기에 조심스럽게 은밀히 빠른 움직임으로 모르네이온으로 다가가는 것이었다.

신출귀몰한 움직임으로 모르네이온의 건물 안으로 들어서는 것은 조심할 필요는 있었지만 크게 어렵지는 않았다.

전 연합국의 마갑기 병력을 모두 끌어 모았는데도 불구하고 케이는 너무 쉽게 통과해 모르네이온 안에 진입한 것이다.

"후우. 그럼 이제 요란하게 난리를 한번 피워볼까? 카라벨라."

케이의 부름에 카라벨라는 곧 아공간에서 자신의 몸을 드러냈다.

"마… 마갑기다!"

"카라벨라다!"

"케이다!"

"어… 어떻게 이곳에……."

갑작스레 등장한 카라벨라의 모습에 곧 모르네이온 안은 혼란에 빠져들었다. 그러나 경비들은 제 할 일은 했기에 곧 요란한 경보음이 모르네이온 주변으로 울려 퍼졌다.

"자, 그럼 사람들이 몰려오기 전에 정리를 시작해 볼까?"

케이는 카라벨라의 손에 들린 롱 소드를 빠르게 움직이기 시작했다. 롱 소드는 이미 오러 소드로 화해 영롱한 빛을 뿌리고 있었다.

"공… 공작님……."

"하자르, 설마?"

"네. 케이가 모르네이온 안에 나타났다 합니다."

"그럴 수가. 철통같이 지키고 있었는데… 어떻게 그 안으로……."

예상치 못한 전개에 크로이첵 공작은 망연자실한 얼굴을 했다. 하지만 공작답게 곧 회복했다.

"이러고 있을 때가 아니야. 어서 모르네이온으로 가야지. 다른 병력들도 다 모르네이온으로 집결하고 있겠지?"

"네."

하자르의 대답을 들은 크로이첵 공작은 전력으로 달렸다. 그러자 하자르는 채 그 반도 따라가지 못했다. 크로이첵 공작은 자신의 스승에게 배운 방법대로 두 다리에 마나를 실었다. 곧 몸이 가벼워지고 다리는 더욱 빠르게 움직였다. 마치 준마가 전력으로 달리는 듯한 속도로 크로이첵 공작은 모르네이온을 향해 달렸다.

그가 모르네이온 안에 들어섰을 때는 이미 시설의 절반 정도가 파괴된 후였다. 미리 그곳에 도착한 마갑기들은 이미 전멸한 상태였다. 과연 영상으로 본 대로 대단한 실력이었다. 하지만 그 실력에 감탄할 여유 따위는 없었다.

"포르네우스(Forneus)."

공작은 재빨리 자신의 마갑기를 소환해 탑승을 마쳤다.

"새로운 녀석인가?"

마갑기들을 처리한 후 한창 마갑기 생산 시설을 파괴하던 케이는 또다른 공간 왜곡을 느끼고는 그곳으로 시선을 돌렸다. 케이의 시선이 닿은 곳에는 당당한 모습의 마갑기 한 기가 서 있었다.

"분명… 포르네우스라고 했던가? 그렇다면 크로이첵 공작이겠군."

자신이 받은 저장석에 들어 있던 정보에는 크로이첵 공작의 마갑기의 모습도 들어 있었다. 훈트 연합국에 단 한 기 있는 마갑기 포르네우스. 크로이첵 공작의 전용기였다.

"반갑소, 크로이첵 공작."

상대가 크로이첵 공작이란 것을 알자 케이는 행동을 멈추고 포르네우스를 마주 보았다.

"훗. 자네가 케이인가?"

"그렇소이다."

"대단하군. 아주 제대로 난리를 쳤어. 대체 왜 자네는 이렇게 이유 없이 마갑기와 생산 공장을 파괴하는 것이지?"

"균형을 지키기 위해서."

"균형?"

의외의 대답에 의아한 듯 크로이첵 공작이 물었다.

"그렇소. 균형이오."

"자네는 지금 이 대륙의 균형이 무너졌다 생각하는가? 내가 보기에는 균형을 무너뜨리는 것은 자네인 것 같은데?"

현재 대륙을 혼란으로 몰아넣고 있는 태풍의 눈은 누가 뭐라 해도 케이였다. 그런 그가 균형 운운하다니 솔직히 크로이첵 공작은 어이가 없었다.

"이 혼란은 균형을 맞추는 과정의 진통일 뿐이오."

"도통 이해할 수가 없군. 균형이 맞춰져 있던 대륙의 혼란에 빠뜨리는 것이 균형을 맞추는 진통이라니."

"물론 인간들의 입장에서는 지금까지의 대륙은 지극히 평화로운, 균형이 맞춰진 상태일 수도 있소."

케이의 말에 크로이첵 공작은 고개를 끄덕였다.

"하지만 그건 어디까지나 힘을 가진 인간들의 관점에 불과하지. 인간들이 마갑기라는 힘을 가짐으로 해서 오히려 세계의 균형은 조금씩 무너졌어. 다양한 종족들과 생물들이 균형을 가지고 공존해 가야 할 땅에서 오직 인간들만의 땅으로 변해 갔으니까."

설명을 하는 케이의 말투는 어느새 반말로 바뀌어 있었다.

"하지만 그것은 당연하다면 당연한 일 아닌가? 약육강식은 자연의 섭리일세."

상대의 말투가 바뀌었다는 것을 알았지만 크로이첵 공작은 개의치 않았다.

"약육강식은 자연의 섭리라는 말에는 동의하지. 하지만 말이야. 마갑기는 섭리에서 벗어난 힘이야."

"하지만 자네도 인간 아닌가? 어찌 인간이 인간의 힘을 섭리에서 벗어났다고 할 수 있지? 또 어째서 인간인 자네가 그 균형을 맞추겠다고 나서는 것이고?"

"뭐, 그것까지 친절하게 다 대답해 줄 필요는 없을 것 같군. 하지만 한 가지만 말해 주지. 인간이 섭리를 벗어난 힘을 가지게 된 데에는 나의 책임도 있기에 내가 균형을 맞추겠다고 날뛰는 거야."

이해할 수 없는 케이의 말에 크로이첵 공작은 눈살을 찌푸렸다.

"뭐, 지금 우리가 이런 대화를 나눌 때는 아니라고 보는데?"

"그 말이 맞군."

케이의 말에 크로이첵 공작은 아공간에서 포르네우스의 검과 방패를 소환했다.

양손에 각각 검과 방패의 감촉이 느껴지자 크로이첵 공작은 곧 전투 태세를 취했다.

"좋은 자세."

케이는 정말로 순수하게 상대의 자세에 감탄했다. 분명 상대는 그랜 드 소드 마스터다운 실력을 지니고 있었다.

케이 역시 자세를 바로잡고 포르네우스를 바라보았다. 카라벨라의 검은 곧 오러 소드로 화했다. 그 모습을 지켜본 크로이첵 공작도 검에 마나를 불어넣었다. 곧 포르네우스의 검은 오러 블레이드로 덮였다.

"대단하군. 마갑기를 타고도 오러 블레이드를 사용할 수 있는 인간 이 또 있었다니."

"오러 소드를 사용하는 자가 그런 말을 하다니 조금은 우습다는 생 각이 들지 않는가?"

케이의 말을 들은 크로이첵 공작은 자조적인 목소리로 말했다. 오러 소드를 사용하는 마갑기. 영상으로 보는 것과 실제로 이렇게 마주하는 것은 하늘과 땅 차이였다. 뿜어져 나오는 이 엄청난 기세란.

"선수는 양보하지."

"기꺼이."

케이의 양보를 크로이첵 공작은 순순히 받아들였다. 지금은 체면을 차릴 때가 아니라는 것을 그는 명확히 인지하고 있었다.

"타핫!"

우렁찬 기합 소리와 함께 포르네우스의 검이 사선 방향으로 베어져 들어왔다. 케이는 카라벨라의 검을 살짝 흔들어 상대의 검을 흘려냈 다. 그리고 곧장 앞으로 뻗는 카라벨라의 다리.

크로이첵 공작은 상대의 갑작스러운 발길질을 맞으면서도 침착하게 포르네우스의 몸을 살짝 비틀었다. 그러자 카라벨라의 발길질은 애꿎은 허공으로 지나갔다.

그 틈에 크로이첵 공작은 포르네우스의 방패로 카라벨라를 후려쳤다. 케이는 카라벨라의 어깨로 방패 공격을 막았다. 하지만 둔중한 충격이 전해져 오는 것은 어쩔 수 없었다.

"제법인걸?"

방패 공격을 막은 후 재빨리 서너 걸음 뒤로 물러선 케이가 웃으며 중얼거렸다.

"뭘, 이 정도로."

이야기를 하는 와중에도 크로이첵 공작은 거리를 주지 않고 포르네우스를 바짝 붙여왔다. 승기를 잡았을 때 상대를 몰아쳐 가는 것이었다. 포르네우스의 검이 종횡으로 쏟아져 들어왔다.

케이는 침착하게 카라벨라의 검을 움직여 포르네우스의 검을 막았다.

현란한 오러의 광채가 거대한 두 개의 검에서 주위로 흩뿌려졌다. 뒤늦게 그곳에 도착한 기사들은 자신의 마갑기를 불러내지도 못한 채 넋이 나가 그 광경을 지켜보고 있었다.

"수(水)."

혼원검법의 일초가 카라벨라의 검에서 펼쳐졌다. 물이 흘러가는 듯한 부드럽고도 유려한 움직임. 상대의 공격에 맞부딪치지 않고 부드럽게 순응해 타 넘어가는 그 움직임은 그야말로 물의 흐름 그 자체였다.

크로이첵 공작은 상대의 검의 움직임에 순순하게 감탄했다. 마치 도

도히 흐르는 강물을 보는 듯한 착각마저 일으켰다.

하지만 감탄은 감탄이고 전투는 전투였다. 멍하니 상대의 검에 맞아 줄 수는 없는 노릇이었다. 크로이첵 공작은 곧 스승에게서 배운 대로 다리를 움직였고 포르네우스는 곧 신묘한 움직임을 보이며 카라벨라의 간격 밖으로 빠져나갔다.

"응? 저건?"

포르네우스가 보인 움직임은 분명 보법의 방위를 밟는 것이었다. 어떤 보법인지는 알 수 없었지만 분명 보법을 펼치고 있었다.

"재미있군."

보법을 사용할 수 있는 자는 현재 류블라드에서 단 넷이었다. 자신과 퓨어, 그리고 아데닌과 엘리아. 그런데 전혀 의외의 인물이 보법을 사용하는 모습을 본 것이다. 흥미가 동했다.

"타핫. 풍(風)."

카라벨라의 검이 자유롭게 움직이기 시작했다. 어디에서 시작하여 어디로 갈지 예측할 수 없는 움직임이었다. 검이 춤을 추는 듯이 보이기도 했다. 하지만 크로이첵 공작은 바람이 자신을 향해 휘몰아쳐 온다고 느꼈다.

"쳇. 엄청난 검술이야. 소드 댄싱(Sword Dancing)!"

크로이첵 공작은 다리를 바삐 놀리면서 스승에게 배운 대로 검을 떨쳐 냈다. 포르네우스의 검이 수십 개의 잔상을 만들어내며 춤을 추기 시작했다.

바람이 불듯 몰아쳐 오는 카라벨라의 검을 하나하나 쳐냈다. 오러와 오러가 맞부딪치자 현란한 빛이 사방으로 튀었다.

그렇게 맞부딪치는 검은 그것을 지켜보는 사람들을 황홀지경으로 이끌고 들어갔다.

"이번에는 검초까지 구사한단 말이지. 점점 더 호기심이 이는걸?"

소드 댄싱이라 외치며 보여준 포르네우스의 검의 움직임. 그것은 부정할 수 없는 검초였다. 보법에 이어 검법이라니 어떻게 이런 일이 일어날 수 있는 것인지 케이는 알 수 없었다.

"뭐, 일단 제압부터 해야 하겠지? 화(火)."

케이는 한창 크로이첵 공작을 몰아쳐 가는 와중이었기에 방어 초식인 삼초 목(木)을 건너뛰고 바로 사초를 펼쳤다.

강렬한 불꽃과도 같은 초식. 초식 자체가 화기를 머금고 있기도 하지만 현란한 검의 움직임은 불꽃을 보는 듯한 착각을 일으키게 했다.

"이번에는 불길인가? 정말 대단하군."

케이의 검을 맞으면서 크로이첵 공작은 순수하게 감탄했다. 그의 스승도 이런 경지의 검법은 그에게 보여주지 못했기에.

"소드 라이덴(Sword Raiden)."

포르네우스의 검은 빛살같이 빠르게 움직였다. 그 빠른 검은 불꽃으로 화해 덮쳐 오는 카라벨라의 검로를 정확히 끊어냈다.

의외의 상황에 케이는 조금 놀랐다. 설마 자신의 검로가 차단당할 줄은 생각지도 못했기 때문이다.

"점점 더 놀라게 해주는군."

케이의 입에는 즐거운 미소가 드리웠지만 크로이첵 공작은 반대였다. 상대가 몰아쳐 오는 공격을 막기에 급급할 뿐 제대로 된 반격조차 못하고 있었기 때문이다.

조금 전도 겨우 상대 공격의 맥을 끊었을 뿐이다. 어떻게 반격을 할 틈 따위는 없었다.

이미 스승에게 배운 두 가지 검법은 모두 사용한 터였다. 즉, 밑천이 바닥났다는 것이다. 순수한 감탄을 하며 상대를 맞이했지만 이것은 대련이 아니다. 목숨을 걸고 하는 전투인 것이다.

"그럼 이것도 막을 수 있으려나? 금(金)."

크로이첵 공작은 자신을 향해 다가오는 검을 보자 눈앞이 깜깜해졌다. 이번 공격은 아무런 변화가 없었다. 그저 우직하게 곧장 찔러 들어올 뿐이었다. 하지만 도무지 막을 방법이 떠오르지 않았다.

단순했으나 엄청난 위력을 담고 있는 검. 강맹한 기운을 사방으로 뿜어내는 검의 기세에 크로이첵 공작은 잠시 당황했다. 하지만 그것도 잠시. 부딪쳐 갈 수밖에 없다는 것을 깨달았기에 방패를 쥔 손에 힘이 들어갔다.

어떻게든 막아야 했다. 흘려낼 수 있는 성질의 공격이 아니었기에 크로이첵 공작은 검에 주입하던 마나를 방패로 돌렸다. 그러자 방패 위에 영롱한 빛이 피어나며 오러가 방패를 덮었다.

누구도 본 적도 들은 적도 없는 광경이었기에 지켜보던 사람의 입에서는 찬탄이 터져 나왔다. 하지만 지금 크로이첵 공작의 귀에는 그런 찬탄은 들리지 않았다.

'방패로 오러를 형성한다라. 생각도 못했던 방법이군.'

상대의 임기응변에는 케이 역시 감탄했다. 하지만 감탄은 감탄이고 공격은 공격. 케이의 검에는 조금의 인정도 담겨 있지 않았다.

쾅!

오러를 머금은 포르네우스의 방패와 금의 초식으로 뻗어가던 카라벨라의 검이 충돌하자 요란한 폭음이 터져 나왔다. 거대한 격돌로 인한 충격파는 사방을 휩쓸고 지나갔다. 거대한 후폭풍에 지켜보고 있던 기사들은 몸을 가누기 위해 온 힘을 다했다.

그리고 드러난 모습.

포르네우스는 방패를 들고 있던 왼팔이 완전히 날아갔다. 카라벨라의 공격에 실린 위력을 이겨내지 못한 것이다. 그나마 오러를 머금은 방패로 막았기에 팔 하나로 끝난 것이었다. 그렇지 않았다면 마갑기 자체가 박살났으리라.

"저… 저럴 수가……."

하자르는 눈앞에 드러난 광경을 믿을 수 없었다.

방패를 든 한 팔을 잃었다는 것은 크로이첵 공작이 패했다는 것이다. 한쪽 팔만 있는 마갑기로 저런 무지막지한 적을 상대할 수 있을 리 없었다.

하자르의 신앙이 그의 눈앞에서 꺾인 것이다.

하지만 그렇게 망연자실한 채로 있을 수 없었다. 적은 아직 눈앞에 있었다.

"모두 마갑기를 소환해라! 공작님을 도와야 한다!"

하자르의 외침에 정신을 차린 기사들은 저마다 각자의 마갑기를 소환해 탑승했다. 순식간에 모르네이온의 내부는 마갑기로 가득 찼다.

한정된 건물 안이었기에 어느 수 이상의 마갑기를 수용할 수 없었다. 때문에 그 자리에 모인 기사들 모두가 자신의 마갑기를 소환할 수 없었다. 서로의 움직임을 제약하지 않는 한계 수에 이르자 기사들은 마갑기의 소환을 중단했다.

가장 선두에 선 이는 하자르였다.

"공작님, 뒤로 피하십시오."

하자르의 눈에는 결연한 의지가 떠올라 있었다.

"하자르……."

공작은 그런 부관을 안타까운 눈으로 바라보았다. 과연 저 마갑기를 막을 수 있을 것인가.

"후우. 또 귀찮아지겠군. 한창 재미있었는데 말이야."

자신의 앞을 가득 메운 마갑기들을 보는 케이의 눈에는 귀찮음이 역력했다. 저것들 모두를 처리해야 하긴 했지만 자신을 향해 죽어라 공격해 오는 녀석들을 상대하는 것은 분명 귀찮은 일이었다. 지금껏 가만히 있는 마갑기를 헬 파이어로 태우는 방법으로 폐기해 왔기에 더욱 그런 것인지도 몰랐다.

"어쨌든 빨리 정리해야지."

케이는 말을 마침과 동시에 유수보법의 방위를 밟아 부드럽게 마갑기들의 가운데로 들어갔다.

그런 카라벨라의 행동에 기사들은 어이가 없었다. 보통은 포위를 벗어나려 하는 것인데, 저놈은 스스로 포위 속을 뛰어들었으니 말이다.

"풍."

짤막한 말과 함께 카라벨라의 검이 춤을 췄다. 사방으로 바람같이 자유롭게 움직였다. 바람이 사방으로 불어나갔다. 그에 따라 카라벨라를 포위하고 있던 마갑기들이 차례차례 쓰러져 갔다. 한가운데에서 사방으로 뿜어내는 폭풍과도 같은 검.

기사들은 카라벨라를 포위한 것이 아니라 카라벨라에게 포위당한 꼴이었다.

그 자리에 모여든 마갑기들을 모조리 처리하는 데는 불과 5분도 걸리지 않았다. 하자르는 그런 광경을 넋 나간 얼굴로 지켜보았다.

강해도 이건 너무 강했다. 대체 어떻게 이런 존재가 있을 수 있단 말인가.

케이가 가급적 살인을 자제했기에 전투 불능이 된 마갑기에서 기사들은 서둘러 몸을 뺐다. 그리고 안전한 곳으로 재빨리 피했다. 마갑기들이 싸우는 곳에 있다가는 언제 죽을지 몰랐기에.

케이가 한 번에 마갑기들을 쓸어버렸으나 또 다른 기사들이 마갑기를 소환해 달려들었다.

그런 지루한 싸움이 계속되었다.

베어 넘겨도 베어 넘겨도 마갑기는 계속 쏟아져 나왔다. 이윽고 마갑기의 잔해들 때문에 움직임에 제약이 생기는 일까지 발생했다.

크로이첵 공작은 포르네우스에서 그런 광경을 가만히 지켜보고 있었다.

자국의 기사들이 자랑스러웠고, 그만큼 상대의 능력이 경악스러웠다. 대체 케이라는 자의 한계는 어디란 말인가? 그는 지치지도 않는 것인지 쉬지 않고 마갑기들을 베어 넘겼다. 그때,

"헬 파이어!"

"블리자드 스톰!"

"플루드 스톰!"

8서클의 마법 세 개가 동시에 카라벨라를 향해 날아들었다. 아무리

마갑기라 할지라도 8서클의 마법에는 견딜 수 없었다. 지금까지 케이가 헬 파이어로 무수한 마갑기를 폐기시킨 것이 그 좋은 예이다. 그런데 한꺼번에 세 개의 8서클 마법이라니.

케이는 사방에서 달려드는 마갑기들을 상대하느라 미처 세 개의 마법을 막지 못하고 고스란히 격중되고 말았다.

"이야~!"

그 모습을 지켜본 기사들은 함성을 질렀다.

칼라에서 온 고위급 마법사 세 명이 대활약을 펼친 것이다.

카라벨라의 몸 한쪽이 불타기 시작했고, 다른 한쪽은 얼어붙었다. 그리고 그 위로 세찬 불줄기가 마갑기의 장갑을 우그러뜨리며 쏟아지고 있었다.

"젠장. 방심했군. 설마 마법사들도 있었을 줄이야."

케이가 이렇게 무력하게 마법에 격중된 데에는 마법사들이 있을 거란 생각을 못한 탓도 컸다. 마법 공격에 대한 대비를 전혀 하지 않았기에 갑작스런 공격에 고스란히 당한 것이다.

"디스펠."

케이의 주문과 함께 세 종류의 마법은 모두 흔적도 없이 소멸했다. 그 광경에 가장 놀란 이들은 마법사들이었다. 가지고 있는 마나란 마나는 모두 쥐어짜 탈진 직전에 이르면서 쓴 마법이었다. 그런데 그 세 개의 8서클 마법을 저리도 쉽게 디스펠시켜 버리니. 대체 상대는 어떤 괴물이란 말인가.

검으로는 크로이첵 공작을 제압할 정도의 실력이었는데 거기에 마법까지.

그 자리에 있던 기사들은 물론 크로이첵 공작마저도 아무런 말을 못 했다.

카라벨라의 몸에 격중된 마법을 디스펠시키기는 했지만 그래도 격중된 상태였다. 짧은 시간이었지만 세 가지 마법은 카라벨라의 몸체에 상당한 데미지를 입혔다.

"이거 아무래도 계속 움직이는 것은 힘들겠는데. 그렇지, 라이네?"

―움직이는 것은 가능하지만 그럴 경우 상당한 파손이 예상된다.

"역시. 그나저나 어떻게 하지. 수리할 수도 없는데. 다이알타에게 다시 맡기기도 미안하고. 그렇다고 그동안 든 정도 있는데 폐기하기도 그러니… 뭐, 그건 일단 이 싸움이 끝난 다음에 생각하도록 할까?"

결정을 내린 케이는 흉갑을 열었다.

"라이네, 일단 아공간으로 돌아가 있어."

그리고는 흉갑 밖으로 몸을 날렸다. 케이가 내리고 나자 카라벨라는 아공간 속으로 사라졌다.

케이가 혈혈단신으로 모습을 드러내자 기사들의 얼굴에는 화색이 돌았다.

이제 상대에게는 마갑기가 없다. 마갑기가 없는 인간이 마갑기를 상대할 수 없다. 그런 생각이 그들에게 자신감을 심어주었다.

"적은 마갑기를 잃었다! 모두 공격하라!"

누구의 외침이었을까? 그 외침과 함께 수많은 마갑기가 케이를 향해 달려들었다.

"후우. 아무튼 무식하면 용감하지."

그 모습에 케이는 나직이 한숨을 쉰 후 파르티잔을 뽑아 들었다.

"월영멸천(月影滅天)!"

속전속결을 원했기에 케이는 단 한 번도 펼친 적이 없었던 월영창법의 최후 초식을 펼쳤다.

케이의 파르티잔은 현란한 움직임을 보였다. 현란한 가운데 파르티잔에서 창강이 주위로 뻗어 나오기 시작했다. 곧이어 완연히 전개되는 초식!

천지사방을 빈틈없이 뒤덮어 버리는 창영!

그리고 뻗어나가는 수많은 강기들!

그야말로 월영멸천은 그 주위를 휩쓸었다.

초토화!

그야말로 주변의 모든 마갑기를 초토화시켰다.

월영멸천의 공격권 내에 든 마갑기 중 제 형태를 유지하고 있는 것은 없었다. 또한 살아 있는 사람도 없었다. 단 한 초식에 30여 기의 마갑기가 박살이 났다.

공격권 밖에 있었기에 그 장면들을 똑똑히 목격할 수 있었던 크로이첵 공작은 아무런 말을 할 수가 없었다.

마갑기에 탄 것도 아닌 일개 개인이 이런 위력을 발휘할 수 있다니. 믿을 수 없었다.

오히려 마갑기를 타고 싸울 때의 모습은 상대를 봐준 것이나 다름없었다.

'과연 인간이라 할 수 있는 모습인가? 혹 스승님이 말씀하셨던 선인(仙人)이란 분의 경지가 저런 정도일까?'

크로이첵 공작은 불현듯 스승에게서 들었던 말을 떠올렸다. 하지만 곧 머리를 흔들어 그 생각을 지웠다. 지금은 그런 생각을 할 때가 아닌 것이다.

주변은 고요했다.

케이가 보여준 한 수에 모두 벙어리가 되어버린 것이다. 어찌 저것이 인간이라 할 수 있겠는가. 인간 이외의 존재만이 가능할 것이다. 그저 멍하니 있을 뿐. 그러던 중 누군가가 주춤주춤 뒤로 물러서기 시작했다.

그것이 시작이었다. 그를 따라 모두 뒤로 물러섰다.

"우아아아악! 괴물이다! 괴물!"

누굴까? 누군가가 비명을 지르며 뒤로 죽어라 달리며 달아났다. 그것이 도화선이었다. 곧 그 자리에 모여 있던 모든 사람들이 죽어라 달아났다. 탈진해 쓰러져 있던 마법사들 역시 예외는 아니었다. 텔레포트를 펼칠 기력도 없었기에 살기 위해 달렸다.

결국 그 자리에 남아 있는 것은 크로이첵 공작과 케이 단둘이었다.

"당신은 안 가는 건가?"

"가봐야 다시 날 찾을 것 아닌가? 포르네우스가 있는 한 말이야."

크로이첵 공작의 대답에 케이는 피식 웃었다.

"훗. 잘 아는군. 어떻게 할 텐가? 그곳에서 죽을 텐가? 아니면 그냥 곱게 아래로 내려올 텐가?"

케이의 말이 끝나자 포르네우스의 흉갑이 열렸다. 그리고 포르네우스가 한쪽 무릎을 꿇자 크로이첵 공작은 가볍게 땅으로 뛰어내렸다. 그가 내렸음에도 불구하고 포르네우스는 그 자리에 그대로 있었다. 크로이첵 공작은 포르네우스를 포기한 것이다.

"현명하군."

크로이첵 공작의 행동이 무엇을 의미하는지 알고 있는 케이는 파르티잔을 가볍게 던졌다.

가볍게 던진 파르티잔이었지만 곧 강기로 뒤덮여 포르네우스를 향해 날아갔다. 그리고 의지를 가진 듯 포르네우스를 산산조각 내고는 케이에게로 돌아왔다.

"정말 볼수록 대단하군. 자네 인간 맞는가?"

"마음대로 생각하도록."

"허어."

"그것보다는 나는 당신에게 묘한 흥미가 생기는데 말이야."

케이의 말에 크로이첵 공작은 가만히 그를 바라보았다. 대체 저 괴물 같은 자가 왜 자신에게 관심을 가지는 것일까?

"당신, 사용한 그 걸음과 검법. 가문에서 내려오는 것이 아니지? 누군가 다른 사람에게서 배운 것이지?"

"왜 그렇게 생각하나?"

"난 크로이첵 가의 검법을 알고 있거든. 뛰어나긴 하지만 당신이 보여준 것 정도는 아니야."

케이는 잠들기 전 바볼랏들과 여행을 하면서 무아브에 들린 적이 있었고, 그때 당시 후작가였던 크로이첵 가문의 검술을 겪은 적이 이었다. 그랬기에 그렇게 확신을 한 것이다.

"크로이첵 가에는 그렇게 현묘한 걸음걸이, 아니, 보법이라 해야하나? 보법도 없을뿐더러 소드 댄싱이나 소드 라이덴 같은 기술도 없었어."

케이의 단정적인 말투에 크로이첵 공작은 웃었다.

"후후. 자네 말이 맞네. 우연히 인연이 닿아 익히게 된 것들이지. 그런데 왜 그것에 관심을 가지는 건가?"

"그와 같은 수법은 내가 아는 한 이 대륙에서 단 넷만 사용할 수 있으니까. 아니, 검이라고 한정 지으면 단둘이야. 그런데 당신은 그 둘에게서 배웠을 리가 없거든. 그래서 흥미가 생긴다는 거지."

케이의 말에 크로이첵 공작도 흥미를 보였다.

"호오. 그 둘이란 누구지?"

"나와 퓨어."

단호한 케이의 말에 크로이첵 공작은 조금 놀란 듯했다.

"그런가?"

"그래. 솔직히 당신은 아직 젊은 나이인데 벌서 그랜드 소드 마스터의 경지에 올랐다기에 조금 놀랐었어. 하지만 상대해 보니 충분히 그럴 만해. 당신은 그만한 가치가 있는 것들을 배웠으니까. 당연히 마나를 쌓는 호흡법도 배웠겠지?"

케이의 말을 들은 크로이첵 공작의 눈에 작은 놀람이 떠올랐다.

"대단하군. 그것까지 알고 있다니. 어떻게 알았지?"

"나 역시 사용하니까. 당신이 사용한 수법들, 나의 그것과 상당히 비슷한 면이 많거든. 이 세계에서 그 수법을 알 만한 사람들은 없을 텐데, 당신은 그걸 사용했어. 그러니 흥미가 동할 수밖에."

"내가 대답하지 않겠다면 어떻게 할 건가?"

"별수없지. 하지만 당신과 이야기를 나누는 동안 궁금증은 더욱 커져 버렸어. 당신의 입을 열게 하는 것 정도는 어려운 일이 아니야."

케이의 대답에 크로이첵 공작은 어깨를 으쓱했다.

"굉장히 믿음이 가는 말이야. 나도 괜히 사서 고통을 받기는 싫고 말이지. 좋아, 이야기해 주지."

그 말을 듣는 순간 케이의 눈이 빛났다.

"그러니까 내가 열여섯일 땐가? 어린 나이의 호기에 나는 집을 뛰쳐나가 여행을 했던 적이 있었네. 알에서 배를 타고 바다를 건너가서 후디스 제국을 여행했지. 그리곤 미도스 왕국으로 건너가기 위해서 드래곤의 숨결 산으로 들어갔어. 그러다가 길을 잃고 헤매게 되었지. 그 산은 상당히 위험한 곳이지. 사나운 몬스터가 수두룩하거든. 그때 어린 나이였지만 크로이첵 공작가의 후계자로서 나름대로 나의 검술에 자신을 가지고 있었는데 역부족이었어. 식량은 떨어지고 체력은 바닥나고 거의 정신을 잃기 직전이었지. 그때 트윈 헤드 오우거를 만났지."

크로이첵 공작은 다시 열여섯의 그때로 돌아간 듯 두 눈을 감고 조용한 목소리로 천천히 이야기를 했다. 케이는 두 눈을 빛내며 그의 이야기를 듣고 있었다.

"그 순간 난 아, 나는 여기까지구나 하고 삶을 포기했었다네. 그런데 그때였지, 나에게 구원의 손길이 미친 것은. 검정 머리에 검은 눈동자를 가진 이가 나타나더니 단번에 트윈 헤드 오우거를 쓰러뜨렸다네. 아름다웠어, 그의 검의 움직임은. 그때 나는 살았다는 안도감보다도 아름다운 검술에 대한 감동이 더욱 컸다네. 우습지 않나?"

크로이첵 공작의 물음에 케이는 가볍게 고개를 저었다.

"그리고 그때 결심을 했지. 그 사람에게서 검술을 배우겠다고. 나는 무릎을 꿇고 빌고 또 빌었다네. 나를 제자로 받아달라고 말이야. 그러니까 그 사람은 상당히 난감해하더군. 내가 죽을 듯한 기세로 나오자 마지못해 제자로 받아주었어. 일단 나를 제자로 삼자 그 사람, 아니, 스승님은 나를 자신의 일족이 사는 마을로 데리고 가셨어. 드래곤의 숨결 산 깊숙한 곳이었지. 그때 난 이미 탈진한 상태였기에 스승님의 등에 업혀 순식간에 산속 깊은 곳 어딘가로 갔다네. 덕분에 그곳의 위치는 아직도 몰라. 그래서 세상에 나온 후 단 한 번도 스승님을 뵙지 못했지. 정말 안타까운 일이야."

케이는 점점 더 크로이첵 공작의 이야기에 빠져들었다.

"아무튼 그렇게 거대한 마을에 도착했지. 노인들의 머리가 하얗게 센 것을 빼면 모두 검은 머리에 검은 눈동자를 가지고 있었어. 자신들을 호안 일족이라 부르더군. 그곳에서 난 자네가 말한 것들을 배울 수 있었네. 호안 일족들만의 무술이라 하더군. 그들은 마나와 함께 살고 자연 속에서 깨달음을 추구하는 사람들이었네. 그리고 깨달음을 얻은 자를 선인이라 불렀지. 그곳에서 어느 정도 성취를 이루자 스승님이 나를 드래곤의 숨결 산 밖으로 데려다 주셨네. 내가 자고 있는 동안 말이지. 그래서 난 아직도 그곳이 어디인지를 몰라. 내가 가진 유일한 한(恨)이라면 한이야. 이게 전부야. 그래, 궁금증은 모두 풀렸는가?"

"고맙군. 덕분에 궁금한 것을 모두 알 수 있었어. 살고 싶으면 이곳에서 가능한 멀리 벗어나도록 해. 잠시 후 이곳은 지옥의 불길이 집어삼킬 테니까."

"이곳을 파괴한 후 어떻게 할 건가? 아까 도망친 자들 중 마갑기를 가진 자들을 쫓을 것인가?"

케이는 별다른 대답을 않고 그저 고개를 끄덕였다. 케이의 분명한 의사를 접하자 크로이첵 공작은 처연하게 웃고는 몸을 돌렸다.

"그래. 이것도 신의 뜻이라면 신의 뜻인 것이겠지……."

나직한 목소리만을 남긴 채 크로이첵 공작은 곧 모르네이온에서 모습을 감췄다. 크로이첵 공작이 모르네이온의 영역에서 완전히 벗어난 것을 확인한 케이의 입술이 움직였다.

"오브젝트 리미티드. 헬 파이어 월."

듀로나베르를 완전히 소멸시키다시피 한 마법이 다시 한 번 펼쳐졌다. 내부의 시설을 모두 파괴하지는 못했지만 어차피 헬 파이어의 불꽃에 모두 녹아 없어질 것이기에 케이는 그것을 끝으로 모르네이온을 떠났다.

"그런데… 호안 족이라……."

모르네이온을 떠나는 케이의 머리 속 추억을 끄집어내는 말이었다. 언젠가 한 번 들었던 종족.

분명 바볼랏에게서 들었을 것이다. 니아 인에 대한 이야기를 들을 때.

대륙에서 가장 용맹한 일족이며 검과 활에 능한 검은 머리에 검은 눈동자를 가진 노란 피부의 일족.

"언제 한번 찾아가 봐야겠군. 이 일이 끝난 후에 말이지."

그렇게 결정을 내린 케이는 빠르게 움직였다. 도망간 자들을 추적하여 나머지 마갑기를 모조리 폐기하기 위해서.

그날 훈트 연합국은 대륙에서 네 번째로 마갑기를 모두 잃은 나라가 되었다.

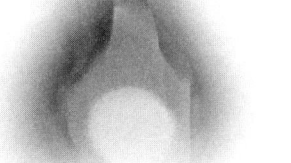

2   초   35   식

의외의 만남은…

의외의 만남은…

시원한 바닷바람이 귓가를 간질이고 지나갔다. 배의 난간에 기대어 바다를 바라보는 엘리아의 표정은 넓은 바다를 보고 있음에도 불구하고 별다르지는 않았다.

이미 바다라면 셀레베스 만을 건널 때 지독하게 겪어서였을까?

"호오. 완전히 배에 적응한 모양이네? 멀미를 안 하는 걸 보니?"

어느새 곁에 다가온 케이가 웃으며 말했다.

"뭐, 겨우 배를 가지고 그래요."

"겨우?"

엘리아의 말꼬리를 잡고 늘어져 보았지만 엘리아는 처음 대답할 때와 마찬가지로 방긋 웃고 있을 뿐이었다.

'참 얼굴 가죽이 두껍다고 해야 하나?'

엘리아와 아데닌, 그리고 시아가 지독한 멀미를 하는 바람에 고생했던 기억이 새록새록 떠오른 케이는 자신을 보며 웃음 짓고 있는 엘리아가 그렇게 가증스러울 수가 없었다.

"그나저나 아데닌은 여전히 수련 중인가요?"

"그래. 신나서 시키지도 않았는데 혼자서 열심히 하던걸."

셀레베스만을 건널 때 했던 수련을 아데닌은 배를 타자마자 혼자서 시작했다. 그때 못다 한 것을 완벽히 끝내겠다고 큰소리를 치면서.

현재 케이 일행은 그린젬 대륙으로 건너가는 중이었다.

케이가 훈트 연합국의 마갑기를 모두 처리했기에 블루덴 대륙에 마갑기 제조 공장은 이제 네 개 국에 남아 있을 뿐이었다. 미도스 왕국은 대륙의 끝 부분에서 후디스 제국과 국경이 닿아 있는 상태고, 헤이트론 성국은 후디스 제국의 한가운데 섬처럼 존재하고 있었다. 마케인 제국은 후디스 제국과 팽팽히 국경을 맞대고 있었고.

이 상황에서 전쟁이 일어날 위험은 없었기에 일단 그린젬 대륙으로 건너가기로 한 것이다. 사실 홍수가 케이로 밝혀지면서 대륙에서 전쟁이 일어날 위험은 사라진 것이나 다름없었다. 다들 케이를 잡아서 제거하려고 혈안이 되었기에.

언제 자신의 나라로 쳐들어와 마갑기를 파괴할지 알 수 없는 노릇이었기 때문이다.

모르간 국에서 바로 옆의 베론 국으로 이동해 그곳의 항구에서 케이 일행은 그린젬 대륙의 로컬트 왕국으로 가는 배에 몸을 실었다. 출발한 지 3일이 지난 오늘까지 항해는 순조로웠다.

그린젬 대륙은 블루덴 대륙에 비하면 그 크기가 작았다. 대륙이라기보다는 섬이라고 부르는 것이 더 나을 정도의 크기였다.

그린젬 대륙의 총 면적은 마다가스 반도보다 조금 큰 정도였다. 즉, 후디스 제국이나 마케인 제국의 영토보다도 작은 크기였다. 그 정도 크기의 땅에 모두 세 개의 왕국이 있었다.

현재 케이 일행이 향하고 있는 로컬트 왕국과 이스 왕국, 에덴 왕국 이렇게 셋이었다. 그리고 그린젬 대륙의 서쪽에 니아 섬이라는 제법 커다란 섬이 있는데, 그 섬은 자체로 니아 왕국이라는 하나의 왕국을 이루고 있었다. 니아는 사람들의 피부가 검다는 것과 사람들이 용맹하다는 것으로 류블라드에 유명한 곳이다.

후디스 제국의 최고 권력가라는 히스티딘 가도 니아 출신이었다. 히스티딘 가의 조상을 거슬러 올라가면 니아의 궁정 마법사 출신이었던 인물이 블루덴 대륙으로 건너온 것이다. 때문에 히스티딘 공작가의 인물들은 얼굴이 검은 편이었다. 많은 세월이 흘러 그 정도가 덜해졌다고는 하지만 현 히스티딘 공작인 코르다 역시 피부가 짙은 갈색이었다.

혹자들은 니아 섬을 그린젬 대륙에 포함시키기도 했다.

"시아는 뭘 하지?"

"그냥 선실에서 자요."

바람에 세차게 날리는 머리카락을 정리하며 엘리아가 대답했다.

"심심한가 보군."

"당연히 심심하죠. 그냥 텔레포트로 가면 될 것을 왜 이리 귀찮게 가는 거예요? 배 여행이 얼마나 지루한데."

"뭐, 지금은 그렇게 바쁘게 몰아칠 필요가 없으니까. 난 필요없는 데 힘 낭비하는 걸 별로 안 좋아하거든."

엘리아의 투덜거림에 웃음으로 응수한 케이는 자신의 선실로 돌아가려 난간에 기대고 있던 양팔을 들었다.

그때 엘리아가 누군가를 가만히 바라보고 있었다.

"응? 엘리아, 왜 그래? 그렇게 계속 쳐다보는 건 상대에게 실례야."

"하지만 너무 독특해서요, 저 사람."

엘리아가 가리킨 사람은 다른 곳을 바라보고 있어서 케이와 엘리아의 행동을 눈치채지 못한 듯했다.

엘리아가 가리킨 사람은 회색 빛 머리에 회색 빛 눈동자를 가지고 검은색 로브를 입고 있었다. 분명 엘리아가 관심을 가질 정도로 특이하기는 했다. 눈동자에 가득한 암울한 빛까지.

'확실히 특이하군. 보통 검은색 로브는 잘 안 입는데 말이지.'

엘리아에게 실례라고 말한 케이 자신도 그만 상대의 독특한 분위기에 이끌려 그를 유심히 바라보게 되었다. 그러다가 그와 정면으로 눈이 마주쳤다.

갑자기 마주쳤기에 케이는 흠칫했다.

그러나 곧 기이한 느낌을 받을 수 있었다. 상대의 눈이 결코 낯설지가 않았던 것이다.

상대방이 케이를 향해 서서히 다가왔다. 케이 역시 그를 향해 서서히 걸음을 옮겼다. 갑작스러운 케이의 행동에 엘리아가 고개를 갸웃거리며 따라가려 했지만 케이가 손을 들어 제지했다.

결국 엘리아는 자신의 호기심을 억누르고 그곳에 있어야만 했다.

서서히 가까워진 두 사람은 마치 약속이라도 한 듯 한 방향으로 걸어갔다. 사람들이 별로 없는 한적한 곳을 향해서였다.

"오랜만이로군, 자네."

낮게 깔린 탁한 목소리. 케이는 그 목소리를 들은 기억이 없었다. 하지만 익숙한 분위기였다. 케이는 확신할 수 있었다, 상대는 분명 어디선가 한 번 만난 적이 있는 인물이라는 것을. 그런데 도통 떠오르지가 않았다.

"자네 이름이 아마 제갈효였지? 어떤가, 이곳의 생활은?"

제갈효.

얼마 만에 듣는 이름이던가?

케이는 둔중한 충격을 머리에 받은 채 잠시간 아무런 말을 하지 못했다.

그리고 상대를 떠올렸다.

상대가 누구인지 기억을 해낸 것이다.

절대 잊을 수 없는 인물이건만 잊고 있었다.

아니, 생각지도 못한 곳에서 완전히 바뀐 모습으로 있었기에 기억해내지 못한 것이다. 분위기만 그대로 가지고 있을 뿐 다른 것은 전혀 달랐으니까.

"그럭저럭 지낼 만합니다. 오랜만이군요."

"그렇지. 근 500년 만이지?"

케이는 가만히 고개를 끄덕였다.

"이곳에서의 이름은 뭔가?"

"케이라고 합니다."

"그렇군."

두 사람은 말없이 그렇게 한동안 서로를 바라보았다.

"이곳엔 어쩐 일이십니까?"

"홋. 말투가 많이 공손해졌는걸?"

케이를, 아니, 제갈효를 처음 만났을 때를 떠올린 남자는 작게 웃음 지었다. 그때 당시 제갈효는 무조건 반말을 날렸었다. 자기 하고 싶은 말만 하면서. 그래도 그다지 기분이 나쁘지는 않았다. 그런데 막상 이렇게 격식을 차린 경어를 들으니 기분이 괜찮았다.

"뭐, 그때는 그때니까요. 그나저나 이곳에는 어쩐 일이죠, 곤?"

곤.

몇 번 등장한 이름이었다.

제갈효를 저승으로 인도한 저승사자.

케이와 함께 류블라드로 넘어온 또 다른 영혼을 찾아야 하는 임무를 가진 자.

게일에게 흑마법서를 건네줘 마왕 헤르마카인이 강림하게 한 자.

모두 한 인물이고 그 이름이 곤이었다.

"염라대왕님의 변덕이지. 아니, 심부름이라고나 할까?"

"네?"

"자네가 이곳으로 환생할 때 실수로 인해 다른 영혼이 하나 더 이 세계로 넘어왔지."

"지구에서 말입니까?"

"그래."

곤의 이야기를 듣는 순간 케이는 바볼랏이 들려주었던 신탁이 떠올랐다.

시공을 뛰어넘은 이계의 존재가

혼돈의 존재와 함께 오리.

혼돈의 씨앗을 이 땅에 심으리.

인간이 아니되 인간인 존재는

지옥의 불길과 함께

가장 순수하고 가장 고귀한 이들이 모인 숲에 나타나리.

그는 자신의 씨앗을 자신이 거둘지니.

너는 그의 행로를 좇을지어다.

헤르마카인을 처리할 때 케이는 이 신탁의 대부분이 이루어진 거라 생각했었다.

자신이 뿌린 혼돈의 씨앗은 결국은 자일론이었고, 스스로의 손으로 자일론을 죽였다. 아직도 가슴을 쓰라리게 하는 그 기억. 그것으로 신탁은 끝이 난 거라 생각했다. 모두 이루어졌기에.

하지만 곤의 이야기를 듣는 순간 신탁에서 풀지 못했던 한 구절을 떠올렸다. 이루어졌으되 알 수 없었던 구절.

혼돈의 존재와 함께 오리.

케이가 환생을 할 때 함께 넘어왔기에 이루어진 것이다. 하지만 그것이 전부였기에 도무지 알 수 없는 구절이기도 했다.

케이 자신도 곤의 이야기를 듣기 전에는 자신과 함께 이곳으로 환생한 영혼일 거라고는 생각지도 못했다.

'결국 혼돈의 존재란 지구로부터 온 영혼인 건가? 과연 어떤 영혼이기에 혼돈의 존재라 한 걸까? 과연 이곳에 어떤 혼돈을 불러일으킬까?'

케이는 심각하게 이제는 잊고 있었던 신탁에 다시 빠져들었다.

"후우. 신의 뜻이란 것이 과연 있는 것일까?"

"네?"

신을 곁에서 모시는 저승사자인 곤이 한 말로는 믿기지 않았다. 신을 모시는 자가 신의 뜻을 찾다니.

"나는 지구에서 온 영혼을 찾기 위해 이 땅에 보내졌네. 덕분에 이곳 신들의 영향을 전혀 받지 않지. 내가 하는 일은 나의 의지이지 신의 의지가 아닐세. 이 배에 탄 것도 나의 의지이고 말이야. 내가 마음만 먹으면 류블라드의 신들은 나를 찾을 수가 없어. 일단 난 이곳 류블라드의 존재가 아니라 명수성의 존재니까 말이야. 벌써 400년을 그렇게 지냈지. 그런데 자네를 이렇게 우연히 만났어. 난 이게 과연 우연일까란 생각이 드는군."

곤의 말을 들어보니 절로 고개가 끄덕여졌다.

"그럼 곤이 염라대왕의 심부름이라 한 것이 이곳으로 넘어온 영혼을 찾는 건가요?"

조금 전 하던 이야기를 상기한 케이가 다시 곤에게 물었다.

"그렇다고도 할 수 있지. 정확히 말하자면 이미 환생을 하였기에 환생한 존재를 찾는 것이지만 말이지."

"그렇다면 아무런 단서도 없이 류블라드 전체를 뒤져야 하는 건가요?"

"그렇지. 일단 이곳은 류블라드이니 내 능력을 완전히 쓸 수 없어. 일단 그 영혼은 비정상적인 방법으로 흘러들어 와 환생을 했기에 명수성의 영혼의 인장을 가지고 있어. 그래서 이곳의 신들은 찾을 수가 없지. 그리고 난 능력의 제약으로 인해 일정 거리 안에 있어야만 그 영혼을 느낄 수가 있거든. 그래서 이렇게 돌아다니는 걸세."

"힘들겠군요. 벌써 500년째 대륙을 떠돌다니요."

"뭐, 덕분에 명수성보다도 이제는 이곳 류블라드를 더 잘 알게 되었지만 말이지."

곤의 입술에 씁쓸한 미소가 걸렸다.

"한데 조금 전 이곳에서의 자네 이름이 케이라고 했지?"

"네."

곤은 케이가 이곳에서 환생한 이름을 몰랐었다. 그랬기에 만났을 때 물어본 것이고.

곤이 알고 있는 제갈효의 모습은 조야선이 보고 즐길 때 얼핏 본 은색 털을 가진 개의 모습이 전부였다. 솔직히 그도 인간의 모습을 한 제갈효를 보고 얼마나 놀랐던가.

자신이 저승으로 인도한 약간은 특이한 영혼이었기에 그 느낌은 분명히 기억하고 있었다. 하지만 자신이 알고 있는 모습과 달랐기에 다시 죽어 환생을 몇 번 더 겪은 것이리라 생각했었다.

한데 전생의 기억을 고스란히 가지고 있었기에 무척이나 놀랐다. 자신의 성격상 크게 드러내지는 않았지만.

그러다가 케이라는 이름을 다시 떠올리고는 무언가 짐작이 갔기에 제갈효의 이름을 확인한 것이다.

"내가 알기로 400년도 더 전에 이곳에 영웅이 있었다더군. 마왕을 물리친. 그 영웅의 이름이 케이라던 거 같았는데… 아니, 정확히 케트로이드였던가?"

"그게 접니다."

그렇게 말하는 케이는 씁쓸히 웃고 있었다.

"오래 살았군. 그럼 아직도 개인 채로인 건가?"

"정확히는 늑대죠."

"신기하군. 500년에 가까운 생을 살고 있다는 것도, 늑대인데 인간의 모습을 하고 있는 것도."

"이렇게 오래 살게 된 것은 저도 신기합니다만… 모습을 바꾼 것은 이 세계에 있는 마법이란 힘 덕분이죠."

곤은 케이의 말을 가만히 듣고만 있었다.

'그렇군. 그렇게 된 거였어. 염라대왕이 그에게 그 책을 가져다주라 한 것도. 주신인 헤이트론이 그런 신탁을 내린 것도. 다 그래서였어. 쯧쯧, 불쌍한 친구. 염라대왕의 장난질에 한 생이 놀아나고 있다니……'

케이를 바라보는 곤의 눈에는 안타까움과 동정이 가득했다.

"왜 그러시는지?"

"아… 아니야."

곤의 태도가 이상하긴 했지만 케이는 추궁하지 않았다. 지구에서의 추억을 떠올릴 수 있게 해주는 자신이 죽음을 맞이했을 때 길 안내를 해준 이가 아니던가.

"그런데 이 배는 어떻게 타게 된 겁니까? 이제 그린젬 대륙에서 영혼을 찾으려 하는 건가요?"

케이의 물음에 곤은 그저 물끄러미 그를 바라보고 있었다.

'말해 줘도 될까? 이 불쌍한 영혼에게? 하긴 이자뿐 아니라 그도 불쌍하긴 마찬가지지. 둘 모두 염라대왕의 재미를 위해 희생당한 꼴이니.'

고민 끝에 결정을 내린 곤은 가만히 고개를 저었다.

"이것 또한 나의 임무이지."

"네?"

"계속해서 류블라드를 떠돌아 이곳 신들의 주목을 받을 것."

"그게 무슨?"

"이곳의 신들은 나의 정확한 위치는 몰라도 대강의 위치는 알고 있다네. 아마 내가 이 배에 타고 있는 것은 몰라도 그린젬과 블루덴 사이의 바다 어딘가에 있다는 것 정도는 알 거야."

케이는 이해할 수 없었기에 고개를 갸웃거렸다.

"염라대왕께서 나에게 준 임무는 계속 그렇게 이곳을 돌아다녀 그들의 시선을 끄는 거야. 그것이 이곳에서의 내 마지막 임무이지."

"왜, 그런 일을?"

"글쎄. 그걸 스스로 알아낼 수 있는 날이 올지도 모르겠군."

그렇게 말한 곤은 물끄러미 케이를 바라보았다.

"지금 자네 상태를 대강은 알 것 같네. 예전에, 아주 예전에 한 번 겪은 일이 있다는 동료의 이야기를 들었거든. 아마 자네도 그런 경우겠지. 자네가 어디까지 올라갈지는 모르겠네만. 어쩌면 계속 오르다 보면 내가 왜 이래야 하는지 알게 될 날도 올 거야."

도무지 알아들을 수 없는 곤의 말에 케이는 혼란스러웠다. 하지만 굳이 뭐라 캐묻지는 않았다. 그가 이렇게 말한다면 아마 자신이 언젠가 알게 될 날이 올 것이라 믿고서.

　"영혼은 찾았다네. 200년 전에."

　"그럼?"

　"그래, 마지막 임무 때문이지."

　케이는 안타까운 눈으로 곤을 바라보았다. 정처없이 목적없이 계속해서 떠돌아야 하는 가련한 임무를 지닌 자를.

　"자네와도 인연이 깊은 영혼이더군. 이곳에서도 그 인연이 이어질지도 모르지. 조심하게나."

　"예?"

　"그럼 난 이만 가보도록 하겠네."

　마지막의 말에 케이는 무언가 더 물어보려 하였으나 곤은 몸을 돌려 걸음을 옮겼다. 그리곤 곧 사라졌다. 다른 곳으로 간 것이리라.

　류블라드이지만 과연 저승사자답게 어느 정도의 능력을 발휘하고 있었다.

　케이는 많은 의문을 가진 채로 다시 엘리아가 있던 곳으로 돌아왔다.

　"오빠, 무슨 일이에요?"

　궁금해 미칠 것만 같다는 얼굴로 엘리아가 물어왔지만 케이는 골똘히 자신만의 생각에 잠겨 있었다. 그 모습에 입술을 삐죽인 엘리아는 선실로 돌아갔다. 그러나 케이는 엘리아가 돌아갔다는 것도 모른 채 생각에 깊이 잠겨 있었다.

가끔 수면 위로 튀어 오르는 물고기들만이 그런 케이를 한 번 힐끗 보고는 다시 물속으로 들어갔다.

순풍을 맞은 배는 유유히 바다 위를 가로질러 그린젬 대륙을 향해 나아가고 있었다.

〈13권으로 이어집니다〉

청 어 람 판 타 지 장 편 소 설

마신의 불길보다 더 사나운 환염의 붉은 불꽃!

홍염의 성좌 / 아울 지음

THE CONSTELLATION OF BLAZE

『홍염의 성좌』

98년 『검은 숲의 은자』, 02년 『폭풍의 탑』, 04년 『겨울 성의 열쇠』
고품격 판타지 작품 세계만을 선보여온 작가 민소영! 그녀의 최신작!!

신세대적인 기발함과 경쾌한 문체,
풍부한 상상력이 빚어낸 판타지계의 명품 중 명품!
짙고 그윽한 그녀만의 농밀함이 빚어낸 장대한 스펙터클 드라마!

2005년 여름,
진한 감동과 짜릿한 전율이 시원하게 회오리친다!